THE ALEXANDRIA QUARTET

JUSTINE

LAWRENCE DURRELL

アレクサンドリア四重奏

I

ジュスティーヌ

ロレンス・ダレル　高松雄一 訳

河出書房新社

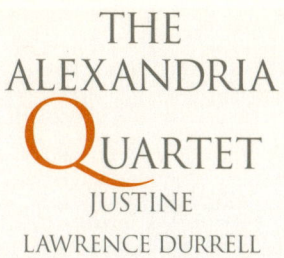

序

この四巻の小説群は、『アレクサンドリア四重奏』の総称のもとに単一の作品として読んでもらうことを意図している*。内容にふさわしい副題をつけるとすれば「言語連続体」となろうか。私はこういう形態を明確にするために、ごく大まかな類比として相対性理論を選んだ。最初の三冊は連続しているのではなく、それぞれの同種同類であり、互いのなかに互いを差しこむ形で繋がっている。最後の巻だけが本当の続篇で時間の次元を解放する。全体が従来の連続形式小説に対する挑戦、つまり時間漬けの現代小説に対する挑戦のつもりで書いた。

巻末に付した「作品の要点」のなかで概略は述べておいたが、なお巻を重ねて、これらの人物や状況をさらに継続する可能性はいくらでもある——しかし、これはこの小説群を無限に展開しても、結果としては、けっして大河小説《ロマン・フルーヴ》にならないことを示唆しただけである。つまり、適正な箇所に作品の軸を据えるなら、「連続体」との関係における厳密さや適合性を失うことなく、その軸からどの方向にでも放射してゆくことが可能であろう。

この版のために、読者や批評家が指摘してくれた無数の小さな誤りを訂正し、また最初は原稿の段階で削除した短い文章のいくつかを新たにつけ加えた。変更はそれほど大きなものではない。「バルタザール」と「マウントオリーヴ」のテクストから数ヵ所が削除され、「クレア」に小さな一節がつけ加えられ、C・P・カヴァフィスの詩に新しい訳が追加された。

L・D

一九六二年　フランス

アレクサンドリア四重奏Ⅰ

ジュスティーヌ

イヴに
彼女の生れた都市のこの記録を

記

この物語は一群の作品の第一作だが、ここに登場する人物は語り手を含めてすべて虚構であり、現存する人物とはなんの関係もない。ただ都市だけが現実のものである。

あらゆる性行為は四人の人物が関与するプロセスであるという考えに、私は自分を慣らしているところだ。これについては多くを論じなければなるまい。

S・フロイト『書簡集』

私たちは二つの立場のどちらかを選ぶことができる——私たちを幸福にしてくれる犯罪を選ぶか、不幸におちいるのを防いでくれる首吊り縄を選ぶかだ。何もためらうことはないのだよ、かわいいテレーズ。それにおまえの小さな頭が、これと張り合える議論をどこで見つけてくるというのだね。

D・A・F・ド・サド『ジュスティーヌ』

第1部

今日も浪が高い。刺すような風がほとばしる。冬のさなかにも春のたくらみは感じられる。真昼までは熱い裸の真珠の空、物かげで鳴くこおろぎ、そしていまは大きな鈴掛《すずかけ》の木々を振りほどき、探りまわる風……。

数冊の本をたずさえ、子供を連れてぼくはこの島へ逃げて来た——メリッサの子供を連れて。なぜ「逃げる」という言葉を使うのかぼくにもわからない。病気の保養でもなければこんな遠いところへ来るわけがない、と村の人たちは冗談を言う。よかろう、そういう言い方がよければ、ぼくは自分を癒《いや》しにここへ来たのだ……。

夜、風が吠え、それにこだまして音を立てる炉の傍ら、木の寝台のなかで子供が静かに眠りつづけるとき、ぼくはランプを灯して歩きまわる。友だちのことを考えながら——ジュスティーヌとネッシムのことを、メリッサとバルタザールのことを。ぼくは記憶の鉄鎖をひとつひとつたぐって、ぼくたちがほんの僅かのあいだいっしょに住んでいたあの都会へ戻って行く。ぼくたちをおのれの植物群と見ていたあの都会、ぼくたちのなかに争いを巻き起したあの都会——その争いは彼女のものにほかならなかったのに、ぼくらは自分たちのものだと思い違えたのだ。愛するアレクサンドリア！

このすべてを理解するために、ぼくはこんな遠くまでやって来なければならなかった。毎夜、大角星《アルクトゥールス》*がかろうじて暗闇から救い出してくれるこの裸の岬に生き、あの石灰の埃にまみれた夏の午後の日々から遠く離れたいまとなって、やっと、過去に起ったことについてはぼくたちの誰にも責任がないということがわかってきた。裁きを受けるべきはあの都会なのだ。たとえ犠牲を払わねばならぬのはその子供ら、ぼくたちであるにしても。

＊

何よりも、ぼくたちのこの都会とは何ものなのだ。アレクサンドリアという言葉のなかには何があるのだ。一瞬のうちに、ぼくの心の目には埃にしいたげられた無数の街路が浮んでくる。いまそこでわが物顔に振舞っているのは蠅と乞食――そして両方にはさまれて生を享受している者たち。

五つの種族、五つの言語、十にあまる宗教。港口の砂洲に隠れて油じみた影を映しながら向きを変える五つの艦隊。だがここには五つを越える性がある。そのなかで通俗ギリシア語だけが際立って耳につく。手近にある性の飼葉の多様さ豊富さときたら気も遠くなるばかりだ。ここを快楽の場所だなどと思い違える者はまずあるまい。自由な古代ギリシア世界の象徴的な恋人たちに取って代って、ここでは何か違ったもの、何か微妙に両性的な自己倒錯したものが支配している。

東方《オリエント》は肉体の美しい混沌にひたりきることができない――それはもう肉体を追い越してしまったのだから。ぼくはネッシムがある日――きっと何かの本で読んだのだろう――こう言ったのを思い出す。アレクサンドリアは愛をしぼり取る大圧搾器であり、そこから出てくるのは病人、孤独者、預言者である、と彼はそう言った。つまり、性に深い痛手を負うた人たちすべてのことだ。

＊

風景の色調についての覚書……。テンペラ画の長い連続。レモン油に濾《こ》されてきた光。赤煉瓦の粉をいっぱいに含んだ大気――あまく香る赤煉瓦の粉と、水で渇きを癒した熱い舗道の匂い。大地に縛られたまま、ほとんど雨を降らせることもない湿った軽い雲。この上に埃の赤、埃の緑、白濁した藤いろ、水に溶いた深紅色をほとばしらせるがいい。夏になると、海の湿気が大気に軽くワニスをかける。すべてのものがゴムの膜の下に横たわる。

そして秋が来ると、乾いた脈打つ空気が静電気をおびて粗《あら》くなり、軽い衣服を透して肉体を燃え立たせる。肉体は目覚め、鉄格子を折り曲げて脱け出そうとする。夜、酔い痴れた娼婦が暗い街を歩き、きれぎれの歌の一節を花びらのように撒き散らして行く。アントニウス＊が聞いたあの心もしびれ果てる偉大な音楽の調べ、愛する都に永遠に身をまかせよと説きつけたあの調べは、こんな歌のなかにあったのか。

若者たちの陰鬱な肉体が裸の友を求めはじめる。そしてバルタザールがこの都市の老詩人(原注1)と共によく出入りしていた小さなカフェなどでは、石油ランプの下で、少年たちが不安げに身動きしながらバックギャモン*に興じている。この乾いた砂漠の風――まったく散文的なよそよそしい風――に心を乱し、体を動かし、人がはいって来るたびに振り向いてじっと見つめる。彼らは息をしようともがいている。彼らは夏の接吻のひとつひとつに生石灰の味がすることを知っている。

＊

ぼくは頭のなかでこの都市を――あの老詩人（原注2）がおのれの生涯の「黒い廃墟」で埋っていると見た憂鬱な国を――はじめから築き直すために、ここまで来なければならなかった。マザリタの錆いろの広場《メイダン》を刺し貫き、鉄の静脈のなかをおののきながら走り過ぎる電車の騒音。黄金、燐、マグネシウム紙。ぼくたちはよくここで会った。夏になると彩りをした小さな屋台が出て、薄切りの西瓜と冷たい氷水を売っていて、彼女はそれを食べるのが好きだった。もちろん、彼女はいつも二、三分遅れて来た――たぶん暗い部屋で誰かと逢引してきたばかりなのだ。だがぼくは心をそらせて考えるのをやめる。乾ききった夏のようにぼくの唇に落ちかかるこの唇、開いた花びらは、あまりにもみずみずしく、あまりにも若い。いままでいっしょにいた男はまだ繰り返して思い出しているのかもしれない。彼女はまだその男の接吻の花粉にまみれているのかもしれない。メリッサ！　でも、なぜかそんなことはどうでもよくなってしまう。秘密を捨てた者だけがもつあの率直な微笑を浮べて彼女が腕によりすがってくると、そのしなやかな重みを受け止めていると、そんなことはもうどうでもいいのだ。ぎこちなく、すこし恥かしそうに息遣いを早めて、そこに立っているのはすてきだ。ぼくたちはお互いに何を望んでいるのかを知っていたから。意識を越えて、直接に、唇と眼ざしと氷水と彩りをした屋台をとおして、言葉が交わされる。二人の小指をからみ合せ、樟脳《しょうのう》の匂いが染みこんだ午後の空気を吸いこみ、都会の一部となって軽やかに立っているのは……。

*

今夜、ぼくは原稿を読み返してみた。そのうちの何枚かは台所の仕事に使われていたし、何枚かは子供が破り捨ててしまっていた。こういうかたちの検閲は気に入った。なぜなら、そこには芸術の構成に対する自然界の無関心が現れているからだ――そしてぼくもまたその無関心を共にしはじめている。結局は、メリッサに美しい言葉を費してみたところでなんになろう。彼女は黒い河口の浅瀬の暖かい砂の下深くに、ほかのミイラたちと同じように埋葬されてしまった。

しかし、ジュスティーヌの三冊の日記と、ネッシムの狂気を記録した書類は、大切に取っておこう。別れるとき、ネッシムはこれに目を留めてうなずきながら言った。

「持って行って読んでくれ。このなかにぼくらのことがいろいろ書いてある。これを読めば、たじろがずにジュスティーヌの印象を支えてゆけるだろう。ぼくもそうせずにはいられなかったんだ」メリッサの死んだあと、夏の宮殿でこれを渡してくれたとき、彼はまだジュスティーヌが戻って来ると信じていた。ジュスティーヌに対するネッシムの愛情についてぼくはしばしば考えるのだが、そのたびにある怖れを感じないではいられない。これほど包容力の大きい、これほど毅然としたものがあるだろうか。それは一種の恍惚感をもって彼の不幸を彩っていった。聖者にこそありえても、恋人などにはあるとも思われなかった法悦の傷をもって彩っていた。しかし、ほんのわずかユーモアの感覚がありさえしたなら、あんなにも恐ろしい、すべてを呑みつくす苦しみから逃れることもできたろうに。批判するのはやさしい。それはぼくも知っている。知っている。

＊

この冬の夕暮れの大いなる静寂のなかに、ただひとつの時計がある。海だ。その暗い運動量が心のなかに作りだすフーガにのってぼくの文章が書かれる。みずからの傷口をなめまわし、河口の三角洲のあたりで不機嫌にむずかり、無人の浜辺で激しく湧き上る浪の空《うつ》ろな旋律――空虚だ、飛び交う鷗《かもめ》たちの下で永遠に空虚だ。雲が喰い残した灰いろの空に白くなぐり書きしたような鷗の群。帆船が現れるとしても、島のそばへ来るまえに消えてしまう。島々の緩やかな斜面に打ち上げられた漂流物の最後のひとかけら、天候に浸食され、海水の青いはらわたに巻きこまれ……消える！

＊

毎日、家を掃除するために騾馬《らば》に乗って村からやって来る皺の深い老農婦をのぞけば、ぼくと子供とまったくの二人きりだ。子供は見慣れぬ風物に囲まれて、幸福そうに動きまわっている。ぼくはまだこの子に名前をつけていない。もちろんジュスティーヌと呼ぶことになるだろう。ほかにどんな名前がある？

　ぼくのほうは幸福でもなければ不幸でもない。まるで一筋の髪の毛か一枚の羽毛のように、混濁した追憶のなかにぶらさがっている。ぼくは芸術の空しさに触れた。だが、その慰めについてはほんとうのことを言わなかった。ぼくが頭脳と心を用いてなしとげる仕事の慰めはつぎのことにある――つまり現実は、そこにおいてのみ、画家や作家の沈黙のなかでのみ、整理し直され、作り直され、意味のある側面を見せるようになるということだ。現実の世界における日常の行為はただの麻布袋にすぎないが、そのなかには金襴《きんらん》の布――模様の意味――が隠されている。ぼくたち芸術家は、芸術をとおして、日常生活で自分を傷つけ打ち負かした者たちすべてと喜んで和解する。こうして、普通の人々のように運命を避けるのではなく、その真の可能性を実現させる――それが想像力というものだ。でなければ、なぜぼくたちお互いが傷つけ合わねばならない？いや、ぼくが求め、そしてたぶん認められるであろう赦《ゆる》しは、メリッサの明るいやさしい眼ざしのなかにも、眉の下で仄暗《ほのぐら》くかげるジュスティーヌの凝視のなかにも見出されることはあるまい。いまはみんなが違う道を選んでしまった。だが、ぼくの成熟がはじめて経験するこの大きな分裂のなかで、彼女たちの記憶が芸術と生活の領域を測り知れなく深めてくれるのを感ずるのだ。ぼくは心のなかで彼女たちを新しく創りあげる。まるでここでだけ――海に面して、オリーヴの木の下に置いたこの木の机の上でだけ、彼女たちにふさわしい豊かさを与えてやれるかのように。そうして、この文章の風合いに、生きている対象――彼女たちの吐息、皮膚、声――からその何ほどかを取りこみ、人間の記憶というしなやかな織物のなかに織りこんでやれるかのように。ぼくは苦痛が芸術となるその極点まで、彼女たちが再び生きてほしいと願っている……。これは無益な試みなのだろうか、ぼくにはわからない。とにかくやってみなければなるまい。

今日、ぼくと子供はいっしょに家の暖炉石を積み上げた。働きながら二人で静かに話し合った。ひとり、自分に向って話しかけるときのように、ぼくは彼女に話してやった。彼女は自分で作りだした雄々しい言葉でぼくに答えた。コーアンがメリッサに買い与えた指輪を、ぼくらはこの島の風習にしたがって暖炉石の下に埋めた。きっとこの家に住む者に幸運をもたらしてくれるだろう。

*

ジュスティーヌに会ったころ、ぼくはほとんど幸福な男になっていた。とつぜん、ひとつの扉が開いて、メリッサとの同棲生活に直面したのだ。予期していたわけでもなく、ぼくにはまったく過ぎたものだが、やはりこれはすばらしい情事だった。すべての利己主義者たちと同じように、ぼくもひとりで生きることのできない男だ。それにここ一年ほどは独身生活にもすっかりうんざりしていた――家事の不手際、衣服と食物と金にかけてのだらしなさ、そんなものすべてがぼくを絶望へ追いやった。またそのころベルベル人*の下男、片目のハミドを相手に住んでいた油虫だらけの部屋にもいやけがさしていた。

メリッサがぼくのみすぼらしい抵抗を打ちやぶったのは、人が恋人の特質としてあげるようなもの――魅力、比《たぐ》いまれな美しさ、知性――によってではなく、ギリシア的な意味での慈悲としか名づけようのないものの力によってだ。青白くて、どちらかといえばほっそりとした体を、古びたあざらし皮のコートにつつみ、小さな犬を連れて冬の街路を歩いて行く姿をよく見かけたものだ。静脈の浮き出た結核性の手など。眉毛はわざと上向きに描かれていて、美しい、物おじしない率直な眼ざしの効果を強めていた。何ヵ月も続けて、毎日、彼女の姿を見ていたが、その陰気なアニリン性の美しさはぼくの内部になんの反応も呼び起さなかった。黒い帽子をかぶったバルタザールが「教示」を与えようと待ち構えているカフェ・アル・アクタルへ行く道で、毎日すれ違ったけれど、自分がいつか彼女の恋人になるなんて夢にも思っていなかった。

彼女がアトリエのモデルだったこと——羨ましい職業ではない——そしていまは踊り子であることも知っていた。老毛皮商、この都会の粗野で卑俗な商売人、の情婦であることも知っていた。ぼくはただ、海のなかに陥没してしまった生涯の一区画を記録するためにこの覚書を書きつけておく。メリッサ！　メリッサ！

＊

ぼくたち四人にとって現実の世界はほとんど存在しないのも同様だったあのころに、ぼくの思いは戻って行く。日々はただ夢のあいまの空間であった。演技をし、当座の話題を生きぬく、時間の移動床のあいだの空間であった……。無意味な雑事の潮が事物の平面沿いにうろうろ動きまわるだけで、新しい風土にはいるのでもなく、どこかへ連れて行ってくれるのでもなく、ただ不可能なこと——ぼくたちがそこにいること——を要求するだけだった。あまりにも強大で計画的で人間わざとも思えない意志の投影に――アレクサンドリアがその見本として選んだ者たちのまわりに投げかける重力の場に――捉えられてしまったのよ、とジュスティーヌはよく言ったものだが……。

＊

六時、駅の構内から白い衣の人々がぞろぞろ出て来る。スール街の店々は、肺臓のように、人々を満たしたり空《から》にしたりする。青白く伸びてゆく午後の日射しが散歩道の長い曲線に光を塗りたくる。目のくらんだ鳩たちが、撒き散らされた紙の輪となって尖塔《ミナレット》に舞い昇り、薄れゆく光の最後の一筋を翼に受ける。両替屋の勘定台で鳴る銀貨の音。銀行の鉄格子はまだ熱くて触れることもできない。赤いトルコ帽の役人たちを乗せた馬車がぽくりぽくりと蹄の音をさせて波止場のカフェに向う。これはもっとも耐えがたい時刻だ。彼女が白いサンダルをはいて、まだ眠そうに、ゆっくりと町へ歩いて行くのを思いがけなくバルコニーから見かける時刻だ。ジュスティーヌ！　町は年老いた亀のように皺をのばして、あたりをうかがう。一瞬、この都会はぼろ布のような肉体を投げ捨てる。屠場のわきの裏小路から、牛の群の呻きや叫びをとおして、ダマスカス*の恋歌の鼻にかかった切れ端が聞えてくる。石臼に挽かれて粉々に砕ける洞《とう》のような甲高い四分音。

いま疲れ切った男たちがバルコニーの鎧戸を開け放ち、まばたきながら薄白い熱い光のなかに歩み出る――醜いベッドでのたうち、夢の包帯を巻きつけ、苦しみにさいなまれ、しおれきった午後の花。ぼくもこういう良心の書記たちのひとり、アレクサンドリアの市民になりきっていた。彼女はひとり満足げに微笑み、小さな葦のうちわで頬を扇ぎながら窓の下を通り過ぎる。もう二度とその微笑を見ることはあるまい。なぜなら、いっしょにいるときには、彼女はあのすばらしい白い歯を見せて笑うだけなのだから。しかしこの悲しげな、しかも生き生きとした微笑は、彼女が所有しているとは思ってもいなかったある性質——いたずらの力——に満ちている。彼女はもっと悲劇的なタイプでユーモアに欠けていると言いたいところだ。だがこの微笑がそのあとも頑《かたく》なに頭に残って、そう言い切るのをためらわせることになる。

＊

ぼくはジュスティーヌのそんな姿をさまざまな折りにかいま見た。もちろん、口をきくまえから顔かたちだけはよく知っていた。ぼくたちの都会は、一年に二百ポンド以上の収入のある人間が無名のままでいるのを許してくれない。彼女は浜辺でひとり林檎《りんご》をかじりながら新聞を読んでいることもある。あるときは、セシル・ホテルの広間の埃っぽい棕梠《しゅろ》のあいだに立っている。銀の飾り玉に包まれたドレスを着て、豪奢《ごうしゃ》な毛皮のコートを肩にしている。農夫が上衣を肩にかつぐように、長い人差指を襟に引っかけている。ネッシムは、光と音楽のあふれる舞踏室のドアのそばに立っている。彼女の姿を見失ったのだ。棕梠の下の奥まった場所で二人の老人がチェスをしている。ジュスティーヌは立ち止ってそれをながめている。チェスのことは何も知らないが、そこに漂う静寂と集中の雰囲気に魅せられたのだ。耳の遠い老人たちと音楽の世界のあいだに、彼女は長いこと立っている。まるで、どちらへ身を投じたらいいのかわからなくなったかのように。やがてネッシムが静かにやって来て彼女の腕を取る。しばらくのあいだ二人は並んで立っている。彼女は老人たちを見つめ、彼は彼女を見つめている。やっと彼女は小さな溜息をついて、静かに、残り惜しげに、注意深い足どりで光の世界へ立ち去って行く。

そしてまた、彼女の名誉にもぼくたちの名誉にもならない場所でも姿を見た。しかし、女のうちでももっとも男まさりで、もっとも才知にたけたこのひとが、なんといじらしく、しなやかな女らしさを見せてくれるのだろう。彼女はぼくにあの恐ろしい女王たちの一族を思い出させずにはおかない。アレクサンドリアの潜在意識の上に、近親相姦愛のアンモニア臭を雲のようにたなびかせて去ったあの一族。アルシノエ*のような巨大な人喰猫どもが彼女のほんとうの姉妹だ。だが、ジュスティーヌの行動の裏にはなにか別なものがある。もっとあとの悲劇的な哲学から生れたもの、徳行は破廉恥な人格と秤にかけて比較考量されねばならないという哲学から生れたものがある。彼女は真に英雄的な懐疑の犠牲者なのだ。それにもかかわらず、胎児の捨ててある汚水溜に屈みこんだジュスティーヌの姿と、片意地ではあったが完全な愛のために死んだヴァレンティヌス*のソフィアのあいだに、ぼくは直接の繋りを見出すことができる。

＊

下級領事館員ジョルジュ＝ガストン・ポンバルは、当時、ネビ・ダニエル街の小さなフラットでぼくといっしょに暮していた。外交官のうちではまれな人物だ。というのは、どうやらこの男には背骨があるらしいから。式典とか宴会など退屈きわまる仕事が――まるで超現実主義者の悪夢のような――この男にとってはエキゾティックな魅惑に満ちみちている。彼は外交というものを、いわば税関吏《ドゥワニエ》ルソー*の目をとおしてながめている。外交に耽溺《たんでき》はするが、知性のすべてをそいつに呑みこまれたりはしない。彼の成功の秘密は、その超自然的なといっていいほど途方もない怠惰にあるとぼくはみている。

　彼は総領事館の自分の机に向っている。机の上にはいつも同僚たちの名刺が紙吹雪のように散らばっている。まるで模造皮をかぶった怠けものみたいな男だ。長い午睡とクレビヨン・フィス*の好きな大男の無精者だ。彼のハンカチーフはポルトガル水《オー・ド・ポルチュガル》の匂いをぷんぷん発散させている。もっとも好む話題は女、しかもこれは経験にもとづいて話しているにちがいない。というのは、小さなフラットを訪れる女たちは引きも切らず、それに同じ顔を二度見ることはほとんどないからだ。「フランス人にとっては、ここの恋愛は興味があるね。やつらは考えるまえに行動する。疑ったり悔やんだりする羽目におちいっても、あまり暑すぎるし、第一そんなエネルギーなんて残っていやしない。こういう肉欲主義は繊細《フィネス》さに欠けているけどおれにはぴったりなのさ。おれはもう心も頭も愛でくたくたなんだ、放っておいてもらいたいんだよ……なかでも、きみ《モン・シェル》、あのユダヤ=コプト的な解剖マニア、問題分析癖なんてのはまっぴらだ。ノルマンディの農場へ帰るときは、うぶなまんまで帰りたいね」

　冬のかなり長いあいだ、彼は休暇をとって旅行する。ぼくは小さな湿っぽいフラットで、ひとり、夜更けまで練習帳の点をつける。そばではハミドがいびきをかいて寝ているだけだ。このころ、ぼくは完全に袋小路にはいりこんでいた。自分の生活をどうしようという意志もなかった。一生懸命に働いて昇級しようとも、小説を書こうとも思わなかった。女を口説こうとさえ思わなかった。どうしてこんなことになったのか自分でもわからない。生き延びようという意志がすっかり消えてしまったのはこれがはじめてだ。時おり原稿の束や、小説や詩集の古い校正刷りをなげやりに引っくり返して見たが、古い旅券を調べているみたいに悲しかった。

　時おり、ジョルジュが留守なのに、女たちの誰かが訪ねて来てぼくの網に引っかかる。そんな事件がしばらくのあいだは生の倦怠《タエディウム・ウィタエ》を研ぎすましてくれる。こういうことにかけてはジョルジュは思いやり深くて気前がいい。というのは、出発するまえに（ぼくの貧乏を知っているので）ゴルフォの酒場のシリア女に前金を払い、都合のいいときにフラットへ来て、彼の言によれば待機《アン・ディスポニビリテ》しながら一夜を過してくれと申しつけておくことがよくあるからだ。彼女の義務はぼくを元気づけることだが、これはけっして割のいい仕事ではない。うわべを見るかぎり、意気沮《そ》喪《そう》しているようにはとうてい思えないからなおさらのことだ。世間話が自動作用を維持するための有用な形式となり、話す必要を感じなくなってもいつまでも続く。場合によっては、ほっとした気持ちで女を抱くこともある。ここではなかなかよく眠れないのだ。しかし情熱もなく投げやりに抱くだけだ。

　貧窮のために惨めな生活に追いこまれた哀れな疲れ果てた女たちとの出会い、それは興味深いものだ。感動的だと言ってもいい。しかしぼくは自分の感情を分類する興味を失ってしまった。だから彼女たちはただの平板な影となってスクリーンに映し出されるだけだ。「女に対してすることは三つしかない」そうクレアはあるとき言った。「女を愛するか、女のために苦しむか、女を文学に変えてしまうか、それだけよ」ぼくはこういう感情の領域のすべてに挫折しかけていた。

こんなことを書きしるすのも、メリッサが選んで細工をほどこし、いくらかの生命の息を鼻孔に吹きこもうとしたぼくという人間的素材のろくでもなさを示すためだ。彼女が自分の貧しさと病気の上に、もうひとつ重荷を負うのは容易なことではなかったろう。彼女の重荷にぼくという重荷を載せるには真の勇気が必要だった。たぶんその勇気は絶望から生れたのかもしれない。なぜなら彼女もまた、ぼくと同じように最低線まで行きついていたのだから。ぼくたちはお互いに破産者だった。

何週間も、あの老毛皮商が外套のポケットにピストルをしのばせて、ぼくのあとを追いながら街々をうろついた。メリッサの友人から、そのピストルには弾丸をこめていないと聞いていたので安心はしていたが、それでも、この老人につきまとわれるのは気持ちのいいものではなかった。街角で出会うたびに、ぼくたちは心のなかで互いを撃ち殺し合っていたにちがいない。ぼくのほうも、あの獣めいていて、陰鬱で、いびつな目鼻の束をなすりつけた鈍重なあばた面を拝見するのはとても我慢がならなかった——あの卑しげな男と彼女の情事を考えるだけで胸がむかついた。それに、あの山嵐のような黒い毛に覆われた小さな汗ばんだ手。長いあいだこんなことが続いた。そして何ヵ月かが過ぎたとき、ぼくたちのあいだにある奇妙な親密感が湧いてきたのだ。出会ったとき、ぼくたちはうなずいて微笑し合うようになった。酒場で出会ったときなど、ぼくは三十分近くもこの男のそばに立っていた。ほとんどお互いに話しかけようかというところまでいったのだが、二人ともどうにも口を切る勇気が出なかった。メリッサのことをのぞけば、共通の話題なんて何もない。立ち去るとき、長い鏡に映っている彼の姿をちらりと見ると、頭を垂れてワイングラスのなかをじっと見つめていた。彼の態度の何かが――訓練されたあざらしが人間の感情と取っ組み合っているように不器用な姿が――ぼくの心を打った。そしてはじめて、この男もおそらく同じくらいメリッサを愛しているのだと気がついた。ぼくはこの男の醜さを憐れんだ。可愛がっていた女を奪われ、いままで知らなかった嫉妬という感情に直面して、苦しみながらもどうしたらいいかわからないでいる、そんな男を憐れんだ。

あとになって彼のポケットの中身を調べていたとき、いろいろながらくたといっしょに、メリッサが使っていた安香水の空壜がはいっているのを見つけた。ぼくはそれを部屋に持ち帰って何ヵ月かのあいだ暖炉の上に載せておいた。春の大掃除のときハミドが捨ててしまったが。メリッサにはこのことを一言も知らせなかった。しかし、夜、彼女が踊っているとき、あるいは金のために誰かと寝ているとき、ぼくはひとりこの小壜をながめることがよくあった。この恐ろしい老人の恋を思い、ぼく自身の恋と比べるとき、激しい悲しみに襲われ、裏切った女の思い出がこもっている小さな空壜にすがりつく男の絶望を彼の代りに味わった。

ぼくがメリッサを見出したとき、彼女はアレクサンドリアの淋しい海岸に、性の翼を破られて、溺れかかった鳥のように打ち上げられていた……。

＊

街路が波止場から走り戻って来る、ぼろを着た不潔な荷物上乗人《うわのりにん》のような家々、互いの口のなかに息を吐きかける転覆しかけた家々を引き連れて。鎧戸を閉ざしたバルコニーに鼠が走りまわり、頭髪にダニの血をいっぱいこびりつかせた老婆たちが群がっている。外皮の剝げた壁が、重心の軸をはずれて、酔ったように西や東に傾いている。黒いリボンのような蠅の群が子供たちの目や唇にまといつく――いたるところで夏蠅が濡れた数珠《じゅず》のようにつながっている。カフェや売店の菫《すみれ》いろのドアのそばにさがっている古い蠅取紙が、重みに耐えかねて落ちる。まるで腐りかけた階段の絨毯みたいな、汗の泡を吹くベルベル人たちの臭い。それから街路の喧騒。金属製のカップを打ち合せて人を呼ぶ水売人の叫びと響き。時おり、騒音を貫いて、腸を切り裂かれる弱い小動物のような叫びが聞える。しかし誰も気にとめない。池のように溜ってゆく傷の痛み――これほどの規模で人間の惨めさが孵化《ふか》されるのを目にして、人はあっけにとられ、すべての感情が嫌悪と恐怖のなかに流れこむ。

ジュスティーヌは、ぼくが待っているカフェ・エル・バブにやって来るとき、じつに落ち着いた率直さでこういう街々を通り抜けて来る。自分にもまねができたらと思ったものだ。ぼくたちは崩れかけたアーチの脇の入口に坐ってなんの邪心もなしに話し合った。だがその話のなかにはすでにある了解がしのびこんでいた。ぼくらはそれをただ友情が深まってゆく兆《きざし》としか受け取っていなかったが。あの黒ずんだ泥の床に坐りこんで、大地の気筒が急速に冷却して暗闇へ沈下してゆくのを感じながら、ぼくたちはただ、普通の人々が会話で取り交す考えなどを超越した観念と経験を伝えたいという欲望に憑かれていた。彼女は男のように話したし、ぼくも男らしく話をした。いま思い出せるのは、この会話の型と重さだけだ。内容は浮んでこない。そこに片肘ついたままわれを忘れ、安いアラキ酒*を飲み、微笑みかけながら、ぼくは彼女の衣服と皮膚から暖かい夏の香りを吸いこんだ――それは、なぜか知らないが、「二度とこの世では《ジャメ・ド・ラ・ヴィ》」と呼ばれている香水だった。

*

恋人の心を捉えることはなくとも、作家の心をみごとに引っ捉えて、永遠に生きつづける瞬間というものがある。人は記憶のなかで何度もこういう瞬間に戻って行くことができるし、それを元手にして、作品という人生の一部分を築き上げることもできる。そういう瞬間を言葉で損うことはあっても、台なしにしてしまうことはありえない。こういう文脈のなかで、ぼくはもうひとつの瞬間を思い起す。モスクのそばの安宿で、眠る女のそばに横たわっていたときだ。その早春の夜明け方、深い霜が降りているとき、鳥たちが呼び覚すまえに、全都会をつつみこむ沈黙の上に、スケッチを描くように、モスクから「エベド」*を誦する盲目の時報係《ムエッジン》の美しい声が聞えてきた――声は一筋の髪の毛のように棕梠の葉に冷やされたアレクサンドリアの上空にかかっていた。「われは永遠にいます神の完全を称える」（これは美しい高い声でゆっくりと三度繰り返される）。「望まれるもの、存在するもの、唯一なるもの、至高なるもの。神の完璧さ、一《いつ》にして孤なる神の完璧さ。男女の配偶を持たず、似たものを持たず、従わぬものなく、同位のものまたは子孫による代理者を持たぬ神の完璧さよ。この神の完璧さこそ称えられてあれ」

この偉大な祈りは、まだ覚めやらぬ意識のなかに、蛇のようにきらきら輝く言葉のとぐろを巻いてはいりこんできた。時報係《ムエッジン》の声はしだいに重々しく沈んでゆく――そしてついに朝のすべては、この不思議な癒着力、思いもかけず価するとも思わなかった恩寵の予示に満ちあふれ、それはまた、何も知らずに、大洋のように壮麗な言葉に揺すられながら、鷗のように軽やかな寝息を立てて寝入っているメリッサの、このみすぼらしい部屋をひたした。

＊

ジュスティーヌには愚かなところがなかったなどと誰が言えよう。快楽の礼賛、小さな虚栄、目下の者に褒められようとする気遣い、傲慢。場合によってはうんざりするほどせちがらくなれる女。そのとおり、そのとおり。しかしこういう雑草はみな金が育てたものだ。ぼくはただ、多くの点で彼女は男のように思考し、行動においては男性的で自由直截《ちょくせつ》な独立を好んだとだけ言っておこう。ぼくたちの親密さは奇妙な精神の状態に属していた。すでにはじめのころ、彼女が人の心を正しく読みとる術にたけているのに、ぼくは気がついていた。同じ考えが同時にぼくたちの頭に浮ぶ。あるとき、たったいま思いついた考えを、彼女も考えているのに気がついたことがある。それはこういうことだ。「こういう親密さをこれ以上押しすすめるべきではない。なぜなら、ぼくたちはもう、それぞれの想像のなかでその可能性をすっかり極めつくしたのだから。暗く織りなされた肉欲の彩りの裏でぼくらが結局見出すものは、二人を永遠の奴隷とするほどに深い友情なのだ」これは、性の魅惑からはじまる恋愛よりもはるかに危険なものだ、経験のせいで早くも疲れ果ててしまった頭脳の戯れだ、と言えば言えるかもしれない。

彼女がネッシムをどんなに愛しているかを知っていたから、またぼく自身も彼女をとても愛していたから、こういう考えに思いをめぐらせるとぞっとしないではいられなかった。彼女が軽く呼吸しながらぼくのそばに横たわり、大きな目で天使の舞う天井を見つめているときに、ぼくは言った。「貧乏な学校教師とアレクサンドリア社交界の女の恋愛なんて、どうにもなりはしないよ。ありきたりのスキャンダルに終って、二人だけ取り残されて、ぼくをどう始末したらいいか決めるのがきみの仕事になるなんて、つらいことだろうな」ジュスティーヌは真実を聞くのがきらいだった。彼女は片肘をついて向き直り、あのすばらしい苦しげな眼ざしをこちらに向け、長いあいだぼくの目を見つめていた。「ここには選ぶ自由なんてないの」彼女はぼくがとても好きになっていたあのしゃがれ声で言った。「あなたはまるで選ぶ自由があるような話し方をしている。わたしたちは選択できるほど強くもないし、悪人でもない。これはみんななにか別な存在が決めた実験の一部。それがこの町なのか、わたしたちのなかの別な部分なのかはわからないけれど」

洋裁店の多面鏡のまえに坐って、シャークスキンの仮縫いをさせながら、彼女が言ったことを思い出す。「見てごらん！　ひとつのものが五つの違う形になって映っている。わたしが小説家なら、性格の描写に多次元的な効果を出してみたいと思うところね。プリズムを通して見るみたいに。人が一時にひとつのプロフィールしか見せてはならないってこともないでしょ」

いま彼女は欠伸をして煙草に火をつけた。ベッドに坐り直して細いかかとを両手でつかんでいる。顔をゆがめて、ゆっくりと、あの老ギリシア詩人が昔の恋愛を歌ったすばらしい詩を暗誦している——英語にするとすばらしさが失われてしまうだろう。彼女が思慮深くて皮肉なギリシア語の一句一句にやさしく触れながら詩を読むのを聞いていると、ぼくはふたたびこの都会の——その平板な沖積《ちゅうせき》期の風景と疲れ切った空気の保有する——奇妙な謎めいた力を感じた。そして彼女がほんとうにアレクサンドリアの子であるのを知った。ギリシア人でも、シリア人でも、エジプト人でもない。それらの混成であり結合だ。

それにしても、彼女はどんなに感情をこめてあの一節まで読みすすんだことか。老人がかつてあれほど心を動かされた昔の恋文を投げ捨てて叫ぶあの一節まで。「私は悲しい心でバルコニーへ出て行く、この心の動きをまぎらせてくれるものを求めて。たとえ、私の愛するこの都会の街々の、また店々の、僅かな動きを見るだけのことであろうとも!」*彼女も鎧戸を押し開いて暗いバルコニーに立ち、色とりどりに輝く都会をながめる。アジアの境界から吹いて来る夕暮れの微風を受け、一瞬、みずからの肉体を忘れ果てて。

*

「プリンス」ネッシムというのはもちろん冗談である。ともあれ、ネッシムが淡黄色の車輪覆い《ハブキャップ》をつけた銀の大型ロールスロイスにおさまり、カノープス*通りを音もなく滑って行くのを見送る店主や黒服の商売人《コメルサン》たちにとっては、これは冗談なのだ。何よりもまず彼はコプト人*であってイスラム教徒ではない。だがこの綽名《あだな》はある意味で当を得ている。なぜならアレクサンドリアの人々すべてが——相当な金持連中でさえもが——本能的にのめりこんでゆく貪欲から、ネッシムは貴公子のように超然と離れているからだ。しかし彼が奇人だという評判のもとになった理由も、レヴァント地方の外に住んでいた人々には、かくべつ珍しくもあるまい。彼は金のことを気にしない、ただ費すだけだ――それが第一の理由。第二に彼には別宅《ガルソニエール》がない。そしてジュスティーヌひとりを忠実に守っているらしい――これは前代未聞のことだ。金については、途方もなく金がありすぎて彼はもう嫌悪の念にかられている。けっして金を身につけて歩かない。アラブ流に使い捨て、店主には約束手形を渡す。ナイトクラブやレストランでは彼の署名入りの小切手なら受け取ってくれる。それにもかかわらず彼の借金はきちんと支払われている。毎朝、秘書のセリムが車に乗って前日ネッシムが歩いたところをめぐり歩き、厖大な借金をすっかり払って行く。

この都会の人々は、こういう態度が風変りでたいへん傲慢だと考えている。粗野で曖昧な身分、卑しい職業、不完全な教育、そのために彼らにはヨーロッパ的な意味でのスタイルとはどんなものであるのか思いもよらない。しかしネッシムは教育を受けてそうなっただけでなく、生れつきそうだったのだ。策略の張りめぐらされた現実的な金の世界は、もともと穏やかで瞑想的な彼の精神がはたらく領域ではなかった。もっとも控え目な人間であるこの男が自分の性格にしたがって行動すると、あちらこちらから批判をまねく。人々はこれを外国で受けた教育のせいにした。しかし実際には、ドイツもイギリスも彼を混乱させて、この都会の生活に適応できない人間にしただけだ。前者は地中海育ちのすなおな頭脳に形而上学的瞑想趣味を植えつけ、一方、オクスフォードはこの男を学者風に仕立てあげようとして、哲学的な性癖を強めるのに成功しただけだった。それでいちばん愛している絵を描くのもままならなくなったくらいだ。彼はずいぶん考えもし悩みもしたが、あえてやってみる決断力——職業画家の第一要件——に欠けていた。

　ネッシムはこの都会に背を向けていたが、その巨大な財産のために、毎日この土地の実業家たちとつき合うことになると、彼らのほうはおどけた寛大さ、ちょうどすこし知恵の足りない男に示すような鷹揚さをもってネッシムをあしらい、気をやすめた。事務所——あの鋼鉄のパイプと明るいガラスで造られた石棺のような建築物——へ行って彼に会ったとき、大きなデスク（ベルや滑車や特製の照明などに覆われている）にまるで孤児のように坐って、バタつき黒パンを食べ、ヴァザーリ*を読みながら、うわの空で手紙や領収書に署名しているのを見たとしても驚くにはあたらない。彼は薄い褐色の顔をあげて、閉じこもるような、引き退くような、ほとんど訴えるような表情をみせる。しかし、こういう穏やかさのなかには鋼鉄の芯が一本通っている。というのは、無頓着なようでありながら事業のこととなればどんな小さな問題でも知っているからで、部下たちはいつも驚かされるのだ。また彼の取引はほとんどつねにみごとな判断力にもとづいている。社員たちにとって彼はひとつの神託のようなものだ——しかし（彼らは溜息をつき肩をすくめる）あの人はそんなことなどどうでもいいような様子なのだ。利得など気にかけない。アレクサンドリアが狂気と見なすのはそこだ。

　ぼくは彼らと知り合いになる何ヵ月もまえから、顔だけは知っていた——この都会の人間の顔は全部知っていた。顔だけでなく噂も聞いていた。人目につくほど堂々とした、まったく因習を無視した二人の生き方が、田舎気質の市民たちのあいだでは悪名高いものとなっていた。彼女にはたくさんの恋人がいるという噂があったし、ネッシムはおとなしい夫《マリ・コンプレザン》だと見られていた。二人がいっしょに踊っているところを何度か見かけたことがある。彼はほっそりとして、女のように腰がくびれていて、反り返った長いきれいな手をしていた。ジュスティーヌの美しい頭――ぐっと傾斜したあのアラブ風の鼻、ベラドンナ*で大きくしたあの透明な瞳。彼女はなかば馴らされた豹のようにあたりを見まわしていた。

さて、あるとき、ぼくはこの都会に生れた詩人*についての講演を引き受けさせられた。場所は美術のアトリエ《アトリエ・デ・ボー・ザール》――ここは一種のクラブで、才能のあるアマチュア芸術家が集まったり、貸しスタジオに使われたりしている。ぼくが引き受けたのは、いくばくかの金がはいればメリッサに新しいコートを買ってやれると思ったからで、それに秋も深まりかけていたのだ。だがこれはつらい仕事だった。いわばぼくの周辺に老詩人の存在を感じ取り、彼の経てきた惨めでしかも豊かな恋から蒸溜した詩句の香りが、会場を取り囲む陰鬱な街々に満ちあふれているような気がしたから――たぶん、それは金で贖《あがな》われた束《つか》の間《ま》の恋であったろうが、いまは彼の詩のなかに生き続けている――彼は注意深くそしてやさしく、外から訪れたこの瞬間をとらえ、その色彩を褪《あ》せぬものにしたのだ。こんなにも自然に、こんなにも繊細な本能で、アレクサンドリアの街と娼家からの主題を選び取った皮肉家について講演するなどとは、なんと大それたことか。しかも、雑貨屋の小僧とか慎ましい書記――彼の神々――に話しかけるのではなく、勿体ぶった社交界の婦人たちに語るなんて。彼女らにとって、彼の代表する文化など一種の血液銀行にすぎない。この女たちは輸血しにやって来たのだ。そのうちの多くは、事実ブリッジ・パーティを見合せてまで参上したのだ。もっとも、彼女たちにしても感情を高めるどころかあっけにとられるだろうと自覚してはいるのだが。

彼の顔が忘れられない——最後の写真の恐ろしいほど悲しげな穏やかな顔が忘れられない、と話したことだけは覚えている。堅実な市民の夫人たちが石の階段を伝い降りて、濡れた街路にライトをつけて待っていた車に乗って帰ったあと、このわびしい部屋にはさまざまな香水の匂いがこだましていた。そのときになって、ぼくは芸術と情熱の探求家がまだひとり残っているのに気がついた。彼女はホールの後ろの席で、男のように脚を組み、煙草を吹かしながら物思いにふけっていた。ぼくのほうを見るでもなく、黙って足元の床を見つめている。たぶんたったひとりの人間だけはこの苦しみをわかってくれたのだ、と思うと悪い気はしなかった。ぼくは湿気《しけ》った書類鞄と古ぼけたレインコートをかかえて下へ降りた。冷たいぬか雨が海から街路へ吹きつけていた。ぼくは下宿のほうに歩きはじめた。もうメリッサも目を覚まして、新聞紙を敷いたテーブルの上に夕食をならべているだろう。だがそのまえにハミドをパン屋に走らせてローストを取って来させねばなるまい——部屋には自前のオーヴンがないのだ。

街路は冷たく、ぼくはフアド街の店々の明るく輝く光のほうへ道を突っ切った。食料品店の窓にオルヴィエート*というレッテルを貼った小さなオリーヴの缶詰があった。とつぜん、地中海の表側に行きたいという願望に打ち負かされて、ぼくは店にはいってそいつを買い、その場であけさせ、大理石のテーブルに向って腰をかけると、陰気な光の下で食べはじめた。イタリアを、その黒く焦げた肉を、手で象《かたど》った春の土を、神に献げる葡萄の木を。メリッサにはけっして理解できないことだ。金は落したとでも言わねばなるまい。

彼女が大型車を街路に停め、エンジンをかけたままにして出てきたのに、ぼくは最初気がつかなかった。彼女はすばやく決然とした足どりで店にはいってくると、同性愛《レズビアン》の女か金持の女が貧乏人に話しかけるときの横柄な口調でこう言った。「皮肉の道徳律廃棄論的な性質っておっしゃったけど、あれどういうことなの」——ともかく何かそんなふうな言葉だ。

ぼくはまだイタリアから身を振りほどくことができなくてぼんやりと顔をあげた。店の三方の鏡にぼくをのぞきこんでいる彼女の姿が映っていた。浅黒く引きしまった顔には当惑と傲慢と慎ましさとがあふれていた。ぼくはもちろん皮肉とかそんなことについて何を喋ったかまるで忘れてしまっていたので、あっさり忘れたと答えた。彼女はほっとしたように短い溜息をつくと、ぼくの向いに坐ってフランスの安煙草《カポラル》に火をつけ、ぎらぎらする光のなかに薄青い煙をいくども吹き上げた。彼女はすこしそわそわしているようだったが、こっちの居心地が悪くなるくらいまともに見つめてきた——まるでぼくをどんな役に立てようかと考えているみたいに。「この町を歌ったあの詩を読むときのあなたの読み方が気に入ったわ」と彼女は言った。「ギリシア語がお上手。きっとあなた小説家なのね」「きっとね」とぼくは言った。知られていないことはいつも心を傷つける。こんな話を続けたところでとりとめもない。いつまでも文学の話をするのは嫌いだ。オリーヴをひとつ差し出すと、彼女はすばやく食べ終え、手袋をはめた手の上に猫みたいに種を吐き出した。そしてぼんやりと種を手に載せたまま。「夫のネッシムに紹介したいの。来てくださる？」

警官が戸口に立っていた。乗り捨ててある車を心配したらしい。こうしてぼくははじめてネッシムの邸宅を見たのである――彫刻と棕梠の並ぶ柱廊《ロッジア》、それにクールベやボナールの絵に飾られた邸宅は美しくまたおぞましかった。ジュスティーヌはネッシムの名を呼びつづけながら、急ぎ足に広い階段を昇って行った。途中でちょっと立ち止って、コートのポケットから出したオリーヴの種を中国の花瓶に捨てた。ぼくたちは部屋から部屋へと静寂をやぶりながら探しまわった。やっと彼が屋根裏の大きなスタジオから返事をすると、彼女はまるで猟犬のようにそばへ走り寄った。ぼくという獲物を主人の足元に置いて引きさがり尾を振っている、と言ってもいいくらいだ。彼女はぼくを手に入れたのだ。

ネッシムは梯子の上で本を読んでいた。それからゆっくりと降りながら、かわるがわるぼくら二人をながめた。ぼくのみすぼらしさ、濡れた髪、オリーヴの缶詰、そんなものも彼の内気さを解きほぐすことはできなかった。ぼくのほうもなんとも説明のしようがなかった。なんのためにここへ連れられて来たのか自分でも知らなかったのだから。

ぼくはこの男がかわいそうになって、オリーヴを差し出し、二人坐って缶を空けてしまった。ジュスティーヌは飲物を探しまわりながら、ぼくら二人が行ったこともないオルヴィエートの話をしていた。あのはじめての出会いを思い出すと心がなごむ。あのときほど二人と――つまり二人の結婚と――密接に結びついたことはなかった。結婚というものが作りだす二頭一体のみごとな動物というふうに、あのときの二人は見えた。ジュスティーヌをめぐる忌まわしい噂を思い出しても、彼の目の光のやさしい暖かさを見ていると、彼女のやっていることは――たとえ世間の目からみれば邪《よこし》まなことでも――彼のためにやっているのだということがわかってくる。彼女の愛は皮のようなもので、そのなかにネッシムが赤ん坊のへラクレスみたいに縫いこまれているのだ。彼女がひとり立ちで歩こうとしても、彼から離れるのではなく、彼のほうへ近づくことになる。世間にこんな逆説は通用しない。しかし、ネッシムが彼女を知り、彼女を受け入れたその態度は、愛と所有を結びつける人にはとうていわかりっこないのだ、とそのころのぼくは考えていた。ずっとあとになって彼はこう言ったことがある。「どうしたらいいというのだ。ジュスティーヌはいろんな点でぼくには強烈すぎた。彼女を愛し負かすほかに手はなかった——ぼくの長い求婚がそれだ。ぼくは彼女の先まわりをした——あらゆる過ちを出し抜いた。彼女がくずおれそうな地点のどこにでも立っていた。手を貸して立たせてやり、なんでもないんだよと言ってやった。結局のところ、彼女が危険に曝《さら》したのはぼくのいちばんくだらぬもの——ぼくの評判だ」

これはもっとあとのことだ。不幸な運命のからみ合いがぼくらを呑みこんでしまうまでは、こんなに自由に話すほどお互いによく知り合っていなかった。またあるときはこうも言っていたのを思い出す——ブルグ・エル・アラブ*の近くの夏の別荘でのことだ。「ぼくはある意味でジュスティーヌが偉大な女だと思っている、と言ってもわかってもらえるかな。芸術か宗教に道を見出しでもしないかぎり、日常生活をめちゃめちゃにしてしまうような偉大さもある。彼女の才能は愛に向ったせいで道を踏み違えたんだよ。たしかにいろんな点で悪い女だが、それはみんな小さなことだ。また彼女は誰も傷つけなかったとも言えない。しかし彼女は傷つけた人間をみんな実りゆたかな人間にした。人々を古い自我から追い出した。それにはどうしても苦痛がともなうし、多くの人間は彼女の与える苦しみの性質を誤解した。ぼくはそうじゃない」そしてあのやさしさと、言い表しがたいにがさの入り混じった微笑を浮べながら低い声でそっと繰り返した。「ぼくはそうじゃない」

＊

　カポディストリア……この男をどう言ったらいいだろう。人間というよりはむしろ小悪魔に近い、と言ってもいいところだ。蛇のように平たい三角の頭と大きく突き出た耳。V字形の生えぎわが額に迫っている。いつも白っぽい舌をちらちらさせて薄い唇を湿している。途方もない財産があって、指一本動かす必要もない。一日じゅう仲買人クラブのテラスに坐って、通り過ぎる女たちをながめている。その忙しない目つきは、古い汚れたカードの札を切りつづける人間の目だ。時おり、獲物を射止めたカメレオンの舌を思わせる音が軽く鳴る――ぼんやりしているとほとんど見逃してしまいそうな合図だ。するとテラスからそっと人影が脱け出して狙いをつけた女を追う。時には使いの者があけすけに街路で女を呼びとめ、彼の名を明し金額を示してしつこく誘惑する。この都会では金額を示されて怒る女はいない。ある娘たちは笑うだけだし、またある娘たちはすぐさま承知する。彼女たちの顔に悩ましげな表情は見られない。ぼくたちのあいだでは徳を装うものはいないし、悪徳を装うものもいない。両方とも自然な振舞いなのだ。

　カポディストリアはこのすべてから遠く隔ったところに坐っている。染みひとつないシャークスキンの上衣の胸から絹の色模様ハンカチーフがのぞき細い靴が光っている。友人たちは彼をダ・カーポ*と呼ぶ。財産と――あるいは彼の醜さと――同じくらいに凄いという評判をとっている性的能力のためである。この男はジュスティーヌと遠い縁続きなのだが、彼女はこう言う。「わたしは彼を憐れむの。心はしなびたのに五官だけが残っている。まるで壊れたワイングラスの破片みたいに」しかしこれほど単調な生活も苦にはならないらしい。彼の一家はたくさんの自殺者を出したことで有名だし、また精神病という不幸な遺産を背負っている。だが彼はびくともしない。長い人差指で自分のこめかみにさわりながら言う。「私の先祖はみんなここがおかしくなってね。父親もそうだ。たいへんな道楽者で、老いぼれてからはゴムで完璧な女体を造らせた……実物大のね。冬のあいだは体のなかにお湯を入れておく。凄い美人だった。母親の名をとってサビーナと呼んでどこにでも連れて歩いた。大洋横断汽船で旅行するのが大好きで、死ぬ二年ぐらいまえからほとんど船の上で暮したようなものだ。ニューヨークへ行ったり帰って来たりでな。サビーナはすばらしい衣裳戸棚を持っていた。晩餐のために着飾って食堂へはいって来るところはたいへんな見ものだったね。父はケリーという男の召使を連れて歩いていたが、両側からこの二人に支えられて、すばらしいイヴニングドレスを着たサビーナが、酔っ払った美人みたいにはいって来る。死ぬとき父親はケリーに言ったものだ。『デメトリウスに電報を打ちなさい。サビーナは私に抱かれて安らかに死んだとな』彼女は父親といっしょにナポリの沖で水葬にされたよ」彼の笑いはぼくが聞いたどれよりも自然でこだわりがない。

あとになってぼくが苦しみのあまり半ば乱心状態になり、カポディストリアに大金を借りるはめに陥ったとき、この男はいままでのように気さくな友人ではなくなっていた。ある夜、メリッサが酔って暖炉のそばの足台に腰をおろしたとき、その長い考え深げな指は、ぼくがあの男に渡した借用証書《アイ・オー・ユー》をつまんでいた。緑いろのインキで簡単に「支払済」と書いてあった……。こういう思い出は心をえぐる。メリッサは言った。「ジュスティーヌならお金持ちだから借金を払ってくれたでしょうよ。でもわたしはこれ以上あなたを奪《と》られたくない。あなたはもうわたしなんてどうでもいいでしょうけど、わたしはまだあなたに何かしてあげたい――それにこんなのなんでもないことだもの。あの男と寝たからって、そんなにあなたが傷つくとは思えないし。あなただって同じことをしてくれた――レントゲンの費用をジュスティーヌから借りなかった？あなたは嘘をついたけれどわかっていた。わたしは嘘を言いたくない、けっして嘘はつかない。さあ、これ破って捨ててちょうだい。でも、もうあの人と賭けたりしないでね。あなたの手に負えるような男じゃないわ」そして彼女は顔をそむけると、アラブ風に唾を吐いた。

＊

ネッシムの外面生活について――あの果てしなくつづく退屈な宴会。はじめのうち、それは同じ実業家仲間のために開かれていたが、のちにはある得体の知れない政治目的のために開かれるようになった――そのことについては書きたいと思わない。大きなホールをこっそり通り抜け、階段を昇ってスタジオへ行く途中、ぼくは立ち止って、暖炉の上の大きな革製の楯に貼りつけた席次表をながめる――ジュスティーヌの左右に坐るのは誰かを知るためだ。しばらくのあいだは、親切にも集まりの仲間に入れてくれようとしたけれども、ぼくはすぐに退屈して、気分が悪くなったと申し立てることにした。もっともスタジオと広い書斎をひとり占めにするのが嬉しいということもあったが。あとでぼくたちは謀叛人《むほんにん》のようにこっそりと会い、ジュスティーヌは社交的な集いのなかで装っていた、華やかで、物憂げな、気むずかしい気どりを脱ぎ捨てる。二人は靴を脱ぎ、蠟燭の光でピケット*をやる。あとで寝室に行くとき、彼女は踊り場の鏡をながめ、自分の姿に話しかける。「退屈で見栄っぱりでヒステリーのユダヤ女だよ、おまえは!」

*

ムネムジヤンのバビロン理髪店はファド一世街とネビ・ダニエル街の交叉する角にあった。ポンバルとぼくは毎朝ここに来ると、二人並んで鏡のまえに坐る。ぼくら二人は同時に持ち上げられ、それからファラオの死体のように布に包まれてそっと寝かされる。すると天井に、まるで羽を広げた標本のような二人の姿が映る。白い布は小さな黒人の少年がかけてくれるのだが、そのあいだに、床屋は大きなヴィクトリア朝造りのひげ剃り用カップで、濃い甘い香りのする石鹼泡を切り、それからブラシでぼくらの頰にすばやく正確に塗りつけるのだった。ひとわたり石鹼を塗ると、あとは助手にまかせて店の奥へ行き、蠅取紙などといっしょにぶらさがっている大きな革砥《かわと》でイギリス剃刀の刃を研ぎはじめる。

ちびのムネムジヤンの背骨は曲っているけれど、その菫いろの瞳は子供らしさを失っていない。物覚えのいい男で、この都会の生き字引というところだ。たまたま傍らを通り過ぎた人間の収入とか先祖とかを知りたければ、この男に聞いてみるがいい。彼は剃刀を研ぐ手を休めず、自分の腕の黒い硬い毛で刃を試したりしながら、歌うような声で詳しく述べ立ててくれるだろう。知らないことは直ちに調べ出す。生きている人間だけでなく死人についても通暁している。これは文字どおりの意味で知りぬいているので、ギリシア病院では彼に死体の毛を剃らせ安置させて、それから葬儀屋に引き渡しているからだ。彼は多少の種族的な感興をまじえて、楽しみながらこの仕事をやってのける。古代から伝わってきたこの床屋という仕事は二つの世界をかかえている。そしてしばしば彼のみごとな人生観察は次のような言葉ではじまる。「誰それが最後の息を引き取るとき私に申しましたように」女たちは途方もなくこの男に惹きつけられるという噂が立っているし、そういう女たちのおかげでひと財産つくったとも言われている。また、彼はエジプトの老貴婦人たち、パシャの夫人や未亡人などを長年の得意先にしていて、定めた日に訪問しては髪を調えている。彼女たちは、彼の狡猾な表現をかりれば、「手のほどこしようがなくなっている」――それから背中に手をまわして、そこに盛り上った醜い瘤《こぶ》に触れながら誇らしげに言う、「こいつが御婦人方を昂奮させるんですよ」。彼はこういう女たちの誰かに贈られた金のシガレットケースを持っていて、そのなかに巻煙草の巻紙の束をしまいこんでいる。彼のギリシア語は間違いが多いけれど、大胆で生き生きしている。それでポンバルは彼とはフランス語で話したがらない。そのほうがもっとうまく話せるのだが。

彼はわが友人ポンバルにちょっとした斡旋《あっせん》をやってのける。彼が被保護者《プロテジェ》を描写するとき、にわかに詩的な高まりを示すのにぼくはいつも驚嘆したものだ。ポンバルの月のように丸い顔の上に屈みこみ、剃刀を使いながら思慮深げな小声でたとえばこう言う、「あなたのためにとってあるんですよ――特別上等なのを」。ポンバルは鏡のなかでぼくの視線をとらえ、それからお互いに笑い出したりしないように急いで目をそむける。彼は用心深く鼻を鳴らす。ムネムジヤンは軽く爪先立ち、ちょっと横目でうかがう。小さな媚《こ》びるような声が彼の言葉のすべてに二重の意味の殻をかぶせ、彼の話振りは小さな物憂げな溜息で途切れるにもかかわらず目覚しい。しばらくのあいだは沈黙がつづく。鏡のなかにムネムジヤンの頭の頂きが映っている――猥褻《わいせつ》なひとにぎりの黒い髪の毛をこめかみのところでカールさせている。明らかに背中のゆがんだ紙粘土《パピエマシェ》から注意をそらすためだ。剃刀を使っているあいだ、彼の目はぼんやりとかすみ、顔は壜のように無表情になる。気むずかしくて（そう、幸福な）死人の顔をあたるときと同じように冷淡に、彼の指はぼくらの生きている顔の上を滑ってゆく。「今度は」とムネムジヤンが言う。「どこから見ても満足なさいますよ。若くて安くて清潔な女ですからね。あなたはきっとこうおっしゃる、若い鷓《しゃ》鴣《こ》だ、蜜のいっぱいに詰った蜂の巣だ、鳩だ、とね。いま金に困っているんです。夫に無理やり押しこめられたヘルワンの精神病院から出てきたばかりでしてね。ローズ・マリーの店の歩道の端のテーブルで待つように言っておきましたから、一時に行ってごらんになりませんか。もしお気に入ったら、私が書いてあげるカードを渡してください。しかしいいですか、お金は私にだけ払ってくださいよ。紳士対紳士の取引としてこれだけがこちらの条件です」

しばらくのあいだ彼はそれ以上何も言わない。ポンバルは鏡のなかの自分の姿を見つめつづける。生れつきの好奇心が、わびしくて投げやりな夏の空気と争っている。きっとあとでこの男は、疲れて当惑しきった女を連れてフラットに駆けこんで来るだろう。その女のゆがんだ微笑は彼の心に憐憫の情しか引き起すことができないのだ。この友人が親切心に欠けているとは言えない。

いつもこういう種類の女たちに何か仕事を見つけてやろうとするのだから。じっさい、数ある領事館の大部分は一生懸命まともに振舞おうとしているかつての浮浪者たちを雇っている。ジョルジュが外交官仲間にしつこく頼みこんで職を探してやったのだ。それにもかかわらず、こういう表面的な世話を受け入れるほどに身を屈し、打ちひしがれ、老いぼれた女はひとりもない——ぼくはこういうギャラントリーや機知の突出《ソルティ》をゴール人気質に結びつけて考えるようになった。簡単に蒸発して高慢と精神的怠惰に化してしまうあの性急で虚飾に満ちたフランスの魅力——すぐに砂の山のなかに流れこみ、本来の才知《エスプリ》が硬直化して死んだ概念に固まってしまう、あのフランスの思想と同じようなものだ。しかし彼の思考と行動の上に舞いたゆたう軽やかな性の戯れにはある無私の雰囲気があって、それゆえにたとえばカポディストリアの思想と行動とは質的に違う。彼もまたしばしばぼくたちと共に朝のひげ剃りに加わるのだ。カポディストリアにはまったく自分の意思にかかわりなく、すべてのものを女に変えてしまうようなところがある。彼に見られると椅子でも恥かしそうに裸の脚を気にしはじめる。彼は物をはらませる。テーブルの西瓜が彼の視線を意識するのをぼくは見たものだ。そのためになんと西瓜のなかの種子がうごめきだす！あの狭い平たい顔と、薄い唇からいつもちらちら出入りしている舌を見ると、女たちは毒蛇に見込まれた小鳥のような気がしてくる。ぼくはもう一度メリッサのことを考える。わが妹わがはな《ホルトゥス・コンク》よめよ、なんじは閉じたる園《ルースス、ソロル・メア・スポーンサ*》……。

＊

「嘲笑の眼ざし《ルガール・デリゾワール》ね」とジュスティーヌが言う。「どういうことなの、あなたはこんなにわたしたちのひとりになりながら、しかも……離れているのは」彼女は鏡のまえであの黒い髪をくしけずっている。煙草をくわえ目を細めて。「アイルランド生れだから、もちろん精神的逃亡者でしょうけど、あなたにはわたしたちの苦しみ《アンゴワス》がない」彼女が探り出そうとするのは、じつは、ぼくたちが発するものではなく、風景が放射する特質だ——マレオティス湖の風に染みこんでいる疲労の金属的な味わいだ。

　彼女が話しているあいだ、ぼくはこの都会の建設者たちのことを考える。ガラスの柩《ひつぎ》に納められた軍神、銀に包まれた若い肉体*が、墓へ向って川を下って行く。あるいは、偉大な黒人——プロティノス*——の頑丈な頭脳が、純粋に知的な遊び心のままに作りだした神の観念を反響させる。まるでこの風景から生ずる観念は一般の住民などの手には届かない場所に集中しているかのようだ——そこでは、放縦のかぎりをつくしたあげく最後の慎みまでも剝ぎ取られた肉体が、はるかに包括的な先入主に服従しなければならない。さもなければ、大図書館《ムーセイオン》*の仕事に見られる衰弱のなかで、科学と芸術の緑なす宮廷庭園に住まう両性具有者《ハーマフロダイト》たちのあからさまな戯れのなかで、滅びなければならない。それは人工的にミューズを受胎させようという不器用な試みとしての詩だ。メリッサの寝顔の上の夜空に輝くベレニケの髪*という燃える愚かな比喩だ。「ああ！」とジュスティーヌはあるとき言った、「わたしたちの放縦な生き方に、なにか自由でポリネシア風なところがあったらどんなにいいか」と。あるいは地中海的な、とさえ彼女はつけ加えてよかったかもしれない。なぜなら、イタリアとかスペインではどの接吻の意味合いも違っていようから。ここではぼくたちの肉体は、アフリカの砂漠から吹きつけてくる荒々しい乾いた風に痛めつけられている。ぼくらは愛の代りに、もっと賢明な、しかしもっと残酷な心のやさしさというもので間に合せねばならなくなったのだが、それは孤独を追い払うどころか強めるばかりだ。

この都会には二つの重心——その個性の真の極北と磁北と——さえある。住民たちの気質は、ショートした電流のように、二つの極のあいだで鋭い火花を散らしている。その精神的な中心は忘れられたソーマ*の遺跡で、かつては若い心乱れた戦士の肉体が神となって横たわっていた。その世俗的な中心は仲買人クラブ。そこでは綿仲買人たちがカバリ（原注3）のように坐ってコーヒーをすすり、悪臭を放つ葉巻をふかしながらカポディストリアをながめている——川の土手で釣師や画家の仕事をながめる人々のように。前者はぼくにとって物質と空間と時間の領域において人間の成しとげた偉大な征服を象徴する——これらの領域は枢のなかの征服者に敗北したという苛酷な認識を献げぬわけにはいかない。後者はなんの象徴でもない。自由意志の生き地獄そのものだ。ぼくの愛するジュスティーヌはそのなかをさまよい歩き、恐ろしい一徹さで統一の火花を、おのれを高めてみずからに新しい眺望を与えてくれそうな火花を探し求めている。ひとりのアレクサンドリア人としての彼女にとって、放縦な生き方とは、奇妙にも、自己否定の一形式であり、自由の戯画化だ。かりに彼女をこの都会のひとつの典型と見るにしても、ぼくが考えずにいられないのはアレクサンドリアやプロティスではなく、ヴァレンティヌスの悲しい十三番目の子供のことだ。「ルーシファーのように神に反逆して堕ちたのではなく、あまりにも熱心に神と結びつこうとして堕ちた（原注4）」あの子供のことだ。極端まで押しすすめたものはすべて罪になる。

自分自身との神聖な調和から断ち切られたゆえに彼女は堕ちた、とそうこの悲劇的な哲学者は言う。そうして物質の表徴となったのだ、と。彼女の都会、この世界の万象は、彼女の苦悶と悔恨から創り出された。彼女の思考と行動を生んだ悲劇的な種子は厭世的なグノーシス*の種子だ。

この身元証明が間違っていないことをぼくは知っている――なぜなら、ずっとあとで、彼女はまだあやぶみながらも、毎月バルタザールを中心に集まる小人数の会にぼくを加えてくれたのだが、彼女がもっとも関心をいだくのは、いつも、彼がグノーシス説について述べることだったから。ある夜、彼女が気遣わしげに、訴えるように、自分はバルタザールの考えを正しく受け取っているだろうかとたずねたのを思い出す。「つまり、神はわたしたちを創ったのでもなければ、わたしたちが創られるのを望みもしなかったということ。そうじゃなくてわたしたちはもっと下級の神、間違って自分を神だと信じこんだ従属神に創られたの。ほんとうに、ありそうな話じゃない？　そうしてこの途方もない傲慢《ヒューブリス》がわたしたちの子供にまで伝えられてきたわけなのね」二人で歩いているとき、彼女はまえに立ちふさがり上衣の襟をつかんで熱心にぼくの目をのぞきこんだ。「あなたは何を信じているの？　あなたは何も言わない。せいぜいのところ、ときどき笑うだけで」ぼくはどう答えていいかわからなかった。ぼくにはどの考えも同じように良いものに思われた。そういう考えが存在するという事実は、誰かがそれを創り出したことを証明している。それが客観的にみて良いか悪いかがそんなに問題だろうか。どうせ長いこと通用するわけではない。「でも大切なの」と彼女はいじらしくなるほど声を強めた。「とても、とても大切なのよ。あなた」

ぼくたちはこの風景の子供らだ。この風景が行動を、思考さえも指示する。ぼくらが風景に反応する度合に応じて。ぼくはこれほど確かな身元証明を思いつくことができない。「たとえば、きみの疑いのなかには、いろんな不安や絶対的な真理への渇望などが含まれているけれど、ギリシア人の懐疑主義はまったく違うものだ。地中海的な精神は思考の戯れの一部としてわざと詭弁を用いたりする。ところがきみの思考は武器だ、神学だ」

「でも、それならどうやって行動を判定するの」「思考そのものを判定できなければ、行動に包括的な判定を下すことはできない。思考そのものが行為なのだからね。どちらかを部分的に判断しようとするから信じられなくなる」

彼女はポンペイウスの円柱*の裏手にあるあの崩れ落ちた残骸のなかで、とつぜん、外壁の上や折れた円柱に腰をかけ、いましがた頭に浮んだばかりの考えに打たれて抑えがたい悲しみにひたるのだが、ぼくはそういう仕草が好きだった。「あなたはほんとうにそう信じてるの？」彼女があまりにも強い悲しみをこめてそう言うので、ぼくは感動し、同時に面白くも思った。「どうして笑うの？　あなたはいつもいちばんまじめなことを笑う。ああ、悲しいのがほんとじゃない？」もし彼女がほんとうにぼくを知りぬいていたら、あとで悟ったろう、心の奥底で感じ、人間の思想の解きほぐしがたいからみ合いを意識している者には、たったひとつの反応の仕方しかない——皮肉なやさしさと沈黙しかないということを。

星が輝き、鋭い乾いた草の陰で蛍が褪《あ》せた藤いろの光の揺らめきを空へ照らし返している、そんな夜には、彼女の傍らに坐って、あの美しい黒髪をなでながら黙っているしかないのだ。下では、バルタザールの読む高貴な文章が黒い川のように流れて行く。声はなかばは感動のために、なかばはあまりに多くの抽象思考から生じる疲れのために震えている。「肉体《コルポラ》の昼は精神《スピリトゥス》の夜である。肉体がその働きをやめるとき、精神はその仕事をはじめる。肉体の目覚めは精神の眠り、精神の眠りは肉体の目覚め」そのあとで、雷鳴のように、「悪とは変質した善である」(原注5)。

＊

ネッシムが彼女に見張りをつけているというのをぼくは長いあいだ疑っていた。彼女は夜の町をかすめ飛ぶ蝙蝠《こうもり》のように自由なはずだったし、自分の行動を説明しろなどと求められたとも聞いていない。さまざまな場所でこの都会の生活に接触し、これほど出没きわまりないひとを見張るのは容易ではなかろう。それにもかかわらず、彼女が危険な目にあわないように見張りがついている、というのはあり得ることだ。ある晩ひとつの事件が起って、このことをはっきりと教えてくれた。ぼくはあの家の晩餐に招待されていた。ほかに客がいないときは、ぼくたちは庭の隅の小さな東屋《あずまや》で食事をする。そこには夏の涼しさに加えて、泉水に接する四つの獅子の頭から流れ出る水のささやきがあるからだ。その時にかぎってジュスティーヌはまだ現れず、ネッシムがひとりで坐っていた。カーテンを西のほうに引き寄せ、蒐集品《しゅうしゅうひん》のなかから黄いろい翡翠《ひすい》を取り出し、長いやさしい指で考え深げに磨いていた。

もう約束の時間を四十分も過ぎて、彼が晩餐をはじめる合図をし終えたとき、小さな黒い電話が針のような音を立てた。彼はテーブルのそばへ行くと溜息をついて受話器を取り上げた。じれったそうに「うん」と言うのが聞えた。それからしばらく低い声で話した。会話はとつぜんアラビア語に切り換えられ、一瞬、ぼくはその場の直感で、電話をかけてきたのはムネムジヤンではないかという気がした。なぜそう感じたのか自分でもわからない。彼は封筒にすばやく何かを書きつけると、受話器を置き、立ったまま書いたものを暗記した。それからぼくのほうを向くと、まったく突然にいままでとは別人のような口調で言った。「ジュスティーヌに助けが要るようだ。いっしょに来てくれ」そして答を待たずに、階段から百合の池を抜けてガレージへ駆け去った。ぼくも懸命にあとを追った。数分もたたぬうちに、彼の小型スポーツカーは重い門扉をすり抜けてファド街にはいり、ラス・エル・ティンへ降りる網の目のような街路を縫いながら海へ向っていた。まだ遅くはなかったが、通りに人はすくなく、ぼくらは海岸遊歩道《エスプラネード》の彎曲した横腹沿いにヨットクラブへ向って疾走した。海岸をゆっくりと往来する貸馬車（「愛の乗物」）の何台かを猛烈な勢いで追い抜きながら。

ぼくらは要塞のそばで折り返すと、タトウィグ街の裏手に積み重なるスラムにはいった。薄黄いろのヘッドライトが蟻塚のようなカフェ群や雑踏する広場をいつにない明るさで際立たせる。崩れ傾いた家並のすぐ後ろから、突き刺すような叫びや号泣が聞えてくる。葬列があるのだ。死者を悼む泣き屋の叫びが夜を醜悪にする。狭い通りのモスクのそばで車を捨てると、ネッシムはとある大きな共同住宅の薄暗い入口にはいって行った。建物の半分は鎧戸を閉じて鉄格子をはめたいくつかの事務所に占められ、消えかけた標札を出している。バワブ（エジプトの管理人《コンシエルジュ》）がひとり、まるで捨てられた廃物（言ってみれば自動車の古タイヤ）という恰好で、ぼろにくるまり、高い椅子にちょこんと腰かけ——柄の短い水煙管《みずぎせる》を吸っていた。ネッシムは鋭い声でこの男に話しかけ、ほとんど答も聞かないうちに建物の裏手へ抜けると、暗い裏庭のような場所に出た。煉瓦と漆喰《しっくい》造りの荒廃した家々がまわりを囲んでいる。彼はちょっと立ち止ってライターをともし、ぼくらはその弱い光でまわりの戸口を調べはじめた。四番目のドアに来たとき、彼はライターをかちりと消してノックした。答がないのでドアを押し開く。

暗い廊下の奥に、灯心草ランプの弱々しい光に照らされた小さな薄暗い部屋があった。それがぼくらの目指す場所らしい。

部屋に踏みこんで目にしたのは恐ろしく風変りな光景だった。たとえ、泥の床に置いた光がなかの者たちの眉毛や唇や頰骨を照らし出し、ほかは黒い影のまま残している、というただそれだけの理由によるものであったとしても——だからこの陰惨な家の垂木《たるき》を走りまわる鼠たちに顔の半分を嚙り取られたように見えるのだ。ここは子供の売春宿だった。仄暗い光のなかに、ちぢれ毛頭の少女たち十人ばかりが滑稽で重々しい夜着をまとい、唇を赤く塗り、南京玉の縁飾りをつけ、安物の指輪をはめて立っていた。おそらく十歳を越えたばかりの年ごろだろう。仮装めいた服の下から輝き出る子供の無心が、部屋の中央に立っているフランス人水夫の荒くれた姿と際立つ対照をなしていた。水夫は膝を曲げて、獰猛にゆがめた顔をジュスティーヌに突きつけていた。そしてジュスティーヌはぼくらのほうに半ば横顔を見せて立っていた。たったいま彼が叫んだ言葉はもう沈黙に呑みこまれていたが、叫んだときの力は張り出した顎や、首の付け根あたりの黒く盛り上った筋肉に残っていた。ジュスティーヌの顔に現れているのは、いわば、学問的な正確さをもって描かれた苦痛であった。片手に壜を振り上げていたが、こういうものを扱い慣れていないのは明らかだ。そいつを逆に持っていたから。

部屋の片隅の朽ちかけたソファの上に、壁から反射する暖かい影のなかで、子供たちのひとりが夜着のままちぢまっていた。もう死にかけているように見えた。ソファの上の壁に子供たちの青い手の跡がべたべたとついていた――邪悪な目から家を守るというこの国のまじないで、この部屋のたったひとつの装飾だ、じっさい、これは、この都会のアラブ地区でもっともよく見かける装飾なのだが。

ぼくとネッシムは一瞬、この光景の恐ろしい美に打たれて立ちつくした――まるでヴィクトリア朝の安物聖書の醜い彩色挿画が、なにかの手違いで題材をゆがめられ、置き換えられたようなものだ。ジュスティーヌの息遣いは激しくて、もうすこしで泣きだしそうな気配だった。

ぼくたちは彼女に飛びかかって街路に引っぱり出したらしい。ともかく気がついたときは、三人が海岸に出て、澄んだブロンズいろの月光を浴びながら、長い岸壁通り沿いに車を走らせていた。バックミラーにネッシムの悲しげな静かな顔が映り、妻もだまって傍らに坐ったまま、砕け散る銀いろの浪をながめ、夫の上衣のポケットから煙草を取り出して吸っていた。ガレージに着いて車から降りるとき、彼女はネッシムの両目にやさしく接吻した。

＊

こういうことすべては、まともに目と目を見合せたあの最初のほんとうの出会いの、いわば序曲だったとぼくは考えるようになっている。それまで互いに示し合っていた理解――三人共通の趣味にもとづく楽しい友情――は崩れ去って、何かに変っていったのだが、愛に変ったということはできない。どうして愛などでありえよう。これは、貪欲な官能の枷《かせ》などはほんの小さな役割しか果していない、ある種の精神的な執着だったのだから。それにしても、どうしてあんなことになったのか――たとえぼくたちがこれまでも愛の挫折という風雨に曝され、鍛えられ、似たような経験を積んできたにしても？

秋になると牝の栗毛馬が不安定な燐光体に変る。長い苛立たしい埃っぽい日々が続いたあと、生れていま飛び立とうとしている蝶の翅のはためきのような、秋の最初の鼓動を人は感じる。マレオティス湖は薄黄がかった藤いろに変り、その泥の脇腹一面にきらめくアネモネをちりばめる。蘇生した岸辺の軟泥から生えてきたのだ。ある日、ネッシムがカイロに行っているあいだに、ぼくは何冊かの本を借りようとしてこの家に立ち寄った。驚いたことに、ジュスティーヌがひとりスタジオで古いセーターを纏っていた。ネッシムがなにか仕事上の会議に出席するというので、彼女は夜行列車でアレクサンドリアに帰って来たのだ。ぼくたちはいっしょにお茶を飲み、それから突然の衝動に駆られて水着を引っつかみ、メクスの錆びついた鉱滓《スラグ》*の山を抜け、ブルグ・エル・アラブの外れにある浜辺に車を走らせた。浜辺は急速に薄れてゆく黄味がかった藤いろの午後の光を受けて輝いていた。外海の浪が新鮮な砂の絨毯の上に液化した燻《いぶ》し銀の色合いを見せて鳴り響き、深い旋律を湛《たた》えたその衝突音が二人のお喋りの背景となった。ぼくたちはさざ波立つ浅瀬の灯台草にくるぶしまでつかりながら歩いた。浅瀬のところどころに、ちぎれて岸に打ち上げられた海綿が堰をつくっていた。途中では痩せた若いベドウィンひとりにしか遇わなかったと思う。鳥もちで捕った野鳥を針金作りの籠にいっぱい入れて頭の上に載せていた。目のくらんだ鶉《うずら》どもだ。

ぼくたちは夕方の快い涼しさのなかで、濡れた水着のまま、太陽の最後の青白い光線を皮膚に浴びながら、長いあいだ並んで寝そべっていた。ぼくは半ば目を閉じて横になっていた。ジュスティーヌは（彼女の姿がはっきりと目に浮ぶ）片肘をつき、もう一方の手をかざしてぼくの顔を見つめていた。ぼくが話をすると、彼女はいつも妙にからかいたげな、ほとんど厚かましいと言いたくなるほどの熱心さで、ぼくの唇をじっと見つめる癖がある。まるで発音を間違えるのを待ち構えているみたいに。もしも、すべてがはじまったのは本当にこのときだったとしても、もう前後の脈絡は忘れてしまった。ただ、かすれた不安気な声がこう言ったのを覚えている。「それで、もしわたしたちがこうなったら――あなたはなんて言う？」しかしこちらが何か言うまえに、彼女は覆いかぶさって接吻した――嘲けるように、刃向うように、口の上に。これはまったく度を外れたことのように思えたので、ぼくは非難めいた言葉を口にしかけた――しかしそのときから彼女の接吻は、身うちに湧き上る荒々しい哄笑――嘲けるような落ち着きのない笑い――を途切らせる、凄まじく、柔らかく、息もつけぬ、刺すような痛みとなったかのようであった。まるで、ひどく怯えている人のように見えた。もしそのときぼくが「こんなことをしてはいけない」と言ったら、彼女はこう答えたにちがいない。「でもかりによ、そうなったとしたら？」それから――これははっきり覚えている――自分を正当化したいという熱望が彼女を捉えた（ぼくたちはフランス語で話していた。言葉は国民の性格をつくりだす）。そして彼女のたくましい口がぼくの口に重なり、褐色の腕がぼくの腕を締めつける、あの息もつけない瞬間の合間に、「これは貪欲でも放縦でもない。わたしたちは現実的な人間だもの。要するに二人ともお互いに教わるものがあるの。それは何？」。

それはなんだろう。「そうして、これがそのやり方か？」ぼくがそうたずねたとき、夕方の空に背の高いネッシムの姿がよろめくのを見たような気がしたのを覚えている。「わからない」彼女は荒々しくて頑なで絶望的な屈辱の表情を浮べて言った。「わからない」そして彼女は打ち身の痛みを押しつける人のように体を押しつけてきた。まるでぼくというものを払いのけようとしながら、しかも脆《もろ》くて震えるような接吻の繋がりのひとつひとつにいわば苦痛の終結点を見出している——捻挫《ねんざ》にかける冷たい水のように。このときほど、彼女がこの都会の子だということをはっきりと知ったことはない。この都会は、快楽に耽溺するのではなく苦痛に耽溺せよ、と女たちに命じるのだ。もっとも知りたくないものを探して歩くのが彼女たちの運命なのだ。

彼女は立ち上ると、長いカーヴを描く浜辺伝いに向うへ歩いて行った。うなだれたまま、ゆっくりと溶岩の水溜りを横切って。ネッシムの端正な顔が、部屋のあらゆる鏡から彼女に微笑みかけているような気がした。たったいま生じた場面が、ぼくの頭のなかでは夢のように非現実的なものになりかけていた。あとを追うために立ち上り、煙草に火をつけるとき、自分の手の震えを見るのが客観的で妙な感じだった。

しかし彼女に追いついて引き止めたとき、振り向いたその顔は病んだ悪魔の顔だった。彼女は激怒していた。「いっしょに寝たがっているだけだと思ってるの？　何よ、そんなのお互いうんざりじゃないの。わたしのこの感じがわからないなんてどういうこと？　どうしてなの？」彼女は濡れた砂を踏み鳴らした。安心しきって歩いている大地に地質の断層が開いたというだけではない。ぼくの性格の内部にあって、長いこと放ってあった坑道がとつぜん陥没したようなものだった。こういう不毛な観念と感情のやりとりが、密生する心のジャングルのいっそう奥に通じる道を切り開いた、ということにぼくは気がついた。それからまた、二人が肉体の保証人となり、謎めいた認識の共有者となった、ということにも。それはこの世で互いに補い合うことのできる稀な資質を所有する人間たちが伝え——受け入れ、解読し、理解する——しかないものなのだ（そういう人間がなんとすくなくて、なんと稀にしか見出せないのか）。「つまるところ」と彼女が言ったのを思い出す。「これはセックスとはなんの関係もないの」この言葉は笑いを誘ったが、そこには肉体そのものと肉体の使命とを切り離そうとする絶望的な試みがあるのにぼくは気がついた。こういうことは精神的な破産者が恋に落ちるといつでも起るのだと思う。そのときになって、ぼくは、ずっとまえに知っているべきだったことにやっと気がついた。つまりぼくたちの友情は、いわば、お互いを所有し合うところまで熟していたということにだ。

ぼくらはその考えに怖気《おじけ》づいたのだと思う。疲れきっていたけれど、そんな関係をまえにしてひるまずにはいられなかった。二人とももう何も言わずに、黙って手をつないだまま、服を脱ぎ捨てた場所に戻った。ジュスティーヌは疲れ果てたらしい。どちらもお互いから離れて、自分の感情を調べてみたかった。もう互いに話しかけることはなかった。彼女は街に帰って来ると、フラットの近くのいつもの角でぼくを降し、車のドアを閉めてやると、ひと言も言わず見返りもせずに走り去った。

部屋のドアを開いたときも、濡れた砂の上のジュスティーヌの足跡がまだ目に浮んでいた。メリッサは本を読んでいたが、ぼくを見上げると、彼女にふさわしく、すべてを知り抜いているように静かに言った。「何かあったのね——どうしたの」ぼくは答えられなかった。自分にもわからなかったのだから。ぼくは両手に彼女の顔をはさみ黙ってながめた。注意深く、これまでにない悲しみと渇望をもって。「あなたが見ているのはわたしじゃない、誰かほかの人ね」と彼女は言った。だが真実を言えばぼくははじめてメリッサを見つめていたのだ。矛盾しているようだが、ジュスティーヌが本当のメリッサをぼくに見せてくれた——そして彼女を愛しているのを確めさせてくれた。彼女は微笑しながら煙草に手を伸ばして言った。「あなたはジュスティーヌを好きになりかけている」ぼくは苦しかったが、できるだけ誠実に、正直に言った。「いや、メリッサ、それよりもっと悪いんだ」——なぜそうなのか、どうしてそうなのか、とてもぼくには説明できなかったろう。

ジュスティーヌのことを考えると、いつも、ある奔放な構図、男の束縛から解放された女を表す戯画を思い浮べる。「腐肉《ふにく》のあるところ」と彼女は自分の生れたこの都会のことを語るとき、誇らしげにベーメ*を引用して言った、「鷲が群れつどう」——ほんとうにこのときの彼女は一羽の鷲のように見えた。しかしメリッサは暗い空の下に閉じこめられた冬の風景の悲しい絵だ。セメント工場の窓枠に置き忘れられて、いくつかの花を咲かせるゼラニウムの植木箱だ。

ジュスティーヌの日記のある一節が頭に浮ぶ。翻訳してみよう。ぼくとのことが起るずっと以前に書かれたものだが、あの奇妙に内向的な愛の性質をほとんど正確に表現している。もっともいまでは、それがぼくらに特有のものだったというより、あの都会に特有なものだったと思うようになっているのだが。彼女は書いている。「恋をしたから心が通い合うなどと想像するのは空しい。それは自律的に成長してゆく二つの精神が同時に発火したということなのだから。これはおのおのの内部で何かが音もなく爆発したという感覚だ。思い惑い思い詰めた恋人たちが、この事件のまわりをめぐりながら、おのおのの経験を調べてみる。施し主と思い違えた男のほうへ女の感謝が伸び広がり、恋人と心を通わせたという幻想をつくり出す。しかしこれは誤りだ。愛の対象となったのは、ただ、同じ瞬間にひとつの体験を共有し合った、それもみずからに陶酔しながら共有し合った人間にすぎない。また愛するもののそばにいたいという欲望は、そのものを所有したいから生じるのではなく、別な鏡に映った映像を比較するように、おのおのの経験を比較したいから生じるのにすぎない。このすべては、最初の見つめ合い、接吻、触れ合いに先立って生じることもある。野心、誇り、嫉妬などに先立つこともある。ひとつの転機を示すあの最初の宣言――そこから愛は習慣と所有に堕落し、そして孤独に帰ってゆくのだが――に先立って生れることもある」なんと独特でなんと素っ気ない描写だろう、しかもなんとよくジュスティーヌを表しているのだろう。

「あらゆる男は」と彼女はほかの場所で書いている。書きながらその言葉を繰り返すあのしゃがれた悲しげな声が聞えてくるようだ。「あらゆる男は土と守護霊《ダイモン》で成り立っている。どんな女もその両方を養うことはできない」

あの午後、彼女が家に着くと、ネッシムは午後の飛行機で帰っていた。彼女は熱があると言って早くベッドにはいった。ベッドの傍らで体温を測ってやっているときに彼女が言ったことが記憶に残った――ずっとあとで彼がその言葉を教えてくれた。「べつにたいしたことじゃない――ちょっと寒気がするだけ。病気って死にたがっている人間には興味がないのね」それから、燕が空中で身をひるがえすように、独特な連想の飛躍を見せて、「ああ、ネッシム、わたしはいつもとても強かった。ほんとうに愛されたことがないのはそのためかしら？」。

＊

大きな蜘蛛の巣のように張りめぐらされたアレクサンドリアの社交界のなかを、いくらかでも自由に動きまわれるようになったのはネッシムのおかげだ。ぼくの乏しい収入では、メリッサが踊っているナイトクラブにさえ行けなかった。はじめのうちはいつもネッシムの世話になるのをすこしは恥かしいとも思ったが、ぼくらは間もなく親友同士になって、どこへいっしょに行くのも気にしなくなった。メリッサがぼくのトランクから古ぼけたタキシードを探し出して繕ってくれた。彼女が踊っているクラブへはじめて行ったときも彼らといっしょだった。ジュスティーヌとネッシムのあいだに坐って、薄い白色光がいきなりメリッサを照らし出すのをながめるのはなんとも妙な感じがした。厚化粧のせいで彼女の穏やかな顔が醜く早熟な鈍重さに変り、ぼくにも見分けがつかないくらいだった。それに踊りの陳腐さにはぞっとした。途方もなくひどいものだった。しかし、彼女が細い手足を静かに意味もなく動かすのを見ていると（まるで水揚げ車につながれた羚羊《かもしか》のように見えた）、その凡庸さや、散漫な拍手におじぎをするときの眩しげな卑下するような態度がたまらなくいとおしかった。そのあとで彼女は皿を持って客席をまわり、オーケストラの連中のためにお金を集めさせられる。彼女はどうしようもなくおどおどしながら勤めを果していた。ぼくのテーブルにまわってきたとき、ぞっとするような付け睫《まつげ》の目を伏せ、手を震わせていた。ネッシムたちはそのころはまだぼくらのことを知らなかった。しかしジュスティーヌは珍しげな嘲けるような眼ざしで、ぼくがポケットの底をはたいて二、三枚の紙幣を皿のなかに突っこむのをながめていた。ぼくの手もメリッサの手におとらず震えていた——彼女の当惑が強く胸にこたえた。

遅くなってから、ほろ酔いかげんでジュスティーヌと踊り、すっかり陽気になって部屋に戻ったとき、彼女はまだ起きていて電熱器でお湯を沸かしていた。「いったいどうしてお金を全部お皿に入れてしまったの。一週間分の給料じゃない。気でも狂ったの？　明日は何を食べるのよ」

ぼくら二人は金にかけてはまったく無分別だったが、別々に暮すよりもいっしょにいるほうがなんとかうまくやっていけた。彼女は夜遅くナイトクラブから歩いて帰って来ると、家のわきの小路に立ち止り、ぼくの部屋の電気がまだ灯っているときには低く口笛を吹いた。合図を聞くと、ぼくは読みさしの本を置いてそっと階段を降りた。まるで柔らかな筆の愛撫を受けるかのように、その低い液状の音のまわりにすぼめられた唇を思い描きながら。このころの彼女はまだあの老人やその手先にしつこくつけ狙われていた。ぼくたちは言葉も交さずに、手をつないで、ポーランド領事館の傍らの迷路のような小路を走り抜けた。時おり暗い門口で立ち止っては、跡をつける者がいるかどうか確めた。ついに店々の光が青くかすんで見えるところまで来てしまうと、ぼくらは海が乳白色に輝くアレクサンドリアの夜のなかへはいって行く――心配事は美しい暖かい空気のなかに溶け去り、ぼくらは明けの明星に向って歩きつづける。星は風と浪になぶられながらモンタザの黒いビロードの胸の上に息づいていた。

このころ、ひたむきで挑発的なメリッサの穏やかさには、ふたたび青春を見出した歓びがあふれていた。彼女の長い不安げな指――ぼくが眠っていると思うとよくその指でぼくの顔をなでまわした。二人が分ち合っているこの幸福をいつまでも覚えていようとするかのように。彼女のなかには東洋的な柔順さ、しなやかさがあった――それは仕えようとする情熱といってもいい。ぼくのぼろ服――彼女が汚ないシャツを取り上げると、あふれ出る気遣いがシャツを包みこんでしまうように見えた。朝には剃刀がきれいに拭いてあり、歯ブラシには煉歯磨きがのせてあった。彼女の世話は突き棒のようにぼくを追いまわした。自分の素朴さにふさわしい形とスタイルをぼくの生活にも与えようと追いまわすのだ。これまでの恋愛のことは一度も語らなかった。その話から顔をそむけるときの物憂げなにがさは、それが望んだものではなく必要から生じたことを示していた。彼女はぼくにこう言ってくれた。「わたし、はじめてなんの気兼ねもなしに男の人に馬鹿なこと言ったり軽はずみなことをしたりしているの」

それに貧乏も深い絆だった。ぼくたちの旅行はほとんどいつも、海辺の町の人々のやるような簡単な旅行だけだった。小さなブリキの電車ががたがた揺れながらぼくらをシディ・ビシュルの海岸に連れて行ってくれた。さもなければ、貧しいエジプト人の家族たちといっしょに、ヌーザの庭園の夾竹桃《きょうちくとう》の木陰にキャンプを張ってシャム・エル・ネッシム*を過した。人の群が二人の気を散らしもしたが、そのためにかえって仲よくもなった。腐った運河に飛びこんで泥のなかから銅貨をすくい上げる子供らをながめたり、屋台の西瓜を食べながら町の人ごみのなかを歩きまわったりした。誰に知られることもなく幸福だった。電車の停留所の名前でさえこんな旅行の詩をこだまさせている。シャトビー、カン・ド・セザール、ラウレンス、マザリタ、グリメノプーロ、シディ・ビシュル……。

　だが、別な面もあった。夜遅く帰って来てみると、彼女は赤いスリッパを脱ぎ散らし、小さなハシーシュのパイプを枕元に置いて眠っていた……そしてぼくは彼女の憂鬱病がはじまったことを知る。そんなときにはもう手のほどこしようがない。青ざめ、ふさぎこみ、疲れ切ったように、何日もぐったりと寝そべったままだ。よくひとり言を言い、欠伸をしながら何時間もラジオを鳴らしっぱなし、古い映画雑誌の束をとりとめなく漁っている。この都会のふさぎの虫《カファール》に捉えられてしまうと、どんなに知恵をしぼっても彼女は起きて来ない。巫女《みこ》のように遠くを見る目つきで横たわり、ぼくの顔をなでながら何度もこう繰り返す。「これまでわたしがどんなふうに生きてきたかを知ったら、あなたなんて逃げ出してしまう。わたしはあなたに向く女じゃないの。どんな男にだって向くような女じゃない。わたしは疲れた。どんなに親切にしてくれてもむだなの」ぼくが親切ではなくて愛なのだと言うと、彼女は顔をしかめて言う。「もし愛なら、わたしをこのまま放っておくよりは毒を飲ませてくれると思うわ」そしてまだ衰弱していない片肺で咳こみはじめる。ぼくはその音に耐えかねて、外に出て暗いアラブ街の汚れた通りを散歩するか、英国文化振興会の図書室へ行って辞書を引いたりする。倹約と貧窮と慎ましい知性のただようこのイギリス文化の雰囲気のなかでひとり夜を過していると、まわりの勤勉なざわめきが快かった。

だが、また別なときもあった。太陽の照りつける午後――「蜜のような汗を吹く」午後とポンバルは言うが――そんなときには、ぼくたちは黙ったままぼんやり寝そべって、黄いろいカーテンが光を浴びてやさしく息づくのをながめていた。マレオティス湖から吹きつける風の静かな呼吸がぼくたちの呼吸と釣り合った。それから彼女は立ち上って時計を手に取り、一度振って熱心にその音を聞いてから時間を見たりする。裸のまま化粧台のまえに坐って煙草に火をつける――若くてきれいな体で、細い腕をあげてぼくが買ってやった安物の腕輪を示したりする（「そうよ、わたしは自分をながめている。でもそうしていると、あなたのことを考える手掛りになるの」）。それから、このはかない鏡の礼拝から身をひるがえし、すばやく部屋を横切って汚ない流し場へはいって行く。それがぼくの浴室になっていたのだ。よごれた鉄の流し場に立つと、水の冷たさに喘ぎながらすばやく巧みな仕草で体を洗う。ぼくは横たわったまま、彼女が黒髪の頭を休めていた枕の暖かい甘さを吸いこんでいる。いまは稀なギリシア型の顔、そのすっきり通った鼻すじ、率直な眼ざし、胸腺の発達したものに特有なすべすべした肌、細い首のほくろなどをながめている。こういう瞬間は計算できない。言葉では値踏みできない瞬間だ。それは未知の大洋の海底からすくい上げた珍しく不思議な動物のようなものだ。溶けて混ざり合った記憶のなかに生きている。

＊

ポンバルがフラットをパースウォーデンに貸すことにしたあの夏のことを思い出す。これは迷惑な話だった。ぼくはこの作家が嫌いだ。彼とその作品――真の優雅さをもつ詩と散文――の対照があまりに甚だしかったせいもある。ぼくはこの男をよく知らなかったが、小説家として経済的にも成功しているのが羨ましかったし、長いあいだまともな社会活動をしてきたおかげでいわば世俗のかけひき《サヴォワール・フェール》も心得ている男だったが、それはぼくにはとうてい望むべくもない。才気があって、背はやや高め、ブロンドの髪。いつも母親のそばにいるおとなしい若者という感じがあった。親切でないとも善良でないとも言うことはできない。彼はその両方だった――だがぼくは嫌いな男とフラットを分ち合うという迷惑には耐えられないのだ。でも、引っ越すのはなおさら大ごとになる。だから廊下の端の小部屋を割安に借り、汚ない小さな流し場で体を洗うことにした。

パースウォーデンには宴会を開くだけの金があったとみえる。週に二度は飲む歌うの騒ぎが彼の部屋から聞えてきて、ぼくは眠ることができなかった。ある夜遅くドアをノックする音がする。廊下にパースウォーデンが立っていた。青い顔をしてちょっと反り身になって――たったいま大砲から打ち出されて網の上に降り立ったところ、とでもいった恰好だ。そばにはがっしりした海軍の罐焚《かまた》きが立っている。無愛想で醜悪な顔つきだ――もっとも、海軍の罐焚きなんてみんなそういう顔つきなのだろう。子供のころに奴隷に売られたみたいだ。「ねえ、きみ」とパースウォーデンが甲高い声で言った。「ポンバルに聞いたけど医者だってね。病人がいるんだが来て見てくれないか」ジョルジュにむかしは医学生だったという話をしたことがあるけれど、それ以来あの男はぼくを一人前の医者なみに扱うようになってしまった。気分が悪くなるといちいち相談するだけでなく——虱《しらみ》にやられて困るというようなことまで——あるときなどはテーブルの上で堕胎手術をやらせようとしたものだ。ぼくはすぐパースウォーデンに、自分は医者ではないから電話で本物を呼んでくれと言ったのだが、電話は故障しているし、管理人《ボアブ》は眠っていてどうしても起きてこないと言う。そこで、どちらかというと第三者の好奇心から、パジャマの上にレインコートを引っかけると廊下に出て行った。こうしてぼくたちは出会ったのだ！

　ドアを開けるとすぐ、ぎらぎらした光と煙草の煙に目がくらんだ。パーティはいつもとは調子が違うようだ。客というのが酔っ払った海軍士官候補生三、四人と、ゴルフォの酒場から連れて来た娼婦がひとり、無骨な手に染みこんだ潮風や糖酒《タフィア》（原注6）の匂いを漂わせている。驚いたことに、娼婦は長椅子の端にかけている人物の上に屈んでいる——それがメリッサだったというのはいまだから言えることで、そのときにはギリシア喜劇の悲しい仮面としか見えなかった。メリッサはわめき叫んでいるらしいが、すっかり声が嗄れ果てている——それでサウンドトラックなしの映画を見ているような感じがした。彼女の顔は洞穴だった。年上の女は動転してしまったらしく、彼女の耳をなぐったり髪の毛を引きむしったりしている。候補生のひとりがごてごてと装飾をつけた溲瓶《しびん》に水を入れて不器用に彼女の上に振りかけている。これはポンバルがとても大切にしている宝物のひとつで、底にフランス王家の紋章がついているやつだ。どこか見えないところで、誰かがゆっくりと滑らかに吐いていた。パースウォーデンはそばに立ってこの光景をながめていたが、さすがに恥かしそうだった。

　メリッサは汗にまみれていた。こめかみに髪の毛がべっとりと貼りついている。まわりの連中を押しのけてなかへはいると、彼女は無表情にひくひく震えながらくずおれたが、顔にはまだあの叫び声を彫りつけたままだ。これまでどこにいたのか、何を食べたり飲んだりしたのか知りたかったが、まわりで泣いたりわめいたりしている連中を正気に戻すのはとても無理だ。それでも手近にいた男をつかまえて質問しはじめたのだが、そのときゴルフォから来たあばずれ女が――これは彼女自身がヒステリーを起していて、罐焚きが後ろから羽交締《はがいじ》めにしてどうやら押えつけていたのだが――しゃがれ声で叫びはじめた。「スパニッシュ・フライ*だよ、あいつが飲ませたんだ」そして鼠のようにすばやく男の腕からすり抜けると、ハンドバッグを引っつかんで候補生のひとりの頭を思いきりなぐりつけた。バッグのなかには釘でも詰っていたにちがいない。そいつはふらふらと倒れたが、立ち上ったときには陶器の皿の破片を頭にのっけていた。

　女は今度はおいおい泣きじゃくりながら警察を呼びはじめた。三人の海軍連中は彼女を囲んで太い指を突き出し、なだめたりすかしたりして黙らせようとした。憲兵隊とごたごたは起したくない。かといって、コンドームやベラドンナの壜を詰めこんだあの創造的なハンドバッグでなぐられるのもごめんだ。彼女は注意深く一歩一歩あとずさった（そのあいだにぼくはメリッサの脈をはかり、ブラウスを引き裂き、心臓に耳をあてて鼓動を聞いたりしたが、これは危いぞと思いはじめていた。パースウォーデンは安楽椅子の後ろという安全な場所に陣どり、大げさな身振りでみんなに話しかけているが、彼もひどい目にあうことになりそうだ）。だが、騒ぎはもうはじまっていた。というのは海軍連中がわめき叫ぶ女を追いつめた場所というのが——不幸にして、ポンバル秘蔵の陶器が並んでいるシェラトン造り*の飾り棚のそばだ。女が体を支えようとして後ろに手をやってみると、そこに無尽蔵の弾薬庫があったというわけだ。彼女はしゃがれた勝鬨《かちどき》をあげてハンドバッグを投げ捨てると、これまでに見たこともないような正確さで一心不乱に陶器を投げつけはじめた。空中にはエジプトやギリシアの涙壺*や、ウシャブチ*や、セーヴル焼きの磁器が乱舞する。こうなればもう、戸口に例の鋲を打った革長靴の恐ろしい音が響き、建物じゅうの部屋部屋に電灯がともるのは時間の問題だ。パースウォーデンはすっかりうろたえていた。駐在外交官として、また有名人として、エジプトの新聞にこんなことをスキャンダルよろしく書き立てられてはたまったものではない。ぼくが合図をして、ほとんど失神しかけているメリッサの体を柔らかなブハラ製の敷物*に包みこむと、彼はほっと息をついた。みんなでよたよたと彼女を廊下に運び出し、静かなぼくの小部屋に運び入れ、クレオパトラのように*、体に巻きつけた敷物を広げて、ベッドに寝かせた。

ぼくはこの通りにギリシア人の老医が住んでいるのを知っていたので、すぐ呼びに行き、彼が暗い階段につまずいたり、水夫みたいに罵声を浴びせたり、途中で導尿管や聴診器を落っことしたりするのをやっとの思いで引っ張ってきた。医者はメリッサが重態だとは言ったが、その診断は——この都会の伝統にしたがって——大まかで漠然としていた。「あらゆるものだよ」と彼は言った。「栄養不良、ヒステリー、アルコール、麻薬、肺病、スパニッシュ・フライ……勝手に選んでくれ」そう言うとポケットに手を突っこみ、なかからたくさんの病気を取り出して、どれでも好きなのを選べという身振りをしてみせた。しかし実際的な男でもあって、翌日ギリシア病院に入院できるように取りはからおうと言ってくれた。それまで彼女を動かしてはならない。

その夜と次の夜をぼくはベッドの傍らの寝椅子で過した。ぼくが勤めに出ているあいだは片目のハミドに看護をまかせた。彼はベルベル人のうちでも、もっとも気のいい男だ。最初の十二時間、彼女はほんとうに重態だった。時々うわごとを言い、目が見えなくて苦しんだ――苦しんだのは失明をひどく怖れていたからだ。しかしぼくらは彼女を、あるいはやさしく、あるいは手荒に扱って、最悪のところを乗り切るだけの勇気をつけてやった。二日目の午後になると、彼女は細い声で話せるほどによくなり、ギリシア人の医者も経過は良好だと言ってくれた。彼がどこの出身かをたずねると、彼女はなにかおびえた顔つきになって「スミルナ*」と答えた。両親の名前や住所は明かそうとしない。押してたずねると壁のほうに顔をそむけ、疲れ果てたあげくの涙をにじませる。医者は彼女の手をつかんで薬指を調べた。「ごらん」と彼は医者特有の冷静さで指輪がないことを示しながら言った。「これがその理由さ。家の者がこの女を勘当して追い出したんだよ。このごろよくあることだが……」そう言って医者は不憫《ふびん》そうにぼさぼさの頭を振った。

メリッサは何も言わなかったけれど、救急車が来て担架で運ばれて行くとき、心からぼくに礼を言い、ハミドの手を取って頬に押しつけた。それから、これまで聞いたこともない思い切った申し出をしてぼくを面食らわせた。「わたしが退院したとき、あなたに女のひとがいなければ思い出してね。呼んでくれればここへ来ます（原注7）」ぼくはギリシア風の雄々しい率直さをどう英語に訳したらいいのか知らない。

それから一ヵ月ほどは姿を見かけることもなかった。そのころはぼくもいろいろな心配事にかかずらっていて、彼女のことを考える暇もなかったのだ。ある暑い日の午後、所在なく窓のそばに坐ってこの都会が眠りから目覚めてゆくのをながめていると、まるで別人のようなメリッサが通りを歩いて来て、この家の暗い戸口にはいるのが見えた。彼女はぼくの部屋のドアを軽くノックすると、腕いっぱいに花をかかえてはいって来た。その姿を見たとたんに、ぼくはあの夜からもう何世紀もたってしまったような気がした。彼女はなにかおずおずしていた——それはもっとあとになって、ナイトクラブでオーケストラ連中のために金を集めていたときにも見られたものだが。まるで頭を垂れた誇りの像のように見えた。

神経をすり減らすような丁重さがぼくを悩ませた。彼女に椅子をすすめると端っこに腰をおろす。花は確かにぼくのために持って来たのだろうが、ぼくの腕に花束を押しつける勇気が出ないらしい。あわてて何か花瓶でもないかと見まわしているのがわかった。しかし、剝きかけのじゃがいもでいっぱいになった琺瑯《ほうろう》引きの洗面器ひとつしかない。ぼくは彼女が来てくれなければよかったのにと思いかけていた。お茶を出したいと思っても電熱器がこわれている。外に連れ出すにも金がない——このころ、ぼくの借金はどんどん増えつづけていた。それにたった一着の夏服はハミドがプレスを頼みに持って行ったので、ぼろぼろの部屋着を着ている有様だ。彼女のほうはすばらしかった。そばに寄るのもこわいほど小粋な姿だった。すっきりとした葡萄の葉模様の新しい夏の服、大きな金の鐘のような麦藁帽子。ハミドよ、帰って来てこの場を救ってくれ、とぼくは懸命に祈りはじめた。煙草をすすめようにもぼくの箱は空っぽで、かえって彼女の小さい金銀線細工のシガレットケースから一本頂戴しなければならないしまつだ。その煙草をなるべく落ち着き払った恰好で吸ってみせながら、最近シディ・ガブルの近くに新しい仕事がみつかって、すこしばかり余分な金がはいるようになったことなどを話した。彼女も契約が更新されて仕事に戻るところだが、給料はこれまでよりすくなくなるの、などと話した。四、五分こんな話をしたあとで、彼女はお茶の約束があるから帰らなければと言った。ぼくは階段の踊り場まで送って行き、お好きなときにまたいらっしゃいと言った。彼女は礼を言い、恥かしくてとうとうぼくに差し出すことができなかった花束をかかえたまま、ゆっくり階段を降りて行った。彼女が立ち去ってから、ぼくはベッドに坐りこみ、四ヵ国語で知っているかぎりの罵詈《ばり》雑言《ぞうごん》を並べ立てた——もっとも誰に並べ立てているのか自分でもはっきりしなかったけれど。片目のハミドがのっそりとはいって来たときも、まだ怒りがおさまらず、彼にその矛先《ほこさき》を向けた。これにはハミドもたいへん驚いたらしい。この男に癇癪を起すことなど絶えてなかったからである。彼は首を振ってぶつぶつとつぶやき、諸霊の名を呼びながら流し場に引っこんだ。

服を着替え、パースウォーデンに頼みこんですこしばかりの金を借りてから、ポストに手紙を出しに行く途中で、ぼくはまたメリッサに会った。彼女はある喫茶店の片隅に、ひとりで腰かけて頬杖をついている。帽子とハンドバッグが傍らに置いてあり、カップのなかを見つめながら眉をひそめて物思いにふけっていた。ぼくは衝動的にその店にはいってそばに腰かけた。あんなもてなしをしたのをお詫びに来たんです、とぼくは言った。でも……そしてどんな事情に気をとられていたのかを、ひとつ残らず話して聞かせた。こわれた電熱器、ハミドの留守、ぼくの夏服。

だがそういう不満を数え上げているうちに、どうもすこし滑稽な感じがしてきたので、口調を変え、哀れっぽく不平たらたら事情を述べ立ててみせ、おかげでこれまで聞いたこともないほど楽しげな笑い声を彼女から誘い出すことができた。借金のことは大げさに誇張して聞かせた――もっとも、あの乱闘の夜以来、パースウォーデンはいつもぐずぐず言わずに幾ばくかの金を貸してくれることもたしかに事実なのだが。あげくの果てにはこう言ったものだ。つまり、彼女が現れたとき、ぼくは軽症ではあるが忌々しい性病の感染からまだ回復していなくて――こうなったのもポンバルのありがたい心遣いのおかげなのだが――きっと彼が情深くもぼくのために置いて行ってくれたシリア女のひとりからこいつを引き受けたにちがいない、というようなことである。これは嘘だが、どうにもそんな話をしないではいられなかったのだ。治りきるまえにまた女を抱くなんてと考えるとすっかり怖気づいてね、などとも言った。そう言うと彼女は鼻に皺を寄せて笑いながら手を差し伸べてぼくの手の上に置いた。彼女は率直に、軽やかに、なんのこだわりもなく笑っているので、ぼくはその場で彼女を愛することにきめてしまった。

その午後、ぼくらは腕を組んで海岸を散歩した。ぼくらの会話は、思いつくままに取りとめもなく生きてきた生活の破砕片に満ちていた。二人に共通の趣味はなかった。性格も気質もまったく違っていた。しかし、こんな不思議なほど安らかな友情にぼくらはなにか明るい希望を感じたのだ。ぼくはよくあの海辺の最初の接吻を思い出す。風が白い額にかかる髪をなぶっていた。接吻の途中で、彼女はあのぼくの苦労話を思い出して笑ってしまった。それはぼくらの分ち合った情熱をよく象徴している。そのユーモアを、激しさの欠如を、その思いやりを。

＊

ジュスティーヌにたずねても無駄なことが二つある。彼女の年齢、彼女の出生。誰も――たぶんネッシム自身でさえも――すべてをはっきりとは知っていない。この都会の御託宣《ごたくせん》係ムネムジヤンでさえ、最近の恋愛事件などはよく知っているが、これだけはどうにもならない。しかし彼女のことを語るとき、その菫いろの目は細まり、ためらいながらも、人家の密集するアタリーヌ地区の出で、その後サロニカ＊に移住して行った貧乏なユダヤ人一家の生れだ、という情報を提供してくれる。日記もあまり役に立たない。手掛りとなるもの――名前、日付、場所など――がないし、大部分は奔放な空想で、ところどころにちょっとした苦味のある逸話や、頭文字だけを記して誰かわからないようにした人々の鋭い素描が差しはさんであるだけだ。彼女の書くフランス語はあまり正確だとは言えないが、生気にあふれていて味わいがある。そして、あのかすれた話し声を思わせるものがここにもよく現れている。

たとえば、「クレアが子供のころの話をした。わたしの幼年時代を考える、熱情的に考える。わたしの種族やわたしの時代の幼年を……。スタジアムの裏手の小屋でぶたれたこと。時計修理屋の店先。音もなく降りそそぐ強烈な光の下で壊れた時計にかがみこむ男をよくながめたものだが、それと同じように、いまのわたしは眠っている恋人の顔を夢中になって見つめる。殴打と呪いの言葉。そして赤い土壁のいたるところに（良心が殴りつけた痕のように）指を広げた青い手形が押してある。邪悪な目からみんなを守るためのものだ。殴られながらわたしたちは育ってきた。痛む頭を押え、まぶしげに目を細めて。土の床の家のなかを鼠が走りまわり、油に浮んだ灯心がぼんやりとあたりを照らす。老人の金貸しが酔っ払っていびきをかいている。ひと息ごとに堆肥《たいひ》の臭いを、土を、糞尿を、蝙蝠《こうもり》の糞を、吸いこんでいる。溝には木の葉とか小便に溶けたパン屑などがいっぱい詰っている。黄いろいジャスミンの花の環、くらくらする匂い、けばけばしさ。それに、夜、あの曲りくねった小路の別な鎧戸の背後から聞えてくる叫び声をつけ加えよう。不能に苛立つ家長が女房どもを殴りつけているのだ。毎夜、倒れかけた家々のあいだの空地で、薬草売りの老婆が身を売っている——陰鬱《ベイ》な怪しげな泣き声。夜遅くなって、泥を固めた通りを歩いて行く黒いはだしの足の柔らかな蹠《あしうら》の音。わたしたちの家は暗闇と疫病で膨れ上る。わたしたちヨーロッパ人は周囲の黒人たちの恐ろしい動物的な健康とはまったく相容れない。管理人夫婦の交合がこの家を棕梠の木のように震わせる。白い歯をむき出す黒い虎ども。いたるところにヴェールが、叫び声が、胡椒《こしょう》の木の下では狂ったようなしのび笑いが、狂気とハンセン病が。子供たちはこうしたものをながめ、心に貯えて、あるいは自分の生命を強化し、あるいは混乱させてしまう。家の傍らの通りで、一頭の駱駝《らくだ》が疲労のあげく倒れてしまった。屠場へ運んで行くには重すぎるので、二人の男が斧を持ってやって来る。その場で、その人通りのなかで、生きたまま切断するのだ。彼らは白い肉を切り離す——哀れな動物はその足が切り取られるにつれて、ますます苦しげな、貴族的な、不思議そうな表情をおびる。最後に頭だけがまだ生きている。目を開いてあたりを見まわしている。抗議の叫び声をあげるのでもなく、もがくのでもない。この動物は棕梠の木のように切り倒される。しかしそれから何日ものあいだ、泥の通りは血に濡れたままだ。わたしたちのはだしの足は濡れた足跡をつける。

乞食のブリキ缶に金が投げ入れられる。あらゆる言語の切れ端――アルメニア語、ギリシア語、アムハラ語、モロッコ系アラビア語。小アジア、ポントゥス、グルジアからやって来たユダヤ人たち、黒海沿岸のギリシア人居留地で生れた母親たち。切り落された枝のような、幹を持たない人々の集団がエデンの園を夢みる。これが白い都会の貧民街だ。外国から来た人々が建設し飾りつけた美しい街、仲買人たちが坐って朝刊を読みコーヒーをすするあの街とは似ても似つかない。港さえ、ここに住むわたしたちには存在しない。冬に時おりかすかに汽笛の響きが聞えてくる――だがそこは別な国だ。ああ、どこへ行くこともできないのに、港がさまざまな町の名前を思い出させるときの惨めさ。それは死のようなものだ――あるひとつの言葉、アレクサンドリア、そのアレクサンドリアという言葉を繰り返すたびに生じる自我の死だ」。

＊

バブ・エル・マンデブ街、アブ・エル・ダルダー街、ミネ・テル・バッサル街（綿市場から飛んで来る綿毛のために足の滑る街々）、ヌーザ（薔薇園、思い出す接吻のいくつか）、あるいはまた心に浮ぶバス停留所の名前。たとえばサバ・パシャ、マズルーム、ジジニア、バコス、シュッツ、ジャナクリス。そこに住む人々のひとりを愛すると、都会はひとつの世界になる。

＊

ぼくはネッシムの大邸宅に出入りしているうちに、彼を重要人物とみなす人々の注目を引きはじめた。ネッシムがつき合うくらいなら、きっとほんとうは金持か有名人なのだろう、というわけだ。ある日の午後、うたた寝をしていると、ポンバルがはいってきてベッドのそばに坐った。「おい」と彼は言った。「きみは有名になりかけてるぞ。このアレクサンドリアでは人妻の愛人《チチスベオ》なんてべつに珍しくもないがね、しかしいつもあの二人といっしょに出歩いているとだんだん人づき合いが面倒になってくるぜ。見ろ！」そう言うと彼は華やかな模様のついた大きなカードを渡してくれた。フランス領事館主催のカクテルパーティ招待状だ。ぼくは読んでみたが、なぜこんなものが舞いこんで来たのか訳がわからない。ポンバルが言った。「馬鹿げた話さ。うちの総領事がジュスティーヌに参ってるんだが、これまでのところは、どうやっても彼女に会えない。手先の連中に話を聞くと、きみがあの家にはお出入り自由だという。それどころかきみは……いや、わかってるよ。しかし彼はあの女の愛の座からきみを引きずりおろそうと思っている」彼は大笑いした。だがそのころのぼくにはこれほど途方もない話もなかったのである。「総領事に言ってやれよ」とぼくは言った……そしてかなりきつい言葉を一言、二言口にすると、ポンバルはたしなめるように舌を鳴らして首を振った。「言ってやりたいがね」と彼は言った。「しかし、きみ《モン・シェル》、外交官にも鶏と同様に餌をつつく順序というものがある。おれも十字勲章をもらうためにはあの男を当てにしてるのさ」

彼はくるりと巨体の向きを変えると、今度はポケットから古い黄表紙の小説を取り出してぼくの膝の上に置いた。「面白いものを見せてやるよ。ジュスティーヌはずっと若いころ、アルバニア生れでフランス国籍の作家と結婚していたことがある。この本は彼女のことを書いたものだよ――彼女の検死解剖だ。なかなかうまくできている」ぼくはその本をめくってみた。題名は『風俗《ムール》』、ジャコブ・アルノーティという男が書いたものだ。巻頭のページは、三〇年代前半にかなりの版を重ねたことを示している。「どうしてこの本を知ったんだ」とぼくはたずねた。ジョルジュは睫毛の濃い、爬虫類のように大きな目でウィンクしてみせるとこう答えた。「おれたちは調査したのさ。領事の頭にはジュスティーヌのことしかないのでね。全館員が何週間もかけて彼女に関する情報を集めたわけだ。フランス万歳《ヴィーヴ・ラ・フランス》！」

　彼が行ってしまうと、ぼくはまだ半ばうとうとしながら『風俗《ムール》』のページを繰りはじめた。実際なかなかよく書けている。一人称で書かれた物語で、三〇年代のはじめに外国人が見たアレクサンドリア生活の日記という形になっている。日記の筆者は、これから書こうとしている小説のために資料を集めている――そうしてアレクサンドリアにおける日々の生活の記録は正確で洞察に満ちている。しかしぼくの注意を引いたのは、彼が出会い、結婚し、ヨーロッパに連れて行き、それから離婚することになる若いユダヤ女の肖像である。エジプトに帰ってから崩壊するこの結婚は、残忍な洞察をもって描かれ、彼の妻クローディアの性格を浮彫りにしている。ぼくが驚嘆しかつ引かれたのは、自分でも知らずに認めていたジュスティーヌの素描がそこに見られることだった。なるほど、もっと若くて、もっと無分別なジュスティーヌの姿ではある。しかし間違えようはない。じっさい、ぼくはこの本を読むたびごとに、彼女の名前をはめこむ癖がついた。それは恐ろしいほどぴったりと当てはまってくれたのだ。

彼らが出会ったのも、ぼくがはじめて彼女を見かけた場所、あのセシル・ホテルの陰気な入口のホールの鏡のなかでだ。

「この瀕死のホテルのホールでは、金縁鏡のいくつかが静止している棕梠の木々の葉を破砕し屈折させる。永遠に滞在できるのは金持だけ――年金暮しの老年という罪の縁飾りをつけた保証のなかで生活する連中だけだ。ぼくはもっと安い宿を探している。今夜は、黄いろい顔に赤いトル《タルブ》コ帽《ーシュ》をかぶって厚ぼったい黒服を着たシリア人たちの何人かが、重々しくロビーに坐っている。薄いひげを生やした河馬《かば》のような女たちは、もう、宝石をじゃらじゃら鳴らしながら寝室にはいった。男たちの奇妙に柔らかな卵がたの顔と女のような声が宝石箱の上を忙しげに往来する――というのは、この仲買人たちのひとりひとりが、いつも、選り抜きの宝石を箱に入れて持ち歩いているのだ。晩餐のあとで、話は男子用の宝石のことになる。地中海世界に残された話題はそれしかない。性の衰弱から生ずる自己愛、自己陶酔が、所有の象徴に現れる。だから、男に会えば、すぐにどれだけの価値のある男なのか誰かが教えてくれるし、女に会えば、どれだけの持参金があるのかをそっとささやいてくれる。彼らは宦官《かんがん》のようにひそひそ声で宝石を評価し合い、光に当ててあちこちに動かしながら鑑賞する。小さな女性的な微笑を浮べ、白い美しい歯をきらめかす。溜息をつく。磨き上げた黒檀《こくたん》の顔に白い衣をまとった給仕がコーヒーを持って来る。銀の撥《は》ね蓋がパチリと開き、鈍く白い（エジプト女の腿のように）煙草が現れる――その一本一本に極微量のハシーシュがついている。寝るまえにほんのすこし酔っ払う。ぼくは昨夜鏡のなかで会った娘のことを考えつづけていた。大理石と象牙の白さに黒の対照。つややかな黒い髪、深く息づく眼ざし。人の視線はその眼ざしのなかへ沈んで行く。神経質で、好奇心が強く、性に引かれている眼ざしだ。ギリシア人のふりをしているが、ユダヤ系にちがいない。ユダヤ人を嗅ぎだすのはユダヤ人にかぎる。ぼくらはお互いに出生を告白する勇気がなかった。ぼくはフランス人だと言っておいた。遅かれ早かれ、互いの正体を知らねばなるまい。

ここの外国人居住地区の女たちはほかの女たちよりも美しい。彼女らは怖れと不安におののいている。暗黒の大洋の真ん中で難破しかけているような幻覚におびえている。この都会はアフリカの暗黒の潮を押し戻す堤防なのだ。だが、すでに柔らかな足の黒人たちがヨーロッパ人居住地区に忍びこみはじめている。種族の滲透が起りかけている。幸福であるためにはイスラムの女、エジプトの女であらねばならぬ——吸収力が強く、柔らかくて、ゆるい、咲きすぎた女、見かけにこだわる女だ。ナフタ油の灯のもとで、女たちの蠟のような肌はシトロンの黄やメロンの緑に変る。黄楊《つげ》のように硬い体。林檎のように青く硬い乳房——爬虫類のようにひんやりとした肌に、骨ばった手足の指。彼女らの感情は意識以前のもののなかに埋れている。愛しても自分を与えることはない。与えるほどの自我がない。ただ、苦しい沈黙のなかに相手を包みこんでしまうだけだ。その苦しみは、やさしさとか快楽などとは正反対の極にある言い表しがたい憧れの苦しみだ。何世紀ものあいだ、彼女たちは牡牛といっしょに小屋のなかに閉じこめられてきた、ヴェールで顔を隠し、割礼を受けて。暗闇のなかでジャムと香料入りの脂肉を食べて育ち、快楽の発酵桶となり、紙のように白くて、静脈の浮き出た脚で動きまわる。

エジプト人地区を歩いていると、肉の匂いが変ってゆく——アンモニア、白檀《びゃくだん》、硝石、香料、魚。彼女はぼくを家へ連れて行こうとしない。もちろん、こんな貧民街に住んでいるのが恥かしいのだ。しかし幼年時代の話はすばらしかった。ぼくはすこしばかり書き留めておいた。家へ帰ると石油ランプが灯されている。父親がテーブルに胡桃《くるみ》をのせて小さな金槌で割っている。その姿が目に見える。ギリシア人ではない。脂じみた巻毛に毛皮の帽子をかぶってオデッサ*からやって来たユダヤ人だ。それからまたベルベル人の接吻、氷河期の黒曜石《こくようせき》のように固くて巨大な陰茎。びっしりと並んだ美しい歯で彼女の下唇を噛もうと体を寄せて来る。ここでは、ぼくらはヨーロッパを離れて、新しい精神の緯度へはいるのだ。彼女はひどい蔑《さげす》みを見せながらぼくに身を任せるので、はじめてその不安がどれほどのものかを知って驚いた。まるで禍いに膨れ上って手がつけられないみたいだ。だが、こういう失われた社会に属しているこのような女たちには、ぼくらの勇気とはまったく別種の絶望的な勇気がある。まったくの異邦人に見えるところまで肉を探りつくしている。このすべてをどう書いたらいいのか？　彼女はやって来るのか、永遠に消えてしまったのか？　シリア人たちが小さな叫び声をあげて、渡り鳥のようにベッドに行くところだ」

　彼女は来る。二人は話をする（「表面の泥くさい気どりとか心の硬さの下には、まだ無垢な部分があるのをぼくは探り出したと思う。もちろん世間を知らないというのではない。ただ社交界を知らないのだ。ぼくは上品に振舞う外国人として興味をもたれている、ということに気がついた。彼女はいま、あの大きな褐色の目をぼくに向け、梟《ふくろう》のように賢《さか》しげで臆病な視線を送ってよこした。わずかに青みがかった眼球と長い睫毛が、きらきらと率直に光る瞳の輝きを浮彫りにする」）。

ジュスティーヌとの恋愛を描いたこの記録を、ぼくが息もつがず、苦しい不安な気持ちで読んだことは想像できるだろう。ほんとうに何度も読み返して、もうほとんど暗記してしまったほどだ。ぼくにとって、これはいまも個人的な苦しみや驚嘆に満ちみちた記録なのだ。彼は別なところで書いていている。

「ぼくらの愛は真の前提を欠く三段論法のようなものだ。つまり欠けているのは心遣い。ぼくらはなにか憑《つ》かれた状態に捉えられ、産卵する蛙のように、浅い生ぬるいマレオティス湖を漂ってゆく。倦怠と熱気から生じた本能の餌食となって……。いや、これは正しい表現ではない。ほんとうに正確だとは言えない。もう一度、言葉というこのもろい不安定な道具を使って、クローディアを描かせてもらおう。どこからはじめようか。

そう、さまざまな環境に適応する彼女の才能が、二十年の不規則な放浪生活にうまく役立ってくれた。彼女の出生については、ごく貧乏だったことを除いてほとんど知らない。自分を一連の残酷な戯画にして見せようとする女だ、という印象を彼女は与える。だがこれは、真の自我がどうしても他人に理解してもらえないと感じる孤独な人々の多くに共通するものだ。彼女がひとつの環境から別な環境へ、ひとりの男から、ひとつの場所から、ひとつの日付から、ほかのものへと移ってゆく速さは人を茫然とさせる。その変り身の早さには、ほんとうに人の目を引く壮大さがある。彼女を知れば知るほど、その行為が予言できなくなる。変らないのは、自閉症の壁を突き破ろうとする狂気のようなもがきだけだ。しかも、すべての行為は過ちと罪と悔恨に終る。何度ぼくはこんな言葉を聞いたことか――『あなた、今度はいままでと違う。ほんとうよ』。

その後ぼくらが外国に行ったときのこと。アドロン*では、無数の煙草の煙のなかで踊り狂うスペインの踊り手たちに照明の光が花粉のように降りかかった。ブダ*の暗い流れの傍らでは、静かに流れて行く枯葉のあいだに彼女の熱い涙が落ちた。スペインの陰鬱な平野を馬で進むときには、ぼくらの蹄《ひづめ》の音があたりの静寂にあばたの痕をつけた。地中海では忘れられた暗礁の上に体を横たえた。ぼくを悩ませたのは彼女の不貞ではない――ジュスティーヌといっしょにいると所有などという男の誇りはなにかしら第二義的なものになってしまう。ぼくは彼女を知りぬくことができるという幻覚に魅せられたのだ。いまはもうわかったが彼女は普通の女ではない。ぼくらが住む社会の束縛を認めない『女』の化身だ。『わたしは生きる価値のある生活を求めるためならどこへでも行く。たぶん、死ぬか、気が狂うかすれば、このはけ口のない感情に焦点ができるのかもしれない。わたしの好きな医者が言ったのよ、きみは色情狂だって――でもわたしの快楽は貪欲とか放縦なんてものには縁がないの、ジャコブ。そういう見方からすればまったくの浪費よ。浪費なの、あなた。ピューリタンみたいに悲しげな顔で楽しんでいる、とあなたは言うけれど、それだって不当な言いがかりだわ。わたしは悲劇的に楽しんでいるの。もしお医者気どりの友だちが、こういう薄情な女につける病名を考えてやろうと言うのなら、わたしは情に欠けるところを魂で補っているってことを認めてもらわなければね。そこが面倒なところよ』これは普通の女にはできない区別だ。まるで彼女の世界には次元がひとつ欠けていて、愛が内側に向い一種の偶像崇拝になったのかとも見えるほどだ。はじめはこれを自分自身をも焼き滅ぼしてしまうような自己中心主義かと思い違えていた。なぜなら、彼女は男と女の愛情の基盤となる、あのちょっとした型どおりの心遣いなどまるで知らない人間のように見えたからだ。これは大げさに聞えるかもしれないが気にかけないでほしい。しかしいま、彼女の耐えた恐怖と昂奮とを思い出してみると、自分が正しかったのかどうか疑わしくなってくる。ぼくはあのやりきれない場面のことを考えているのだが――家具つきの寝室で、自分の泣き声を消すために水道の蛇口をひねっているジュスティーヌ。両手を脇の下にはさみ、背中を丸め、ひとり何かぶつぶつ言いながら行ったり来たりするとき、彼女はいつ爆発するかわからないタールの樽のように燻《くすぶ》りつづける。ぼくの冷淡な健全さや鈍感な神経――そしてなかでもヨーロッパ人のもつユーモアの感覚――などが、こんなときの彼女には耐えがたくなるらしい。たとえば、晩餐会で侮辱されたと思いこんだりすると、豹のようにベッドのそばの絨毯を行き来する。ぼくが眠りこむと、怒り狂って肩をつかみ、揺すぶりながら叫ぶ。『起きなさい、ジャコブ。わたしは苦しんでいるのよ。わからないの？』こんな謎解き遊戯に加わるのを断わると、彼女は化粧台のものを叩き壊して呼鈴を鳴らす口実をつくる。この狂暴な姿のまえに、これまでいったい何人の女中がおどおどと立ったことだろう。彼女はどきりとするほど丁寧な口調で言う。『化粧台の上を片づけていただけないかしら。へまをして何か割ってしまったの』それから腰かけて、つぎからつぎへと煙草を吸いつづける。『なぜこんなことをするのか、こっちにはお見通しだぜ』とぼくはいつか彼女に言ったことがある。『不貞をはたらいて後ろめたいときはいつもぼくに殴らせて罪の意識をはらそうとするんだ。だがきみを満足させるために手をあげるのはごめんだね。自分の重荷は自分で背負ってもらわなけりゃな。きみはなんとかしてぼくに鞭打たせようとするけど、こっちは憐れむだけだ』これは一瞬、彼女を考えこませた。無意識のうちに、彼女の両手はその日の午後念入りに剃りあげた滑らかな脚をなでていた……。

またあとになって、彼女に飽きてきたころ、ぼくはこういう感情の濫用が退屈になって、彼女を侮辱したり嘲笑したりするようになった。ある夜、おまえは退屈でヒステリックなユダヤ女だと言ってやると、あの何度も聞かされた恐ろしいしゃがれ声でわっと泣きだし——いまでもあの泣き声（その豊かさ、その旋律の密度）を思い出すと心が痛む——ベッドの上に身を投げ出して、手足の力を抜き、ホースからほとばしるような激しいヒステリーの奔流に身をまかせた。

こういうことは何度も起ったのだろうか、それともぼくが記憶のなかで増殖させてしまったのか。たぶん一度しか起らなかったのだろう。そのこだまがぼくを迷わせているのかもしれない。いずれにしても、彼女が睡眠薬の壜の栓を抜く音やグラスのなかに錠剤を落す小さな音などは、何度も聞いたような気がする。彼女が睡眠薬を飲みすぎたりしないように、眠りかけながらもぼくはその音を数えていたものだ。もちろん、これはもっとあとになってからのことだ。はじめのころは、こっちのベッドに来いよと言うと、彼女は臆病そうに、むっつりと、冷たく、従うのだった。ぼくは愚かにも、彼女を暖めて、溶かし、肉体の安らぎを与えてやれば、心も安らぎを見出すだろう、などと考えていた。間違っていた。彼女には解きほぐしがたい心の結び目がある。ぼくは恋人としても、友人としても、それを解いてやるのに失敗したのだ。それも当然だろう。当時のぼくはヒステリーの精神病理学について知るべきことはすべて知っていた。だが、それらすべての背後には何か違うものがある。ぼくはそいつを探し出せると思っていたのだ。ある意味で、彼女は生活を探し求めているのではなく、生活に焦点を与え、統一してくれるような啓示を求めていたのだ。

　ぼくらの出会いのことはさきに書いた——セシルの長い鏡のなかで、開いている舞踏室のドアのまえで、謝肉祭の夜、ぼくらは出会った。まったく象徴的なことだが、最初にぼくらが交した言葉は鏡のなかで語られたのだ。烏賊《いか》のような恰好の男をしたがえて、彼女は浅黒い顔に入念に化粧していた。ぼくは慣れない蝶ネクタイを直すために立ちどまった。彼女にはすこしも厚かましさを感じさせない飢えたような自然な率直さがあった。彼女は微笑して言った。『すこし暗すぎるわね』ぼくはべつに考えもせずに答えた。『女のひとにはそうでしょうな。ぼくら男はそれほどにも感じませんが』ぼくらは微笑し、ぼくは彼女をその場に残して舞踏室へはいっていった。鏡の女とそれきり会えなくてもなんとも思わなかったろう。しばらくたってから、ポール・ジョーンズ*とかいう恐ろしいイギリスのダンスのせいで偶然に彼女とワルツを踊ることになった。ぼくらは二、三とりとめのないことを喋った——ぼくのダンスもへただった。告白しておかねばならないが、そのとき、彼女の美しさはなんの印象も残してくれなかった。彼女がぼくの性格を即席の不確かなスケッチに仕上げ、鋭く突き刺すような中傷でぼくの批評力を混乱させたり、あるいはこっちの注意を引こうという仮借ない欲望にかられてその場ででっち上げた性質をぼくの性質だと言い張ったりする、そんなトリックを用いはじめたのはもっとあとになってからだ。女は作家を攻撃しなければならぬ——ぼくが作家だということを知った瞬間から、ぼくを解剖することによって注意を引こうという気になったらしい。もし彼女の観察のいくつかがもっと的《まと》をはずれていたら、これはぼくの自尊心《アムール・プロプル》にとってたいへん快いものだったろう。しかし彼女は鋭く、ぼくはこういう種類のゲーム――愛の嬌態の第一手となるこの精神の不意打ちに抵抗するにはあまりにも弱かった。

それから、あの夜のことまで何も覚えていない。あのすばらしい夏の夜、月の光に濡れた海辺のバルコニーで、ジュスティーヌは暖かい手をぼくの口に押しつけて話をやめさせると、こんなことを言った。『はやく。わたしの邪魔をして《アンゴルジュ・モア》。気が変りそうになってしまうから。そんなもの二人で乗り越えましょうよ』彼女はもう自分の空想のなかでぼくを究めつくしていたようだ。だが、この言葉はあんなにも物憂い謙虚さで語られた――誰が彼女を愛さずにいられよう。

言葉のように不安定な媒体を使って、こんなことすべてを繰り返しても仕方がない。数多くの出会いの縁《へり》とか片隅とかをぼくは覚えている。また、いわば合成されたジュスティーヌの姿を目《ま》のあたりに見てもいる。このジュスティーヌは感受性を隠れ蓑《みの》にして、知識を求め、自己を知ることで力を手に入れようという貪欲な渇望を秘めているジュスティーヌだ。ぼくがほんとうに彼女の心を動かしたことがあったのかどうか――それとも彼女の実験室として存在していただけなのか、悲しいことだが疑ってみないわけにはゆかない。彼女は多くのこと――読むこと、考えること――をぼくから学んだ。それまでは二つとも彼女には苦手なことだった。ありふれたものとはとうてい言えない彼女の思考を解明するために、日記をつけてごらんとすすめさえした。たぶん、ぼくが愛と考えていたものは、ただの感謝にすぎなかったのかもしれない。ぼくは無数の見捨てられた人々や印象や研究対象などといっしょに、両手を差し伸べながらどこかへ漂い流れて行くような気がする。奇妙なことだが、ぼくがほんとうに彼女と出会ったのは、恋人の資格ででではなく、作家の資格においてだ。そこでぼくらは手を握り合った。それは秩序――つまり精神によって課された三段論法の秩序――などよりも、好奇心と驚嘆のほうがもっと偉大になるあの判断力停止の非道徳的な世界だ。ガラス窓を曇らせないようにじっと息を止めて待つ場所だ。ぼくはそんなふうにして彼女を見張っていた。ぼくは彼女に夢中だった。

彼女は大図書館《ムーセイオン》の真の子供であり、したがって、もちろん、多くの秘密をかかえていた。ぼくは嫉妬とか、彼女の秘められた内部に侵入したいという欲望などから、死物狂いで身を守らねばならなかった。ほとんどそれに成功しかけていたと言っていい。ひそかに見張っていたとしても、それはほんとうに、ぼくがいないときに何を考え、何をしているのかを知りたいという好奇心から出たものだ。たとえば、彼女がよく訪問する女が街に住んでいた。その女が彼女に与える影響がたいへん大きいので、ぼくは二人がただならぬ関係にあるのではないのかと疑った。また彼女が長い手紙を書き送る男もいた。そして彼がこの街に住んでいることもわかっていた。たぶん寝たきりで起きられないのか。調べさせてみると、ぼくの手先が持ち帰る情報はいつもつまらないものだった。女は占師で、年老いた寡婦。彼女が――安物の便箋にペンをきしらせながら――手紙を書き送っている男は医者で、地方の領事館のちょっとした勤めを兼ねていた。病気で寝てはいなかったが、男色者で、いま流行の錬金術に手をそめている。一度彼女が吸取紙にはっきりと跡を残したことがあって、ぼくは鏡で（またしても鏡！）それを読むことができた。『わたしの生活には、あなたの言う癒しがたい場所があって、わたしはそこに人々や事件や病気などを手当りしだいに詰めこんでおくのです。これをより良い生活、より賢明な生活に対する言いわけにしているとおっしゃるのは正しいのでしょう。でも、あなたの規律や知識は尊敬しますが、わたしが自分と和解するにはなんとかして性格の滓《かす》を通り抜け、それを焼きつくさねばならない。自分の問題を僧侶の膝の上に投げだして技術的に決着をつけるのは誰にでもできます。わたしたちアレクサンドリアの子はそれには誇りが高すぎるし、宗教にももっと深い敬意を払っている。そんなのは神に対する正当な振舞いとは言えないでしょう。それにわたしはたとえ誰を裏切ろうとも（あなたが微笑するのが見えます）、神だけは裏切るまいと決心しています。神がどんな方かは知りませんが』

これが恋文の一節だというのなら、それは聖者に宛ててだけ書き得る恋文だ、とそのときのぼくには思えた。この手紙は不器用で不正確だが、それにもかかわらず、彼女が違う範疇に属する観念を分離する手際のよさに打たれた。ぼくはこれまでとは違う光のなかで彼女を見はじめた。つまり、あまりにも無鉄砲な勇気のために自己を滅ぼし、ぼくらと同じく手に入れようとしている幸福を見失うかもしれない人間、というふうに見はじめたのだ。こういう考えは、彼女への愛を抑制するのに役立った。ときには、彼女に対する嫌悪の念でいっぱいになることもあった。しかし気になるのは、ほんの僅かのあいだに、彼女なしでは生きられなくなっているのを知ってぞっとしたということだ。ぼくはなんとかしようと思った。彼女から離れて短い旅行をしてもみた。しかし、彼女がいないと、生活はやるせない倦怠感に覆われてどうにも耐えがたくなる。ぼくは恋に落ちた、そう考えるだけで、説明しがたい絶望と嫌悪とでいっぱいになった。彼女と出会ったときに、自分自身の悪霊と出会ったのだと無意識のうちに悟っていたようなものだ。心も軽くアレクサンドリアにやって来て、運命愛《アモール・ファティ》を見出すとは——ぼくの健康も神経もそういう不運な定めに耐えることができなかった。鏡をながめては、自分が四十男であり、鬢《びん》のあたりに白いものもちらついている、ということを思い出してみた。この愛着を断ち切ろうとしても、ジュスティーヌの微笑と接吻のひとつひとつがぼくの決心を崩してしまう。それなのに彼女といると暗い影がまわりをとり囲み、生活に侵入して、新しい共鳴を生み出すような気がしてくる。これほどゆたかに曖昧な陰影を内蔵している感情を、意志の行為によっていきなり片付けることなどできはしない。女の接吻のひとつひとつが、ぼくを死に押しやる打撃のように感じたことも一度ならずあった。たとえば、(かねてから知ってはいたことだが) 彼女が何度もぼくを裏切ったのを知ったとき、しかもそれはぼくと彼女がもっとも固く結ばれたと思っているときにさえあったことなのだが、そんなときでも、表面的にはべつに鋭い痛みを感じはしなかった。むしろそれは、病院の友人を見舞ってからエレベーターに乗り、制服を着た生き人形の傍らに立って六階を一気に降りるときのあの沈下して行くような麻痺感だった。部屋の静寂がぼくを金縛りにした。しかしまた、心のありったけを集中してこの事実を考えると、彼女の行為はぼくにはなんの関係もないのだということがわかった。それは、ぼくのために自分自身を解放しようとする試み、ぼくに属するものをぼくに与えようとする試みだ。これは詭弁としか聞えないかもしれない。それにもかかわらず、ぼくの心はその真実を知ったらしい。そして、気をきかせて黙っていろよと命じてくれた。そうした態度に対して、彼女は愛に感謝の心をまじえた新しい暖かさ、新しい情熱をもって応えてくれた。これがまた、いくらかぼくをうんざりさせた。

ああ、だが、もしきみたちが当時のぼくのように、おとなしくやさしいときの彼女を見れば、そしてこの娘はほんの子供なのだということを思い出すなら、けっしてぼくを臆病者だなどと叱責することはあるまい。朝早く、微笑むような口元に髪の毛をくわえ、ぼくの腕に抱かれて眠っているときの姿は、これまでにぼくが知ったどんな女とも違って見えた。じっさい、この世のどんな女とも違って見えた。成長の氷河期に捉えられたある不思議な動物、というふうに見えた。それからもっとあとになって、いつものように彼女のことを考えているとき、驚いたことに、ぼくは心から彼女を愛しているし、今後はほかの誰を愛することもないだろうが――しかも彼女が戻って来るかもしれないという考えからは尻ごみしているのに気がついた。この二つの考えは矛盾することなくぼくの心のなかに共存していた。ぼくはほっとしてこう思った。『よし、ぼくはとうとう愛し抜いた。これはかなりのことだぞ』ぼくの分身がそれにつけ加えた。『ジュスティーヌによって報われる恋の苦しみなんてもうたくさんだよ』この謎めいた感情の対立はまったく思いがけないことだった。もしこれが愛だというなら、それはこれまでに見たこともない植物の変種だ（『その愛（love）という言葉って何さ』と、あるときジュスティーヌは言った。『エリザベス朝の人が神（God）を逆綴りにしたように、これも逆に綴ってevolとでも呼んで、進化（evolution）とか反抗（revolt）の一部にしてしまえばいい。わたしにはそんな言葉を使わないでよ』）」

＊

これら後半の抜萃は、「死後の生」と題する日記の一部分から引用したもので、こういう挿話をまとめて評価しようとする作者の試みである。ポンバルはその大部分が陳腐で退屈でさえあると言う。しかし、ジュスティーヌを知っている人間がこれに動かされずにいられるだろうか。それに作者の意図もたいへん興味深い。たとえば彼の主張によれば、現実の人間たちは、芸術家——彼らを包含し、彼らに形を与えられるほどに強烈な芸術家——の空想のなかにしか存在しない。「人生というこの生《なま》の素材は、芸術家が作品のなかでとり上げて展開するまでは、潜在的《イン・ポテンチア》に生きられているにすぎない。かわいそうなジュスティーヌのために、こういう愛の奉仕をしてやれたらいいのだが」（もちろん「クローディア」となっている）「ぼくは彼女のもろもろの要素を包含するだけの強さのある書物を夢みている——だがそれは最近のありきたりの本ではない。たとえば、第一ページに、二、三行で筋の概要を書く。そうすれば物語の話術などにわずらわされなくてすむ。ここから生ずるのは形式という重荷から解放された劇だ。ぼくは自分の書物を解放して夢を見させてやりたい」

だが、言うまでもなく、そんなにあっさりと図式から逃れることはできない。彼は図式を外から押しつけられたものと考えているが、じつはそれは作品の内側で有機的に成長し、作品を専有してしまうのだ。彼の作品に欠けているのは——これは一流に達していない作品すべての批評になるが——遊びの感覚だ。彼はあまりにもむきになって主題に襲いかかる。それで彼の文体がクローディア自身の不安定な狂暴性にいくぶんか感染している。また彼にとっては、感情の元手になってくれるものならどれも同じように重要なのだ。ヌーザの夾竹桃の木立ちでクローディアが口にした合図の言葉、彼女が自分のことを書いた小説の原稿を燃やした暖炉（「何日ものあいだ、彼女はまるでぼくのなかにぼくの本を読もうとするかのようにじっとぼくをながめていた」）、レプシウス街の小さな部屋……。彼は登場人物たちについて言う。「すべての人物は時間によってある次元に縛りつけられているが、それはぼくらがそうあってほしいと望むような現実ではない——作品の必要によって作られた現実だ。なぜなら、あらゆる劇は束縛を作りだし、そして人物は縛られている度合に応じて意味をもつだけだから」

だがこういう保留条件を別にすれば、これはなんと優雅に正確にアレクサンドリアの肖像を伝えているのだろう。アレクサンドリアとその女たちの肖像を。ここにはレオニー、ギャビー、デルフィーヌらの素描がある——薄い薔薇いろの、金いろの、瀝青《れきせい》いろの素描が。彼の作品にはごく簡単に推定できる人間もいる。いまもあの天井の高いスタジオで、蜘蛛の巣と古布でできたあの燕の巣で生活しているクレア——この男は彼女を正確に捉えている。しかし多くの場合、これらアレクサンドリアの娘たちをほかの土地の女から区別するのは、ただ一点、恐ろしい正直さと倦怠感だけだ。彼はソーマの都会のこういう真の特質を分離できるほどの作家ではあった。アレクサンドリアの固くて退屈な殻をほとんど誤って突き破り、みずからを見出したこの才能のある侵入者からそれ以上を期待するのは無理だ。

ジュスティーヌについて言えば、重い鎧をまとった彼女の日記のなかに、アルノーティに触れている箇所がもしあるとしても、それはごくすくない。そこここにAという頭文字が散見されるけれど、それは純粋に内省的な文章のなかにある。次の文は彼のことを述べているらしく思われる。

「Aのうちではじめにわたしを引きつけたのはその部屋だった。あの重い鎧戸の背後では、いつも何かが発酵しかけているように思われた。あたりいちめんに本が散らばっていたが、ジャケットを裏返しにかけたり、白い製図用紙で覆いをしたりしてある——題名を隠そうとするかのようだ。たくさんの新聞紙が、まるで鼠の宴会のあとのように穴だらけになって乱雑に散っていた——Aのいわゆる『現実生活』を切り抜いた跡だ。ただし実際には、これは自分の生活から遠く隔った抽象だと思っている。彼は継ぎを当てた部屋着をまとい、ビロードのスリッパをはいて、食事でもするように朝刊に向い、切れない爪切り鋏で切り抜きをする。自分の作品の外の世界に存在する『現実』を子供のように不思議がっている。そこはたぶん、人々が幸福に笑いさざめき、子供を生む場所だろうと彼は考えている」
二、三のこのような素描が、『風俗《ムール》』の作家の肖像のすべてだ。あんなにも丹念で愛情深い観察に対する報酬としては、貧弱で期待外れのように見える。それに、この短くて不毛な結婚生活が終ってからは、二人の別れには一言も触れない。しかし、この本を読んでみて、彼女の性格に対して下した彼の判断が、のちにぼくら、つまりぼくとネッシムが下した判断と同じだとわかるのは興味を引く。彼女がぼくたちみんなを強引に屈従させたのは驚くべきことだ。これまで女に当てはめてきた基準では判断できない女が現れると、男にはすぐにわかるものらしい。あるときクレアが彼女のことをこう言った（クレアの判断はほとんどいつも仮借がない）。「ほんとうの娼婦に男は惹かれるのよ――ジュスティーヌのような。そういう女だけが男を傷つけることができる。でも、もちろん、わたしたちのジュスティーヌは、古代ギリシアの偉大な娼妓《ヘタイライ》を浅薄な二十世紀風に複製しただけのことだけれど。いずれにしても、彼女は自分でも知らずに、ライスとかカリスとか、*そんなタイプに属しているのね……。でもジュスティーヌの役割は奪われたのに、社会は彼女の肩に罪の重荷を負わせて苦しめている。かわいそうに。あのひとはほんとうにアレクサンドリアの子なんだもの」

クレアにもまた、ジュスティーヌを扱ったアルノーティの本は浅薄で、あらゆるものを解明しようという欲望に感染していると思われた。「これがわたしたちの病気なの」と彼女は言った。「何もかも心理学と哲学の枠に詰めこんでしまおうっていうのが。結局ジュスティーヌを正当化することも弁護することもできはしない。彼女はただ堂々と存在するだけ。わたしたちは、原罪に耐えるように、彼女に耐えるしかない。でも色情狂だと言ったり、フロイト流に解釈したり、そんなことをしたら彼女の神話的な実体を剝ぎ取ってしまう――それだけが彼女のほんとうの姿なのに。道徳にとらわれない人たちはみなそうだけれど、彼女も女神に近いところにいるの。もしわたしたちの世界が別なひとつの世界だったら、彼女を容れてくれる寺院があって、そこでならあんなに求めている心の平安を見出すこともできたでしょうに。そこでなら彼女が受け継いだ遺伝から脱け出すこともできるでしょうから。修道院なんてものじゃ仕様がない、にきび面のカトリックの若僧どもがうようよいる修道院なんてね。あの連中は、生殖器を自転車のサドル代りにしているんだから」

　彼女が思い浮べていたのは、アルノーティが「抑制」と名づけた一章で、そのなかで彼はジュスティーヌの心の不安のいとぐちをつかんだと思っているのだ。クレアの言うように、それは浅薄かもしれない。だが、あらゆるものはひとつ以上の説明を許容するのだから、これだって取り上げる価値はある。ぼく自身、これがジュスティーヌの解明だとは思わないが、ある程度まで彼女の行為を――あのヨーロッパを縦横にめぐり歩いた彼ら二人の果てしない旅を――明らかにしているのは確かだ。

「情熱の核心には」と書いて彼は括弧《かっこ》のなかでつけ加えている。「(情熱というのは彼女にとっては才能のうちでもっとも容易なものに見えるらしい) ある抑制が――ぼくが何ヵ月もたってからやっと気がついた感情障害が――存在していた。それは影のように二人のあいだに立ちふさがり、これこそ、二人が分ち合おうとしながらなぜか拒まれている幸福の真の敵だと知った。あるいは知ったと思った。それはなんだったのか。

　彼女は、ある夜、貸部屋の――それはなにかフランス風とレヴァント風の入り混じった陰気で真四角な部屋だったが――大きな醜いベッドのなかで話してくれた。漆喰塗りの天井には崩れかけた天使や葡萄の蔓が描かれていた。話を聞いたあとでぼくは狂おしい嫉妬にかられ、懸命にそれを隠さねばならなかった――しかも、それはまったく新しい嫉妬だった。対象となった男はまだ生きてはいるがもう存在してはいない。それは、たぶん、フロイト学者が幼年時代の遮蔽記憶と呼んでいるものだろう。彼女は（しかもこの告白の真実性を疑うことはできない。彼女は告白しながら泣きくずれたが、そんなふうに泣くのは、それ以前にもそのあとにも見たことがない）親族のひとりに犯されたのだ。こんな平凡な思いつきを聞かされては微笑せずにはいられない。それに何歳のときなのかもわからない。それにもかかわらず――これでぼくは抑制の核心に到達したと思った。そのとき以来、彼女は心のなかでその事件を再生して、もう一度演じてみなければ、恋の満足を得ることができないのだ。彼女にとってぼくら恋人たちは、この最初の子供っぽい行為の精神的代用品となっていたにすぎない。それゆえに、恋は一種の自慰行為となり、神経衰弱の様相を示すにいたった。彼女は貧血で死ぬという妄想に苦しめられていた。なぜなら、誰の肉体も完全に所有することができないのだから。恋をしたいと思いながら、彼女は恋をわがものにできなかった。なぜなら彼女の満足感はもはや生きてはいない生活の薄暗い片隅から生ずるにすぎないのだから。これには強烈な興味を覚えた。だがもっと面白かったのは、ぼくはこれを男としての自尊心《アムール・プロプル》に対する打撃だと感じたのだ。まるで彼女がわざと不貞をはたらいたと告白したようなものだ。なんということだ。彼女はぼくに抱かれるたびに、こんなことを思い出して満足を得ていたのか。それではある意味で、ぼくは彼女を所有できなかったのだ。所有したことなど一度もなかった。ぼくはただの木偶《でく》にすぎなかった。引きつった声で、男は誰だ、どこに住んでいるのだ、とたずねたことを思い出すと、いまもこれを書きながら微笑しないではいられない（いったいぼくはどうしようとしたのだろう。決闘でも申し込むつもりだったのか）。だがそれにもかかわらず、男はそこにいた。ぼくとジュスティーヌのあいだにどっしりと立ちはだかり、ジュスティーヌと太陽の光のあいだに立ちはだかっていた。

しかしここでもまた、ぼくは嫉妬がどれほど恋の炎を煽《あお》るものかを観察するほどには冷静だった。ぼくの腕に抱かれながら、ぼくの手の届かないところにいる女としての彼女は、これまでの十倍も望ましい必要なものとなった。恋に落ちるつもりなどはまったくなかった男にとって、また、強迫観念から解放してもらい自由に恋ができるようになりたいとだけ望んでいる女にとって、これは悲しむべきことだった。ここからまた別なことが生じた。もしこの抑制を破ることができれば、ぼくはこれまで誰にもできなかったこと、彼女をほんとうに所有することができる。ぼくは亡霊にとって代り、ほんとうに彼女の接吻を受けることができる。いまの彼女は死体に接吻しているのも同じことだ。もうぼくはすべてを理解したような気がした。

ぼくらがいわば手に手をとってヨーロッパ大陸旅行に出たのもこのためだ。科学の助けを借りて、いっしょにこの妖鬼を征服するためだ。ぼくら二人は書物がぎっしりと並ぶチェクニアの小部屋を訪ねた。この著名な心理学の泰斗《たいと》は青白いほくそ笑みを洩らしながら見本を調べていた。バーゼル、チューリッヒ、バーデン、パリ——ヨーロッパの体内を駆けめぐる大動脈に沿って鋼鉄の線路が仄光る。鉄の神経中枢が集まり、また分れ、山々を谿谷を越えて行く。オリエント急行の吹出物だらけの鏡に映る顔。ぼくらはヨーロッパじゅうをあっちへ行ったりこっちへ来たり、揺り籠に入れた赤児のように彼女の病気を持ち運んだ。だがついにぼくは絶望しはじめた。たぶんジュスティーヌは治りたがっていないのだとさえ考えだした。というのは、無意識的な精神《プシケ》の抑制だけでなく、いまは——意志による抑制がはじまっていたからである。どうしてなのかわからないが、彼女は誰にもその男の名前、亡霊の名前を教えようとしなかった。いままでは、彼女にとってあらゆるものを意味し得る名前でもあり、なんの意味も持ち得ない名前でもあるのだが。結局、その男はいまも世界のどこかに生きているにちがいない。事業の心配や不節制のせいで髪は薄く白くなり、眼炎にかかったあとでいつもやるように片目に黒い眼帯をかけている、そんな男だ（ぼくにこういう描写ができるのは、じっさいに一度この男を見たことがあるからだ）。『なぜ名前を言わなけりゃならないの？』と彼女はよく叫んだものだ。『彼はもう私には何ものでもないのよ……これまでもそうだったし。向うはもうこんなことすっかり忘れているわ。もう死んだも同じだっていうのがわからないの？　彼に会うときは……』これは蛇に咬まれたようなものだった。『じゃあ、その男に会うのか？』彼女はすぐにもっと安全な場所に退いた。『二、三年に一度街で行き会うくらい。ただうなずくだけ』

それではこの男は、このありふれた男の典型みたいなやつはまだ息をしている。まだ生きているのだ。嫉妬とはなんと奇怪で卑しいものなのだろう。だが恋人が空想で作りあげたものに嫉妬するなんて滑稽さかげんもいいところだ。

そうしてあるとき、息もつけないほど暑い真夏の夜、カイロの中心街の雑沓のなかで、一台のタクシーがぼくらの車の横に並んだ。そのときジュスティーヌの表情の何かが、ぼくの視線を彼女の見るものへと向けさせた。川から立ち昇る水蒸気のせいで鼓動する湿った熱気が密度を増し、腐った果実や、ジャスミンや、汗まみれの黒人たちの体から発する臭気に疼いていた。その暑さのなかで、そばのタクシーのなかに見たのはまったくありふれた男だ。片方の目にかけた黒い眼帯をのぞけば、この恐ろしい都会に住む無数のいびつでむさくるしい実業家たちと何も変るところはない。髪は薄くなりかけ、横顔は鋭く、目は小さく光っている。グレーの夏服を着ていた。しかし、ジュスティーヌの不安気な苦しそうな表情があまりにも際立っているので、ぼくは思わず叫んでいた。『どうした?』せき止められていた列がくずれて車が動き出すと、彼女は妙に上気したきらめく目で、ほとんど酔い痴れたような図太さで言った。『あなたが探している男よ』だがその言葉が彼女の口から出るまえに、ぼくはすべてを理解し、まるで悪夢でも見ているように車をとめて道路に飛び出していた。タクシーの赤いテールライトがスレイマン・パシャ・モスクのほうへ曲って行くのが見えた。しかし、その色やナンバーを見分けるにはあまりにも遠すぎた。ぼくたちの背後で雑沓がふたたび激しくなり、追跡するのはとうてい無理だ。ぼくは震えながら黙ってタクシーに戻った。それではこれがその男だ。フロイトが愛情をこめて、しかし冷静な思考力を振りしぼって探し求めたのはこの男の名前だ。この罪もなさそうな中年男のせいで、マニャーニの細い冷やかな声が『男の名を言いなさい。彼の名を言わねばなりません』と繰り返すあいだ、ジュスティーヌはまるで宙吊りにされたように全神経を張りつめて横たわっていたのだ。そしてどこか、彼女の記憶が閉じこめられている忘れられた地底から、機械時代の神託のように声が繰り返すのだ。『思い出せない。思い出せないの』

そのときわかったのは、彼女にはなにか倒錯したところがあって、自分の抑制を征服する気がないこと、医者たちの力をもってしても説得することはできないことなどである。ここに虚飾を取り払った裸の症状があり、尊敬すべき紳士たちが診断してくれた色情症なるものが横たわっている。ぼくはあるときには彼らの診断が正しいと確信し、あるときにはまた疑った。それにもかかわらず、彼女の振舞いにひとつの口実を見たくなる気持ちは強かった。つまり、あらゆる男が手を差し伸べて、この熱情的な自我、この息づまる自己閉塞からの解放を約束してくれるけれど、いまは燃えさかる幻想の炎でセックスを満足させるしかないのだ、というふうな。

　たぶん、ぼくらがこのことを明らさまに話し合い、ひとつの問題として扱ったのは間違いだったのかもしれない。というのは、そのために彼女が尊大な感情をいだくようになっただけでなく、これまではなかった神経質なためらいまで見せるようになったからである。その情熱生活において彼女は直截《ちょくせつ》だった――落ちてくる斧のようだった。彼女はペンキを塗り重ねるように接吻を受け入れた。彼女の勝手放題な振舞いを快く思うとまではゆかなくとも、すくなくとも理解はできるような口実を、長いあいだ、無益に探していたことを思い出すと不思議な気がする。いまにして思えば、なんと多くの時間をこうして無駄に費したことだろう。そんな先入観には背を向けてただ彼女を楽しみ、『この女は美しいけれど当てにはできない。彼女が恋を受け入れるのは植物が水を受け入れるのと同じこと、軽やかでなんにも考えていない』とだけ思っていればよかったのだ。そうすればぼくは彼女と腕を組んで腐った運河のほとりを歩いたり、陽光にひたされたマレオティス湖を帆走したりして、あるがままの彼女を楽しみ、あるがままの彼女を受け入れることができたろうに。ぼくら作家が不幸を受け入れる力とはなんて奇怪なんだろう。いまわかっているのは、この長い苦しい診察が彼女の自信を奪っただけでなく、もっと意識的に不正直にしてしまったということだけだ。もっとも悪いのは、彼女がぼくを敵だと見なしはじめたこと、ほんの小さな嘘も見抜こうとし、ちょっとした言葉や身ぶりから正体をさらけ出すのを待ち構えていると思いはじめたことだ。彼女は二重に身を固め、あまりの嫉妬に耐えられないといってぼくを非難しはじめた。たぶん、彼女の言うのが正しかったのかもしれない。こう言ったのを覚えている。『いまのあなたはわたしの空想の情事のなかで生きている。あんなに正直に何もかも告白してしまうなんて馬鹿だったわ。その問い詰めぶりを見なさいよ。何日も同じことばかり聞きつづけて、ちょっとでも食い違うとすぐ飛びかかってくる。ひとつの話を二度も同じように繰り返すなんて、わたしは絶対にやらない。知ってるでしょ？　それなのに嘘をついてるって言うの？』

　ぼくはこれにもひるまず、以前に倍する努力をかたむけてカーテンの背後にはいりこもうとした。そこには片方の目に黒い眼帯をかけたぼくの敵が立っている。ぼくはまだマニャーニと手紙のやり取りをしていたので、できるかぎりの証拠を集めてこの謎を解明してもらおうとしたが無駄だった。人間の魂を構成する罪の衝動というこの茨のジャングルに道をつけるなんて誰にできよう――たとえ対象となる人間が協力しようと思っていてもだ。彼女の好き嫌いの研究などに、ぼくらはなんと時間を費したことだろう。もしジュスティーヌにユーモアの感覚があったら、こっちはいい慰みものになっていたろうに。たとえば、手紙の『ワシントンD・C』という言葉を読むと胸がむかついてたまらない、という彼女の告白をめぐって手紙をやり取りしたことがあるくらいだ。あるがままの彼女を愛すべきなのに、こんなことに時間を費したのをいまのぼくは深く後悔している。老マニャーニも同じ疑いに苦しめられたにちがいない。彼がこう書いてよこしたのを思い出す。『私たちのたずさわるこの生れ出たばかりの科学は、たくさんの驚異や将来性に満ちみちているように見えますが、じつはたかだかのところ、占星術と同じくらい心もとないものに基礎を置いている。それを忘れてはなりません。結局のところ、私らが勿体ぶって事物に与えるのは名前にすぎない。色情症も、もしお望みなら、処女性の別なかたちだと考えることもできる。ジュスティーヌについて言えば、彼女はこれまで一度も恋をしたことがないのかもしれませんよ。たぶん、いつの日かひとりの男が現れて、その力を借りれば、こういう厄介きわまる妄想も消え去り、ふたたび純な心が戻ってくるかもしれない。あなたもその考えを除外してはなりません』もちろん、彼はぼくを傷つけようとしたのではない——ぼくはこの考えを自分に認めていなかったのだ。だが、この賢い老人の手紙を読んだとき、それは心を刺し貫いた」

＊

ブルグ・エル・アラブで午後を過したとき、ぼくはまだアルノーティのこの一節を読んでいなかった。あのときは、二人の仲がおかしくなりかけていた。新しい要素がはいりこんだせいだ——愛という言葉は使うまい、頭のなかであの耳ざわりな美しい笑い声が聞えるといけないから。それにこの作家の笑い声がさらに反響するといけないから。じっさい、彼の分析はあまりにも魅惑的で、それにぼくらの関係が彼とジュスティーヌの関係をそっくり繰り返しているので、ときには自分までが『風俗《ムール》』の登場人物のひとりになったような気がしてくる。それどころか、ぼくはこうやって、同じように言葉で彼女を表そうとしている——ただぼくには彼のような才能はないし、芸術家ぶるつもりもないが。ぼくは単純素朴に、文体もなしに、成り行きを書きつけたい——ぼくにあるのはいわば漆喰《しっくい》と石灰水だ。なぜならジュスティーヌの肖像を描くのなら、粗塗りにして、つらい状況という本来の石造りが透けて見えるようにすべきだから。

浜辺の出来事のあと、ぼくらはしばらく会わなかった。二人とも目眩《めまい》のするような不安に襲われたのだ——ともかくぼくはそうだった。ネッシムは商用でカイロに呼び出され、ぼくの知るかぎり、家にはジュスティーヌひとりしかいなかったけれど、どうしてもスタジオを訪ねることができなかった。一度そばを通ったとき、ブリュートナー*が聞えてきてよっぽど呼鈴を押そうかと思った——黒いピアノに向っている彼女の姿がはっきり目に浮んだ。それからある夜、庭の横を通り過ぎるときにも人影を認めた——きっと彼女だったにちがいない——蠟燭の火を片手で覆って百合の池のほとりを歩いていた。ぼくは呼鈴を押そうか押すまいかと迷いながら、一瞬間、大きなドアのまえに立った。そのころはメリッサも上エジプトの友だちを訪問しに行っていた。夏は急速にすすみ、町は暑さにうだっていた。ぼくは暇のあるかぎり、小さなブリキの電車に乗って雑沓する海岸へ行っては泳いでいた。

そしてある日、日光浴をやりすぎて熱を出し、ベッドに横になっていると、ジュスティーヌがこの小さな部屋の湿っぽい静けさのなかにはいってきた。彼女は白い服を着て白い靴をはき、ぐるぐる巻いたタオルをかかえ、ハンドバッグを持っていた。この白い装いのなかから浅黒い肌と黒い髪がいきいきと輝いていた。彼女が話してかけてきたときの声は割れていて、頼りなげで、ちょっと聞くとまるで酔っている人の声みたいに響いた——たぶん、ほんとうに酔っていたのかもしれない。彼女は暖炉棚に手をついて体を支えながら言った。「こんなことにさっさとけりをつけたいの。もう戻るにはちょっと遠くまで行き過ぎたと思う」ぼくのほうは恐ろしい無気力に苦しんでいた。肉体と精神はうっとりとして苦しみにひたり、考えたり喋ったりするのも鬱陶しかった。彼女との愛の行為なんて想像もできなかった。なぜかお互いのまわりに織り上げた感情の網があいだに立ちふさがっているのだ。忠実さ、理念、ためらいなど、目に見えない網を払いのける気力がなかった。彼女が一歩まえに進み出たときぼくは弱々しい声で言った。「このベッドはひどく臭うんだ。ぼくは飲んで自分で片をつけようと思ったけどだめだった――きみが気になってね」枕に顔を押しつけて黙りこんだが、自分でも血の気が引いてゆくのがわかった。ふいに、この小さな部屋の静けさが気になりだした。片隅で水道の水が滴《したた》る音がしていた。どこか遠くで一度だけ耳ざわりなタクシーの警笛が聞えた。そして港からは、半牛半人ミノタウロスの低いうめき声のように、暗い汽笛の一声が響いてきた。いまぼくたちはほんとうに二人きりになったように思えた。

この部屋のすべてはメリッサのものだ――空の化粧箱や写真などが並んでいる惨めな化粧台、この静かな午後の空気を舟の帆のようにそっと吸いこんでいる優雅なカーテン。ぼくらは互いに抱き合って横たわり、この明るい透明なリネンの布がゆっくりと息づくのを何度ながめたろう。このすべて、巨大な一滴の涙のなかに拡大された愛する女のイメージを突っ切って、浅黒くきびしい裸のジュスティーヌの体が動いた。彼女の決意には深い悲しみがかかわり合っていた。それに気がつかなかったらぼくは盲者も同然だ。ぼくらはいつまでも目と目を見交し、体に触れ合いながら横たわっていた。暮れゆく午後の日の動物的な気だるさだけが、ぼくらの伝え合うすべてだった。片腕でしっかりと彼女を抱きかかえているのに、ぼくらは自分の体を所有していないと思わずにはいられなかった。アルノーティの言葉が頭に浮んだ。「そのころ、この女がなにか恐ろしいやり方でぼくの気力《フォルス・モラル》を奪ってしまったらしいということに思い当った。まるで頭の毛を剃られたような感じがした」しかし、とぼくは考えた。フランス人は幸福《ボヌール》と憂愁《シャグラン》のあいだを絶えず揺れ動いているから、先入主《プレジュジェ》で解決できないことが生じると悩まずにはいられないのだ。彼らは生れつき策略と技巧に富んでいるが忍耐力に欠けている。彼らには、アングロサクソン人の心に鎧《よろい》を着せてくれるあの愚鈍さがない。またこうも思った。「よし、どうでも彼女の思いのままにさせてやろう。こっちの手強さを知らせてやろう。そして終りがきても一切ぐちは言うまい」それからネッシムのことを考えた。彼はぼくたちを見張っていた（ぼくは知らなかったが）。巨大な望遠鏡を逆さにしてのぞきこむように、おのれの希望と計画のはるか彼方にぼくらの小さな姿が消えて行くのを見ていた。彼の心を傷つけたくはなかった。

　しかし彼女は目を閉じていた――二人を深々と押しつつむ沈黙に磨き上げられたように、いまは柔らかな輝きを放っていた。震えていた指はもう落ち着いて静かにぼくの肩に置かれていた。二人は向い合い、二枚のドアのように過去に背を向けて一切を閉め出した。彼女の幸福そうなのびやかな接吻がまわりに暗黒をつくり上げていった。ひとつの色彩を何度も塗り直してつくり出した暗黒だ。行為を終えて横になると彼女はふたたび目を見開いて言った。「最初はいつもだめなの。どうしてかしら」

「神経だろう、たぶん。ぼくもそうなんだ」

「あなた、すこしわたしを怖がっているみたい」

それから、ぼくはふいに目覚めたように片肘をついて起き直ると言った。「でもジュスティーヌ、ぼくらはいったいどうしようっていうんだ？　もしもこれが――」しかし彼女はこれを聞くとすっかりおびえて、ぼくの口を手でふさいだ。「お願い、弁解はよして！　そんなことをすればわたしたちが悪いってわかってしまう。何を言ってもだめなのよ、何を言っても。でもこうなるしかなかった」そしてベッドから抜け出すと、化粧台へ歩いて行き、豹の前肢が一撃を加えるように、写真や白粉箱をきれいに払い落した。「これよ」と彼女は言った。「わたしがネッシムに、あなたがメリッサにしたのはこれよ。そうじゃないふりをするなんて卑しい」アルノーティの書いたものからこんな場面を予想していたので、ぼくは何も言わなかった。すると彼女が飢えたような激しさで接吻しはじめたので、日に灼けたぼくの肩が疼き、目に涙が浮んだ。「ああ！」と彼女はやさしく悲しげに言った。「あなたは泣いている。わたしも泣けたらと思うわ。わたしはもう泣き方を忘れてしまった」

　ぼくは彼女を腕に抱き、その体の暖かみや、かぐわしさや、海水の塩気などを味わいながら――耳たぶに塩の味がした――こう考えていたのを思い出す。「接吻のひとつひとつが彼女をネッシムに近づける。だがぼくをメリッサから引き離す」しかし奇妙なことに、憂鬱も苦しみも感じなかった。彼女も似たようなことを考えていたにちがいない。とつぜんこう言ったのだ。「バルタザールの話では、生れつきの裏切者――わたしやあなたみたいな――がほんとうのカバリ*なの。わたしたちはもう死んでしまった。ここで生きているのは地獄の辺土《リンボー》で生きてるみたいなものだ。でも生きている人々はわたしたちを必要としている。わたしたちのおかげでもっと経験したい、成長したいと思うようになるから」

ぼくは自分に言い聞かせようとした。これはみんな愚かしいことだ――平凡な姦通物語で、この都会ではもっともありふれた安っぽい話だ。これにロマンティックで文学的な衣裳を着せたってどうにもなるもんか。だがどこか心の奥底で、この経験が終ったときには不滅の教訓を学び取っているだろうと悟っていた。「きみはまじめすぎる」とぼくはいくらかむっとして言った。ぼくの虚栄心からすれば、自分の深みからさらわれるような感じが不愉快だった。ジュスティーヌは大きな目をぼくに向けた。「いいえ、とんでもない」彼女は静かに、自分に言い聞かせるように言った。「こんなに多くの人を傷つけながら、それが自分の役割だってことに気がつかないなんて愚かしいと思うの。わたしがいまの自分から脱け出せるとしたら、こんなふうに、自分が何をやっているのかを知るほかに手はないのよ。それはやさしいことじゃない。わたしはほんとうに自分に責任を持ちたいと思っている。そのことだけは疑わないでね」

ぼくらは眠った。目を覚したのは、ハミドが錠を開ける乾いたかちりという音、それからいつもの夕方の仕事にかかる物音を聞いたときだ。ハミドはいつも台所のバルコニーに祈禱用の膝敷を巻いて用意しておくような信心深い男だが、たいへんな迷信家でもある。ポンバルが言ったように、彼は「霊魔《ジン》に憑かれ」ていた。そしてどうも霊魔《ジン》はこの小さな部屋の隅々にひそんでいるらしい。台所の流し場に汚水を流しながら、「お許しを《デストール》、お許しを《デストール》」とつぶやくのをぼくはうんざりするほど聞かされたものだ――というのは、ここには強力な霊魔《ジン》が住んでいるから、許しを乞わねばならないのである。浴室にもこの霊魔《ジン》が出没する。それでハミドが外の便所を使うと

(それは禁じていたのだが)いつもぼくに知れてしまう。なぜなら、彼が水洗便所にはいると、いつでも、ひとりでに呪《まじな》いの言葉が口から出てしまうのである(「お許しください、おお、皆様がた!」)。そうすれば霊魔《ジン》の心を和らげるから下水管に引きずりこまれることもないという。いま、彼は古いフェルトのスリッパをはき、低くつぶやきながら、大蛇のように台所をのそのそ歩きまわっている。その物音を聞いたのだ。

　ぼくは苦しげに眠っているジュスティーヌを揺り起し、激しい好奇心に駆られて、彼女の口、目、そして美しい髪をさぐった。ぼくの官能のなかではいつもこういう好奇心が大部分を占めている。「もう行かなければ」とぼくは言った。「もうすぐポンバルが領事館から帰って来る」

　ぼくらは忍びやかな物憂さを味わいながら服を着て、共犯者のようにこっそりと薄暗い階段を降り、街路に出た。腕を組む気にはなれなかったけれど、歩きながら二人の手は自然に触れ合っていた。まだ午後の魔力から解き放たれず、別れるのに耐えられないかのように。小さな広場には枯れた木々が太陽に照りつけられ、コーヒーいろに灼けて立っていた。ここまで来て、ぼくたちは黙ったまま別れた。ひと目見かわしただけだ——お互いの心にしっかりと座を占めるのを望んでいるかのように。

　まわりでこの都会のすべてが音を立てて崩れ落ちたような気がした。ぼくはあてもなく街を歩きまわった。大地震のあとで生存者が街路を歩きまわり、これまで見慣れていたものが一変しているのに驚くように。奇妙にも周囲の騒音はぼくの耳にはいらず、そのあいだどうしていたのかいまはもう何も覚えていない。われに返ったのは、遅くなってから、ある酒場でポンバルとパースウォーデンにばったり会ったときだ。そのときパースウォーデンは、あの老詩人の有名な「都市」の何行かを暗誦したのだが、それは新しい力でぼくの心を打った——その詩をよく知っているのに、まるで新しく創られた詩のような感じがした。「今夜はいやにぼんやりしてるじゃないか。何かあったのかい」とポンバルに聞かれたとき、ぼくは死にゆくアムル(原注8)の言葉をもって答えたいような気がした。「天が大地の上に落ちかかり、おれはそのあいだにはさまれて、針のめどから息をしているような感じがする」*

第2部

こんなに多くを書きながら、バルタザールについて何も言わないのは、それこそ手抜かりというものだ——というのは、ある意味で、彼はこの都会の鍵のひとつだから。鍵、そうなのだ。ぼくはそのころ、あるがままの彼を受け入れていたが、いま記憶をたぐってみると、彼を新しく評価しなおす必要があるのを感ずる。そのころのぼくには理解できないことがたくさんあったし、それ以後に知ったこともたくさんある。ぼくが思い出すのはおもに、彼が愛用のラカディフを長柄のパイプに詰めて吸いながら、カフェ・アル・アクタルでバックギャモンに時を過した果てしない夜々のことである。ムネムジヤンがこの都会の生き字引だとすれば、バルタザールはそのプラトン的な意味での守護霊《ダイモン》——つまり、神々と人々の仲介者だと言っていい。これがこじつけめいていることはぼくにもわかっている。

細幅縁《ふち》の黒い帽子をかぶった背の高い姿が目に浮ぶ。ポンバルは彼を「植物性の山羊」と名づけた。痩せていて、すこし猫背で、美しく響く深いしわがれ声をしている——特に引用したり暗誦したりするときには美しい。人に話しかけるときはけっしてまともに見つめない——これは多くの男色者の特徴だが、彼の場合は倒錯を意味するものではない。彼はそれを恥じていないばかりでなく、ほんとうに無関心なのである。その黄いろい山羊の目は催眠術師の目だ。人を見つめないのは、あまりに情け容赦のない視線を浴びせて、ひと晩中相手が面食らってしまうことのないようにという思いやりである。彼の胴からどうしてあんなに奇怪な醜い手がぶらさがっているのかはひとつの謎だ。ぼくならとっくに切り取って海に捨てている。顎の下には黒い蹴爪《けづめ》のような毛が生えている。ちょうど牧神《パーン》の彫刻の蹄の上についているような。

ぼくらは悲しいビロードのようによどんだ運河の傍らを長いあいだいっしょに歩きまわったものだが、そんなときに何度かなぜこの男に惹かれるのか考えてみた。これはまだ結社《カバル》を知るまえのことだ。バルタザールの読書量は豊富だが、その会話には窮屈な衒学《げんがく》的なところがない。パースウォーデンとなるとそうはいかないが。彼は詩と寓話と科学と詭弁を愛していて——彼の思考の背後には軽やかな手ざわりと判断力とがある。しかしその軽やかさの下にはまた別なもの——彼の思考に密度を与える響き——がある。警句を吐く癖があって、そのために時として小予言者の風格を示す。いまのぼくにわかっているのは、彼が自分のための哲学を見出し、その哲学によって自分の生活を生き抜こうとする数少ない人々のひとりだということである。これが彼の話に鋭さを与えるあの分析しがたい特質なのだろう。

医者としては、その仕事時間の大部分を政府の性病診療所で過している(彼は冷たく言い捨てたことがある。「私はこの都会の生活の中心部に——その泌尿生殖器官のなかに住んでいるわけだ。あまりうっとりとはしていられないところでね」)。それにまた、彼はその男色趣味にもかかわらず、生来の男らしい精神を失わないただひとりの男でもある。彼はピューリタンでも、その反対でもない。ぼくがレプシウス街にある彼の小さな家――ぎしぎしきしむ籐椅子のあるあの部屋――へ行くと、水夫といっしょにベッドで眠っていることがよくある。そんなときはべつに言いわけもしないし、ベッドの男のことを口に出しもしない。服を着ながら振り向いて、眠っている男のまわりにそっと毛布を押しこんでやる。ぼくはこの自然な態度をりっぱだと思う。

彼は奇妙な混合物だ。研究者の集まりに結社《カバル》のある一面を理解させようとして話しているとき、その声が感動に震えるのを何度か耳にしたことがある。しかしあるとき、彼の評釈について熱狂的に話しかけたとき、溜息をついて言ったその言葉からは、グノーシス説に対する確信と献身の底にひそんでいるあの完全にアレクサンドリア風な懐疑主義を聞き取ることができた。「私たちはみんな不合理なものを信ずるために合理的な理屈を探しているのだ」それからまたあるとき、遺伝と環境について、ジュスティーヌと長い退屈な議論をやり取りしたあとで、「ああ、あんた、哲学者が魂について、医者が肉体について、さまざまな研究をしてきたというのに、私らは人間についてじつのところ何を知っているというのだね。つまり、結局のところ、人間とは液体と固体の通り道にすぎない、肉のパイプだということさ」。

彼は老詩人と同窓であり、また親友であった。この詩人について語るとき、彼は暖かい思い遣りと透徹した洞察とをもってしたので、ぼくはいつも感動した。「私は時おり、哲学の研究よりも、あの男を研究することで多くを学んだと思うことがある。あの皮肉とやさしさとの精妙な兼ね合いは、宗教の道にはいっていたら聖者に祀《まつ》りあげられるほどのものだろうよ。神の思召しによって一介の詩人にすぎず、不幸な目にもよくあったらしいが、しかしあの男は一刻一刻が過ぎさる瞬間にこれを引っとらえて引っくり返し、幸福な面を曝《さら》け出そうとしていたような気がするのだ。ほんとうに、生きることに自分というものを、内なる自我を、使い果しかけていた。たいていの人は寝そべって、人生のほうから戯れかかるのを待っている、ちょうど灌注器《かんちゅうき》の生ぬるい水が注がれるのを待つようにな。デカルトの定言『われ思うゆえにわれあり』に、あの人は自分自身の定言を対立させたのだが、それはまあこんなふうなことかな。『われは想像するゆえにわれは所属しかつ自由である』」

　自分自身について、あるときバルタザールは顔をゆがめて言った。「私はユダヤ人だ。だから演繹的機能に血道をあげるユダヤ気質もそっくりかかえている。それが私の思考の弱みをつかむ糸口になるだろう。しかしいまはこいつを私のほかの部分と釣り合せる勉強をしているところだ——おもに結社《カバル》を通してだがね」

*

　また、ある淋しい冬の夕暮れに彼と出会ったことを思い出す。雨に洗われた岸壁通りを、ふいに水路からほとばしり出る海水を避けながら彼は歩いていた。黒い帽子の下の頭蓋には、少年時代を過したスミルナとスポラデス諸島[*]が鳴り響いていた。黒い帽子の下には、また、ひとつの真理がほのかに光っていた。あとになってから彼は、教わってもちっともうまくならない英語で、なんとかそいつを伝えようとしてくれたが。ぼくらはまえにも会ったことはあるが、ちらりと目と目で挨拶する程度の知り合いだった。だから、彼がすっかり昂奮してぼくの腕をつかみ、押しとどめるようなことが起らなかったら、今度もうなずき合って通り過ぎていたろう。「ああ、あんたに助けてもらえるな！」と彼はぼくの腕を取りながら叫んだ。「どうか助けてもらえまいか」迫り来る夕闇のなかで、青白い顔が山羊の目を輝かせてぼくの顔をのぞきこんだ。

　最初の空ろなランプの光が、アレクサンドリアの湿った紙の背景に活気を添えはじめていた。カフェの列の立ち並ぶ波止場通りは波しぶきに呑みこまれ、ぼやけて震える燐光を発しながら光っている。風が真南から吹きつけていた。マレオティス湖はスフィンクスのように強《こわ》ばった姿勢のままで葦間《あしま》にひそんでいた。いま時計の鍵、ミュンヘン製の美しい金の懐中時計の鍵を探しているところだ、と彼は言った。あとになって思うと、ただならぬ表情の背後にあったのは、その時計が彼にとっては象徴的な意味をもっているという事実だった。つまり、彼の肉体やぼくの肉体のなかを流れている解き放たれた時間は、もう長いこと、この歴史的な時計が刻んできたものなのである。ミュンヘン、ザグレブ*、カルパチア山脈*——この時計は彼の父のものだった。毛皮の外套にくるまって橇《そり》を走らせる背の高いユダヤ人。彼は母親に抱かれてポーランドへ渡った。覚えているのは、雪景色のなかで母がつけていた宝石が氷のように冷たかったことだけだ。その時計は父の体にも彼の体にも静かに時を刻みつけてきた——彼らのなかで時が発酵して行くようだった。これはアンク*のかたちをした小さな鍵でねじを巻くようになっていて、その鍵を彼は黒いリボンで鍵輪に結びつけておいたのだ。「今日は土曜日だ」と彼はしわがれ声で言った。「アレクサンドリアではな」ここには違う時間があるというような言い方だが、しかしそれは間違ってはいなかった。「鍵が見つからないと、こいつが止ってしまうのだよ」雨に濡れた夕闇の最後の明りのなかで、彼は絹の裏打ちをしたチョッキのポケットからそっと時計を出して見た。「月曜日の夕方には止ってしまう」鍵がなければ、繊細な作りの金の蓋を開いて、鼓動している時の内臓を曝け出してみたところでなんになろう。「三度探してみたのだが。きっとカフェから病院へ行く途中で落したにちがいない」ぼくは喜んで手伝おうと言ったが、しかしもう夜が迫っていた。そして、ちょっとのあいだ石畳の割目などを探し歩いてからあきらめねばならなかった。「でも」とぼくは言った。「別な鍵を作らせればいいんでしょう?」彼はじれったげに答えた。「もちろんそうだ。しかしあんたはわかっていないな。あれはこの時計のものだった。この時計の一部分なんだよ」ぼくらは波止場通りのとあるカフェにはいり、ぐったりと腰をおろしてブラック・コーヒーを飲んだ。彼はしわがれ声でこの歴史的な時計の由来を述べ立てた。こんなことを言ったのはそのときである。「ジュスティーヌを知っているね。あんたのことをほんとうにいい人だと言っていたよ。結社《カバル》*に連れて来ると言っていた」「それは何です?」とぼくはたずねた。「私らはカバラの研究をしているのさ」と彼はほとんど恥かしげに答えた。「まあ言ってみれば会員制のようなものだ。あんたもかなり興味をもって研究していると聞いたが」これにはぼくも驚いた。というのは、ぼくの知るかぎり、これまでジュスティーヌには何を研究しているのか――研究といっても倦怠と自己嫌悪の発作の合間にだが――一度も喋ったことはないはずだから。ぼくの知るかぎり、ヘルメス文書*や、その他この種の書物を入れた小さなスーツケースは鍵をかけたままベッドの下に突っこんでおいたはずだ。だがぼくは何も言わなかった。彼は今度はネッシムのことを話しはじめた。「あれは、ある意味では、私らのうちでいちばん幸福な男だ。あの男は自分の捧げる愛と引き換えに何かをもらおうなんて思っていない。あんなふうに無私無欲に愛するのは、たいがいの人なら、五十を過ぎてからふたたび学び取らねばならないのだがね。子供にはそれがある。あの男にもそれがある。私はまじめに言ってるんだよ」

「アルノーティという作家を知っていますか？」

「知っている。『風俗《ムール》』の作者だ」

「その男のことを教えてください」

「彼は私らのところに侵入してきたのだが、世俗の都市の下にひそんでいる精神の都市を見なかった。才能もある。感受性もゆたかだ、しかし、あまりにもフランス人だな。あの男にはジュスティーヌは若すぎた。傷つくだけで、それ以上の何かを見ることがなかった。運が悪かったのだ。もうすこし年上の女を見つけていたら——私らの女はみんなそれぞれに違うスタイルのジュスティーヌだからね——あの男も——もっと良いものを書いたろうとは言うまい、彼の本はなかなかよく書けているからな。しかしあの本をもっとほんとうの芸術作品にするような、一種の決意というものを見出したかもしれない」

彼は言葉を切って深々とパイプを吸いこんでからゆっくりつけ加えた。「あの本はまだたくさんのことを省いている。まさしくジュスティーヌを示すものだと知りながら、純粋な芸術という目的のために無視してしまった——たとえばあの女の子供のことなどを。たぶんメロドラマめいていると思ったのだろうよ」

「子供って、どんな?」

「ジュスティーヌには子供がいたのだ。誰が生ませたのかは知らないが。その子供が、ある日、誘拐されて見えなくなった。六つぐらいの女の子だったが、あんたも知るとおり、こういうことはエジプトではよくある。あとになってその子を見かけたという話を聞くと、彼女は狂気のように町々のアラブ地区を探しはじめた。いかがわしい家々も残らず探して歩いた。エジプトでは親のない子供がどうなるか、あんたも知っているだろう。アルノーティはよくいっしょに探してまわったし、この痛手がどれほど彼女の不幸とかかわっているか知っているはずだが一言も触れていない」

「ジュスティーヌはアルノーティのまえに誰を愛していたのです?」

「覚えていないな。ジュスティーヌの恋人たちの多くはそのまま友人としてつき合っている。しかし、私はよく考えるのだが、彼女のほんとうの友人は一度も恋人にならなかった男たちではないかな。この都会はいつもゴシップを待ち構えているからね」

しかしぼくは『風俗《ムール》』の一節を思い浮べていた。ジュスティーヌが恋人だと言う男を連れて彼に会いに来た部分である。「彼女はこの男、恋人を、目のまえでやさしく抱きしめ、口や目や頬や手にまで接吻するので、ぼくは当惑してしまった。だがそのとき、ある戦慄とともにぼくの心にひらめいたのは、彼女はほんとうは心のなかでぼくに接吻しているのだ、ということだ」

バルタザールは静かに言った。「私が恋などに度外れな関心を寄せることがなかったのをありがたいと思っている。倒錯者というものは、すくなくとも、この自己を他に与えたいという恐ろしい悶えからはまぬがれているのだ。同類と寝ていれば、同じひとつの経験を楽しんでいても、心は自由に切り離して、プラトンや庭仕事や微分学などのことを考えていられるからね。性はもう肉体を離れて想像のなかにはいってしまったのだ。アルノーティがジュスティーヌのことであんなに苦しんだのもこのせいだ。切り離しておきたいと思っているものを――芸術家の精神と言ってもいいが――あの女はすっかり食い荒したのだからな。結局のところ、彼は小アントニウスで彼女はクレオだ。シェイクスピアを読めばみんな出ていることさ。* それからまた、アレクサンドリアについて言えば、なぜここがほんとうは近親相姦の都市であるのかも理解できるだろう――つまり、ここでセラピス信仰* が築かれたということをだ。こういう心情の衰弱と愛の行為の制約は、人を内側へ、自分の妹へと向けずにはおかない。恋人は、ナルキッソスのように、みずからの家族のなかに自分を映して見るのだ。こういう状況から脱け出す出口はない」

この言葉のすべてをよく理解したとは言えないが、しかし、彼の用いた連想には一種の照応があるのをぼんやりと感じた。そしてたしかに彼の言葉の大部分はぼくに彼女の肖像を――説明してくれたとは言わない、しかしそれに枠をはめてくれた。あの暗い激しい女の書いた率直で精力的な筆跡を通して、ぼくははじめてラフォルグの次の引用を読んだのだ。「ぼくを評価すること《ジュ・ネ・パ・ジュヌ・》を知ってる娘はひとりもいない。《フィーユ・キ・ソーレ・ム・グテ》そう、いるのは看護婦だけ、《アー・ウイ、ユヌ・ガルドマラード、》芸術の愛のための看護婦だけ、《ユヌ・ガルドマラード・プール・ラムール・ド・ラール、》死んでゆく者、死ぬ間際の者にしか接吻してくれない看護婦だけだ《ヌ・ドナン・セ・ベーゼ・カ・デ・ムーラン、デ・ジャン・イン・エクストレミス》」この下に彼女は書いている。

「Aがしばしば引用した言葉。偶然にラフォルグ* の作品のなかで発見する」

「あんたはもうメリッサを愛していないのかね」とバルタザールがとつぜん言った。「わたしはそのひとを知らない。見かけたことがあるだけだが。許してくれ。悪いことを言ったようだな」

メリッサがどんなに苦しんでいるかに気がつきかけたのはこのころだ。しかし彼女の口からはひと言の非難の言葉も洩れなかったし、ジュスティーヌについて云々することもなかった。だが彼女は輝きを失い、生気をなくした——肌そのものがつやを失っていった。そして奇妙なことだが、ぼくはもう努力しなければ彼女を抱くことができなくなっていたのに、これまでよりはるかに彼女を愛しているのを感じた。ぼくはこれまで経験したこともないほどの混乱と挫折感に身をさいなまれた。そのため時おり彼女に当ったりした。

これはジュスティーヌとはたいへんな違いだった。彼女もぼくと同じように観念と意志のあいだに生じる混乱を経験していたのだが、あるときこう言ったものだ。「人間の心なんてものを発明したのは誰なの。教えてよ、そしてそいつがどこで首を括られたのかも知りたいわ」

*

結社《カバル》そのものについては、どう言ったらいいだろう。アレクサンドリアはさまざまな宗派と教義の入り乱れる町だ。そしてひとりの禁欲主義者が現れるたびに、この町はまたひとりの宗教的懐疑主義者を——カルポクラテス*、アントニオス*を——生んだ。そしてこういう懐疑主義者は、砂漠の教父が精神に沈潜してゆくのと同じように、心の底から感覚の奥底まで溺れてゆく覚悟を固めていたのだ。「あんたは諸説統合《シンクレティズム》を軽んじているようだが」とあるときバルタザールは言った。「ここで働くためには——私はいま哲学者としてではなく狂信者として話しているのだが

——慣習と行動の両極に折り合いをつけねばならない、ということを知ってほしい。こういう極は、住民の精神的気質によって起るのではなく、この土壌、空気、風景のせいで生じる。つまり、極端な官能性と知的な禁欲主義だ。歴史家たちはいつも諸説統合主義は相対立する精神の原理を混合することによって生じたと考えている。これでは問題を把握したことにならない。種族や言葉の混合という問題でさえもない。これは、自分たちが意識している二つの深い心理的特質を調和させようとする、アレクサンドリア人の国民性なのだ。それだから私らは狂乱者であり過激論者なのだ。それだから私らはこのように比いない恋人たちなのだよ」

ここはカバラについてぼくの知るところを書くべき場所ではない。たとえぼくが「グノーシス説のいまだに断定されぬ基盤」を明確にしたいと思ってもだ。どんなに野心的なヘルメス学者だってできはしない——なぜなら、こういう断片的な啓示は密儀のなかにその根を持っているからである。解明しがたいものだというのではない。ただ、それは秘儀に与った者たちだけが分ち合うことのできる生《なま》の体験なのだ。

ぼくはかつてパリでこの種の問題に手を染めたことがある。なにか自分自身を——情欲と衝動が脈絡もなくぶつかり合う巨大で不様な集合体としか思えない自我を——もっと深く理解する道が見つかるかもしれないと思ったのだ。ぼくはこういう研究分野がぼくの内なる男にゆたかな実りをもたらすだろうと考えた。ただ、生来の懐疑的傾向のゆえに、どんな宗派の網にも引っかからないように気をつけはしたが。ほとんど一年間、ぼくはスーフィ教徒*のムスタファのもとで研究した。毎晩、彼の家の壊れかけた木造テラスに坐り、あの柔らかな蜘蛛の巣のような声に耳を傾けた。またトルコ生れの賢いイスラム教徒といっしょにシャーベットをすったこともある。そういうわけで、ぼくはある種の親近感をもって、ジュスティーヌといっしょに、コム・エル・ディック城砦の頂きを取り巻いて曲りくねる迷路のような街路を通り抜けた。頭の片側では、ここが牧神《バーン》に献げられた庭園だったころの模様を想像していた。茶いろの柔らかな丘全体が松かさの形に刻まれている。通りには不潔な小屋とか灯心草ランプの仄光る暗い小さなカフェがひしめき合っていて、道幅の狭さがある種の親密感をかもし出している。都会のこの小さな片隅が不思議な安息感にひたされていて、三角洲の村落のような雰囲気があった。下の停車場脇には茶いろと紫いろの雑然とした広場《メイダン》があり、わびしく暮れてゆく夕闇のなかで、アラブ人の群が棒仕合の選手たちを囲んで見物していた。甲高い叫び声が深まる夕闇につつまれて消えて行く。南にマレオティス湖の円板が燻《いぶ》し銀のように輝いていた。ジュスティーヌは無言のまま、いつものようにさっさと歩いて行った。ぼくが戸口から家庭生活の光景などをのぞいたりして、ともすると遅れがちになるのでじれている。だがぼくには（玩具の劇場のような照明を当てられた）この光景に、たいへんな劇的意味があるように思えたのだ。

今回の結社《カバル》会はかつて管理人が使っていたらしい木造小屋で開かれていた。これはポンペイウスの円柱のすぐ近くにある赤土の堤を背にして建っている。エジプトの警察が政治的集会には病的なほど敏感なので、こんな現場《ヴニュ》を見つけたらしい。考古学者が掘り返したあとの荒れた堀や胸壁を乗り越え、石の門をくぐって泥道をたどり、それから直角に曲ってこの大きな不恰好な小屋にはいる。壁の一面は土堤の土が露出したまま、床は土を踏み固めただけだ。小屋のなかは二つの石油ランプに明るく照らされ、小枝編みの椅子が何脚か置いてあった。

　集会はこの都会のさまざまな区域から集まって来た二十人ばかりで成り立っていた。片隅にカポディストリアの痩せた退屈げな姿を見つけてぼくはちょっと驚いた。ネッシムももちろん出席していた。しかしほかには、裕福で教育のある階級の人々はほとんどいない。たとえば、顔だけはよく知っている初老の時計屋が来ていた——優雅な銀髪の男で、その厳しい顔立ちでヴァイオリンでも弾いたらとてもよく映えるだろうに、とぼくはいつも思っていた。それから二、三人の得体の知れない老婦人たち。薬剤師。バルタザールは正面の低い椅子に坐って、その醜い手を膝の上にのせていた。ぼくにもすぐに見てとれたのだが、カフェ・アル・アクタルでバックギャモンをやるときとはまったく違う感じがした。とりとめのない世間話のうちに何分かが過ぎ、結社《カバル》は遅れて現れる者たちを待った。それから老時計屋が立ち上り、もうはじめてはどうかとバルタザールに提案した。それでわが友は椅子に深くかけ直し、目を閉じ、あのがさついてしわがれてはいるがしだいに特異な美しさを増してくる声で語りはじめた。彼は精神の封印された泉について語り、それが、一見無定形で気まぐれな現象の底にひそむ宇宙本来の秩序を見つけ出す能力を持っているのだと語った。人は精神の鍛錬によって現実のヴェールの背後にはいりこみ、空間と時間のなかに、自己の精神の内部構造と照応する調和を発見することができる。だがカバラの研究は科学でもあり宗教でもある。もちろん、これはすべてよく知られていることだが、しかしバルタザールの説明では、独特な思考の断片が意味深い警句のかたちをとって現れ、彼と別れてからも長いあいだ心に残るのだ。たとえば、彼がこう言ったのを覚えている。「偉大な宗教といえどもなしとげたのは排除することだけ、一連の禁令を投げ出したことだけです。しかし禁令というものは、欲望を矯正しようとしながらかえってその欲望を作り出す。この結社《カバル》に属する私たちはこう言います、耽溺せよ、しかし精錬せよ。私たちは人間の総体と宇宙の総体を対等に見るためにならあらゆるものを利用する——たとえ快楽であろうとも、精神を破壊し粉砕する快楽であろうとも」

結社《カバル》の構成は、秘儀に与った人々（バルタザールはこの言葉に辟易《へきえき》するだろうが、ほかにどう言ったらいいかわからない）からなる内のグループと、ネッシムやジュスティーヌなどの研究者からなる外のグループでできていた。内のグループは十二人の会員で構成され、地中海沿岸に広く分散している——ベイルート、ジャファ、チュニス、その他の地区だ。そのおのおのの場所に研究者のための小学園が設置され、神の観念をめぐってカバラが組み立てた精神と感情の奇妙な微積分を学んでいる。内の会員はたえず連絡を取り合っている。用いるのはブーストロペードン*という奇妙な古い書法。これは一行ずつ右から左へ、左から右へとかわるがわる読んでゆく書き方だ。アルファベットには精神状態を示す表意文字を用いる。これだけ言えば充分だろう。

その最初の晩、ジュスティーヌはぼくら二人のあいだに腰をかけ、ぼくらの腕に自分の両腕を軽くからめて、感動的な従順さと集中力をもって聞き入っていた。時おり、話し手の眼ざしがやさしく親しげに彼女にそそがれた。バルタザールはこの都会でたぶん彼女のたったひとりの友人だということを、確かにただひとりの相談相手《コンフィダン》だということを、そのころのぼくは知っていたろうか——それとももっとあとで発見したのか。もう覚えていない（「バルタザールにだけは、わたし、なんでも打ち明けるの。あの人はただ笑うだけ。それでもなぜか、何をやってもつきまとう空ろな気持ちを追い払ってくれるような気がする」)。そして彼女が自分をさいなむあの長い手紙――アルノーティの物好きな心を惹きつけたあの手紙――を書くのはいつもバルタザールに宛ててだった。日記のなかで彼女は書いているが、ある月の夜、二人で博物館に行き、一時間ほど、「悪夢のように醜い」彫像のあいだに坐って彼の話を聞いたことがある。心を打つようなことをたくさん話してくれたが、あとで書き留めようとしたとき、それはみんな消え失せていた。しかし、彼が静かな物思わしげな声で、「自分の肉体を食人鬼に捧げねばならぬ運命にある人たち」について何か言ったことだけは覚えている。まるで自分の生き方を批評されたような気がして、これは彼女の骨の髄まで沁みわたった。ネッシムについては、あるとき、彼が教えてくれたことをぼくは覚えている。彼がジュスティーヌのことでたいへん苦しんでいるとき、バルタザールはそっけない口調でこう言った。「*Omnis ardentior amator propriae uxoris adulter est.*」*そしてつけ加えた。「いまは個人としてでなく結社《カバル》の会員として話しているのだがね。自分自身の妻だろうと情熱的に愛することは姦通なのだよ」

*

アレクサンドリア中央駅、真夜中。死のように重い露。ぬめぬめと滑る舗道に響く車の騒音。黄いろくよどむ燐光。舞台の書割りめいた物憂い煉瓦建築の正面に、涙のように暗い通路。物かげに立つ警官。汚れた煉瓦の壁を背にして別れの接吻を。彼女は一週間の旅行に出るのだが、ぼくはまだ眠りから覚めきらず、うろたえたまま、もう帰って来ないのかもしれないと思う。静かな強い接吻と明るい目がぼくの心を空ろにする。暗いプラットフォームから小銃の銃尾が触れ合う音と鋭いベンガル語が聞える。インドの分遣隊がカイロへ定期移動するのだ。列車が動きはじめ、暗闇を背にした窓の暗い人影がぼくの手を離す。そのときになってやっと、ぼくはメリッサがほんとうに発って行くのだと感じる。冷酷に拒まれたすべてのものを感じ取る。列車の長い列が銀いろの光のなかへ出て行くと、ぼくはふいに、ベッドで彼女が白い背を向けたときのあの長い脊椎《せきつい》を思い出す。「メリッサ」とぼくは呼びかける。しかし機関車の巨大な嘲笑がすべての音を消し去ってしまう。彼女は体を傾け、よじ曲げ、そして滑るように過ぎ去ってゆく。停車場が舞台の道具方のようにすばやく、つぎからつぎへと闇のなかに広告を積み重ねてゆく。ぼくは氷山の上に置きざりにされたように立ちつくす。傍らでひとりの背の高いシーク教徒が小銃を肩にかつぐ。銃口にかざった一輪の薔薇。暗い人影は線路のかなたへ、闇のなかへ消えて行く。最後にひとつよろめくと、汽車は液体に変ったかのようにトンネルのなかへそそぎこまれる。

その夜、ぼくはモハレム・ベイを歩きまわる、曇ってゆく月をながめ、言い表しがたい苦しみにさいなまれながら。

雲の後ろのどぎつい光。四時、針のように細い清らかな雨が降る。領事館庭園のポインセチアが雄蕊《おしべ》に銀の露をつけたまま強ばっている。夜明けなのに鳥も歌わない。微風が棕梠の木々を揺すり、かすかに、乾いた堅くるしい音を立てる。マレオティス湖にひっそりと雨が降る。

五時、彼女の部屋を歩きまわり、そこに置いてある生気のない物たちを熱心に見つめる。空の化粧箱。サルディスの脱毛剤。繻子《しゅす》と革の匂い。いまにも何かスキャンダルが起りそうな恐ろしい感じ……。

ぼくはいま、ずいぶん違う環境のなかでこれを書いている。あの夜からもう多くの月日が過ぎた。ここ、このオリーヴの木の下、石油ランプの光の丸い輪のなかで、ぼくはあの夜を書き、あの夜をふたたび生きる。それはうずたかく積み重ねられたあの都会の記憶のなかにひとつの場所を占めている。そのころ、ジュスティーヌは、あの黄褐色のカーテンを引きまわした大きな書斎で、ヘラクレイトス*の恐ろしい警句を日記に写していた。その日記がいま傍らにある。あるページに彼女はこう書いている。「心の望みと闘うことはむずかしい。心が手に入れようと望むものは、魂を犠牲にして購《あがな》われるのだ」それから下の余白に、「夢遊病者、魔術師、バッコスの巫女たち、信徒たち、そして秘儀に与ったもの……」*。

＊

このころだったろうか、ムネムジヤンがこんなことをぼくの耳にささやいて驚かせたのは。「コーアンが死にかけているのを御存じで?」あの老毛皮商はここ何ヵ月か視界から消えていた。尿毒症で入院しているという話をメリッサが耳にしていた。しかし、彼女を軸にしてぼくらが描いていた軌道は変ってしまったのだ。万華鏡はふたたびその角度を変え、彼の姿は色ガラスの破片が消えるように見えなくなっていた。いまあの男は死にかけているのか。ぼくは黙りこんだまま、あの最初のころの記憶——街角や酒場での出会い——をたぐっていた。長い沈黙が続くあいだに、ムネムジヤンは額の生えぎわを剃刀できれいに剃り上げ、頭に香油を撒きはじめていた。彼は小さく溜息をついて言った。「あの人はメリッサに会いたがっているんですよ。夜も昼も名前を呼びつづけで」

「伝えておこう」とぼくが言うと、この小柄な物知り男は陰謀家めいた目つきでうなずいた。「なんて恐ろしい病気でしょうな！」と彼は小声で言った。「とても臭うんですよ。へらで舌からこすり落すんだそうですがね、ぺっ！」彼はそんな記憶を消毒してしまおうというように天井に噴霧器を向けた。まるでその臭いが店のなかに染みわたったかのように。

メリッサは部屋着のままソファに横たわって壁を向いていた。はじめは眠っているのかと思ったが、ぼくがはいって行くとこちらを向いて起き直った。ぼくはムネムジヤンの言葉を伝えた。「わかってる」と彼女は言った。「病院から言ってきたのよ。でもどうしたらいいっていうの。わたしはあの人に会えない。わたしにはなんでもない人なのよ。これまでもそうだったし、これからだってそうなの」それから立ち上って部屋を行き来しながら、いまにも泣き出しそうな声に怒りをこめて言った。「あの人には妻も子もあるのに。その人たちは何をしているの？」ぼくは坐ったまま、もう一度、人間用のワイングラスを悲しげにのぞきこんでいるあの訓練されたあざらしの顔を思い浮べていた。メリッサはぼくが黙っているのを非難の意味にとったらしい。そばへ来て、静かに肩を揺すり、物思いから呼び起した。「でも、もう死にかけていたら？」とぼくは言った。これは彼女に向けた質問であると同時にぼく自身に向けたものでもあった。彼女はとつぜん叫び声をあげると、ひざまずいてぼくの膝に頭を押しつけた。「ああ、とてもたまらない。

お願いだから行かせないで」

「もちろん行かせはしないさ」

「あなたが行くべきだって言うんなら行くしかないけど」

ぼくは黙っていた。ある意味で、コーアンはもう死んで埋葬された存在なのだ。彼はぼくらの物語から姿を消してしまった。いまさらこの男に感情の精力を浪費するのは無駄なように思われた。漆喰塗りの病室のなかで、死にかけた肉体の切れ端となって横たわっている現実のその男になんの繋がりもありはしない。ぼくらにとって、彼は単なる歴史上の人物だ。それなのにそいつはここにしゃしゃり出て、本人であることを頑強に主張する。まったく予定していない場所でぼくらの生活にはいりこんで来ようとする。いまとなってはメリッサに何を与えることができよう。また何を拒むことができよう。

「ぼくが行こうか?」とぼくは言った。とつぜん、馬鹿げた考えが頭に浮んだ。このコーアンの死のなかに、ぼくは自分の愛とその愛の死を見ることができるのではないか。死にかけている男がかつての恋人に助けを求めても、嫌悪の叫びが返ってくるだけ――これはぼくを恐怖におとしいれた。あの老人がぼくの恋人の心に憐れみを呼び起すには、いや興味を引き起すのにさえ、もう時は遅すぎた。古い不幸は消え去り、腐り果て、彼女はいまはもう新しい不幸に浸りきっている。そして、たぶん、もうしばらくすれば、彼女がぼくを呼ぶとき、あるいはぼくが彼女を呼ぶとき、ぼくらは空ろないとわしげな叫びを発して顔を背け合うのだろうか。このとき、ぼくはあらゆる恋の真実を知った。恋とはすべてを手に入れるか、すべてを失うか、どちらかひとつの絶対なのだ。その他の感情、同情とかやさしさとかいうものは、ただ外縁に存在するだけ、社会とか習俗とかの構造に属するものでしかない。しかし恋そのもの——厳格で無慈悲なアプロディテ——は一個の異教神だ。恋はぼくらの頭脳や本能をついばむのではない、ぼくらの骨そのものをついばむ。この死期の迫った老人が、これまで口にしたこと、行なったことに訴えても、たった一瞬間のやさしささえ引き出すことができなかった。それがぼくをおののかせた。しかも心の底ではほかの誰よりもやさしい女からやさしさを引き出せなかったのだ。

こんなふうに忘れられるのは、犬のように惨めな死に方をするということだ。「ぼくがきみの代りに行ってみよう」ぼくはひるむ心に鞭打ってそう言った。しかしメリッサはもう黒髪の頭をぼくの膝にもたせたまま眠りこんでいた。彼女は何かにおびえると、いつも穏やかな眠りの世界に逃れて行く。まるで鹿や子供のようになだらかにやすやすとそのなかにはいって行く。ぼくは色褪せたキモノのなかに両手を入れ、痩せた体をやさしくさすってやった。抱き上げてそっとソファに寝かせると、彼女は夢うつつのまま何かつぶやいた。ぼくは長いあいだその寝顔をながめていた。

外はもう暗く、都会は山手の明るいカフェ群のほうへと海草のように漂い流れている。ぼくはパストルーディスの店に行ってダブルウィスキーを注文し、考えこみながらゆっくりと飲み干した。それからタクシーをつかまえて病院へ向った。

ぼくは当直看護婦のあとについて、長いひっそりとした緑いろの廊下を歩いて行った。ペンキ塗りの壁から湿気がにじみ出ていた。ぼくらの行く手を点々と照らし出す白熱灯の列が、薄闇のなかで、膨張した蛍のように燐光を放った。

彼は小さな病室のカーテンつきベッドに寝かされていた。あとでムネムジヤンに聞いたが、これは死期の近い重病人用のものだ。彼ははじめこちらを見なかった。看護婦が枕を直してやるあいだ、衝撃をうけて疲れ果てた人間のように茫然としていた。マットレスから虚空を見つめているその顔のしっかりとした考え深げな落ち着きがぼくを驚かせた。彼はほとんど見分けがつかないほど痩せていた。頰の肉はこけ落ち、長いすこし曲った鼻が根本までくっきりと現れ、鼻孔は刻みこまれたように鋭い輪郭を見せている。そのために口と顎とに軽快な感じが現れていた。若いころの彼の顔にはこんな感じがあふれていたにちがいない。目は熱に冒され、首と喉元には濃い不精ひげが影をつくっていた。だが露わになった顔の輪郭は三十歳の男のように清潔だった。長いあいだぼくの記憶のなかにあったこの男の姿——汗っかきの山嵐、訓練されたあざらし——は、たちまち溶け去って、この新しい顔、新しい男——まるで黙示録のなかの動物のような——がとって代った。茫然と、しかし王者のように看護婦の手当を受け入れているこの見知らぬ男をながめながら、ぼくは一瞬立ちつくしていた。当直看護婦がささやいた。「よく来てくださいました。誰も面会に来ないのですもの。時々うわごとを言っては、目を覚して誰か来たかと聞くんです。御親戚ですの?」

「商売仲間です」とぼくは答えた。

「お知り合いの方を見れば気持ちも休まると思いますわ」

だが、この男にぼくがわかるだろうか。こちらが彼の半分も変っていれば、お互いにまったく見分けがつくまい。彼はいま仰向けに寝ていた。狐のように長い鼻が、難破船の船首像の誇らしさを見せて顔の上に横たわり、荒い呼吸を洩らしていた。ぼくらの話が耳にとどいたらしい。ぼんやりとした、しかし純粋で考え深げな眼ざしをこちらへ向けた。なにか大きな猛禽《もうきん》の目に似ていた。はじめはわからなかったらしいが、こちらが二、三歩ベッドへ近づくと、とつぜん目に光が差した――それは、謙虚さと、傷ついた誇りと、無心な恐怖感の入り混じった奇妙な光だ。彼は壁のほうに顔を背けた。ぼくは一気に述べ立てた。メリッサは旅行していること、すぐ帰るように電報を打ったこと、そのあいだぼくにできることがあるかと思って来てみたことなど。彼の肩が震えた。その唇から呻き声が洩れるのかと思ったが、かわりにか細い笑い声が聞えてきた。空ろで耳ざわりな笑い声が。使い古しのくだらぬ冗談を聞かされたものだ、とでもいうようなこの笑いは、こけた頰にえぐり出された口角の外へは出てこなかった。

「あの女がここにいるのは知っている」そう言うと、彼の手がおびえた鼠のようにゆっくりと掛蒲団を伝ってぼくの手を求めた。「親切にありがとう」顔は壁に向けられたままだったが、もう落ち着きを取り戻していた。「私は」と彼はゆっくり言った。正確な意味を伝えようとして心を静めているかのように。「私はあの女ときっちり決済したかったのだ。私はひどい仕打ちをした。とてもひどいことをした。もちろんあの女は気がつかなかった。単純な女だからね。でもいい娘だ、ほんとにいい娘だ」アレクサンドリアの人間が「いい娘《ボンヌ・コピーヌ》だ」と言うのを聞くのは妙な感じだ。ここで教育を受けた人間に特有な、あの長い尾を引く歌うような調子で口にされるとますます妙な感じがする。それから彼は恐ろしい内心の抵抗と闘いながら、やっとの思いで言った。「外套のことで彼女をだました。あれはほんとうはあざらしの皮だ。それに虫が喰っていた。裏を取り替えさせただけなんだ。なぜあんなことをしたのか。病気になったのに医者へ行く金もやらなかった。つまらぬことかもしれないが、気にかかってやりきれないのだ」涙が彼の目に湧き上り、喉が引きつった。この思い出の重さが息を詰らせたのだ。彼はつらそうに呑みこむと、「私はほんとうはそんな男ではない。商売仲間に聞いてみてくれ。誰にでも聞いてみてくれ」。

だがここで彼の意識が混濁しはじめ、そっとぼくの手を握ったまま、幻覚の密林に迷いこんで行った。あまりにもしっかりした足どりで、落ち着き払ってその密林を通り抜けて行くので、ぼくまでが幻覚につき合っているような思いがした。見知らぬ木々の葉が彼の上に覆いかぶさり、顔にふれた。金属や黒い死体ども――彼らは地獄の辺土《リンボー》のことを話し合っている――をいっぱいに積みこんだ黒い傷病者運搬車のタイヤが砂利道を走り、いとわしい叫び声とアラブ語の叱責が混じり合った。苦痛が彼の理性に追いつき、幻想を押えつけた。白い硬いベッドの縁が彩られた積木の箱に変り、白い温度表がボートの漕手の白い顔に変った。

彼とメリッサとは、抱き合ったまま、血のように赤いマレオティス湖の浅瀬を漂い、かつてラコティス*が存在していた泥小屋の集落のほうへ流れて行った。彼は二人の会話をそのまま再現しているので、メリッサの言葉は聞えないのに、ぼくの耳には彼女の涼しげな声が聞え、彼の答え方から質問を推しはかることができた。彼女は必死になって結婚してくれと迫っていた。彼のほうは女の美しい体を失いたくもなし、はっきり踏み切るのもいやというところで、一時逃れの返事をしていた。ぼくの興味を惹きつけたのはこの会話全体の異常なほどの迫真性で、明らかにこれは彼の生涯でも大きな経験のひとつとして記憶に残っているのだ。そのときの彼には自分がどんなにこの女を愛しているのかがわかっていなかった。それを知ったのはぼくに女を奪われたときだ。また逆に、メリッサがぼくにはひと言も結婚してくれと言わなかったのは、この男にしたように、自分の弱さと疲労の深さをぼくに見せなかったのはどうしてなのか。これはぼくの心を深く傷つけた。彼にはその性格のある面を見せながら、ぼくには見せなかった。そう考えるとぼくの虚栄心がうずいた。

ふたたび場面は変って、彼はいままでよりは平静になった。不条理の広大な密林をさまよっているうちに、正気という開拓地に出て、詩的な幻想を空っぽにしてしまったようなものだ。ここで、彼は夫か王のように感情をこめて、しかし冷静にメリッサのことを語った。肉体が死にかけたいまになって、虚偽の生活にせき止められていた内面生活の集積が、堰《せき》を切って意識の前景にあふれ出たかのように。メリッサだけではなく、妻のことも語った——そして時々二人の名前を混同した。またレベッカという名前も出てきた。彼は、いまの二人についてよりも、もっと深い慎ましさともっと情熱的な悲しみをこめてこの名前を口にした。彼の小さな娘なのだろう。このように、恐ろしい心の記録に止めの一撃を与えるのはいつも子供たちなのだ。

そばに坐り、ぼくたちの脈がいっしょに鼓動するのを感じながら、彼が新しい、主人のような落ち着きをもってメリッサの話をするのにぼくは聞き入った。この男のなかには、メリッサが見つけたら愛したかもしれぬものがまだたくさん残っているのを認めないわけにはいかなかった。どうして彼女はこの男の本当の姿を捉えそこなったのか。軽蔑すべき男どころか（これまではいつもそう思っていたが）、危険な恋の競争相手で、これまでぼくはその力に気がつかずにいた、とさえいまは思えるのだ。ぼくはここに書きつけるのが恥かしくなるほど下劣な考えに襲われた。もしメリッサが来てこういう姿を見ていたら、たちまちこの男を見直したかもしれない、そうでなくてよかった、とぼくは思ったのだ。愛が喜ぶ逆説のおかげで、ぼくはこの男が生きているときよりも、死んでゆくいまになって嫉妬を感じた。これは長いあいだ忍耐強く注意深く愛を観察してきた者にとっては恐ろしい考えだ。しかしぼくはそこにふたたび、アプロディテのあの厳しく無情で原始的な顔を認めた。

ある意味で、ぼくは彼のなかに、彼女の名前を口にする声の響きそのもののなかに、自分にはない成熟を認めた。彼はメリッサへの愛を損うことも傷つけることもなしにこれを乗り越え、すべての愛がそうあってほしいものだが、人間的な執着から脱して熱い友情へと成熟してゆくにまかせた。死ぬのを怖れ、彼女に慰めてもらおうというのではなく、死という無尽蔵の宝のなかから最後の贈物をしたいと思っているだけだ。

ベッドの端の椅子の上に、薄紙にくるんだ見事な黒貂の毛皮が載っていた。ひと目見て、これはメリッサ向きの贈物ではないと思った。彼女の乏しい惨めな衣裳戸棚を混乱におとしいれ、ほかのすべてを色褪せたものにしてしまうだろう。「生きているあいだ」と彼はうまい言い方をした。「私はいつも金のことばかり心配していた。しかし人間死にかけるとなると金があり余ってくるものだな」彼は生涯ではじめて気楽な気分になれたのだ。ただ、病気が忍耐強くて残酷な警告者のように付き添ってはいるが。

時おり、彼は短い苦しげな眠りにおちいり、疲れ切ったぼくの耳のまわりで暗闇が蜂の群のようにうなりつづけた。もう遅くなりかけていたが、彼のもとから立ち去ることができなかった。当直看護婦がコーヒーのカップを持って来てくれ、ぼくらは小声で話し合った。彼女が話すのを聞いていると気が楽になった。彼女にとって病気とは自分が習い覚えた職業にすぎない。その態度はいわば職人の態度だ。冷静な声で彼女は言った。「この人はやくざな女《ユヌ・ファム・ケルコンク》のために妻子を捨てたんですよ。そしていまはもう妻も情婦もこの人に会いたがらないんですって。まったくねえ！」彼女は肩をすくめた。こういう心のからみ合いは彼女の心になんの同情も呼び覚さなかった。ただ卑しむべき弱さとしか見えないのだ。「どうして子供が来ないんでしょうね。会いたいって言いませんか」彼女は小指の爪で前歯をせせりながら言った。「言いますよ。でも、病気の姿を見せて子供をおびやかしたくないって言うの。子供が見て気持ちのいいものじゃありませんからね」彼女は消毒用噴霧器を取り上げると、天井に向けて物憂げに殺菌剤を撒き散らした。それがムネムジヤンの姿ととてもよく似ていた。「もう遅いですよ」と彼女はつけ加えた。「今夜はお泊りになりますか」

立とうとすると、病人が目を覚してまたぼくの手をつかんだ。「行かないでくれ」彼の深い声はとぎれとぎれだったが、しかし正気だった。ぼくたちの話の最後の言葉を聞きつけたらしい。「もうすこしいてくれないか。私の考えを打ち明けておきたい」それから看護婦のほうを向いて静かにしかしはっきりと言った。「外してくれ」彼女はベッドを直してふたたび立ち去った。彼は大きな溜息をついた。顔を見ていなかったら、これは満足と幸福の溜息と聞えたかもしれない。

「戸棚に私の服がある」と彼は言った。二着の黒っぽい服がさがっていた。指図通り、そのひとつのチョッキを外して、ポケットのなかを探ってみると、指が二つの指輪に触れた。「彼女にその気があるなら、私はいまからメリッサに結婚を申しこむ決心をしていたんだよ。それで呼びにやったのだ。考えてみれば、私なんてなんの役に立つ？ 私の名前か？」彼は天井に向ってぼんやりと微笑した。「それから指輪だが……」彼は二つの指輪を聖餐《せいさん》のホスチアのようにうやうやしく軽くつまんだ。「これはずっとまえにあれが自分で選んだ。だからこれはあれのものだ。たぶん……」彼は長いあいだ苦しげな探るような目でぼくを見つめた。「いや、あんたはあの女とは結婚するまい。するわけもない。気になさるな。これをあの女に持って行ってやってくれ、それからコートもな」

　ぼくは黙って指輪を上衣の胸ポケットに入れた。彼はもう一度溜息をつくと、驚いたことには、ほとんど聞き取れないくらいの、小鬼のようにか細いテナーで、ある小唄の二、三節を歌いはじめたのだ。かつてアレクサンドリアで大流行した『二度とこの世では《ジャメ・ド・ラ・ヴィ》』という歌で、いまでもこの歌に合せてメリッサがキャバレで踊っている。「音楽を聞きなさい」と彼は言った。そしてぼくはとつぜん、カヴァフィスの詩の死に行くアントニウスを思い出した——この男はこの詩を読んだこともなければ、二度と読むこともない。港から、とつぜん、苦しみのたうつ遊星みたいな汽笛の音が鳴り響いてきた。そうしてもう一度、このしなびた老人が憂愁《シャグラン》と幸福《ボヌール》の歌をそっと口ずさむのをぼくは聞いた。彼はメリッサのためではなく、レベッカのために歌っているのだ。アントニウスが聞いたあの心を引き裂く偉大な合唱とはなんという違いだろう——暗い街路に湧き上るゆたかで痛烈な絃と声――アレクサンドリアがおのれの軌範となった人々に捧げる最後の贈物――それとはなんという違いだろう。人はそれぞれおのれ自身の音楽に惹かれるのだとぼくは思い、メリッサが踊るときの不器用な動きを恥かしく苦しく思い出した。

彼はもう眠りかけていた。ぼくはいまが帰り時だと考えた。コートを戸棚のいちばん下の引出しに押しこみ、そっと外へ出て看護婦を呼んだ。「ずいぶん遅くなりましたね」と彼女は言った。「また朝に来ますよ」とぼくは言った。そのつもりだった。

塩辛い港の風を味わいながら、暗い並木道をゆっくりと歩いて帰る途中で、ぼくはジュスティーヌがベッドのなかで苦々しげに言ってのけた言葉を思い出した。「わたしたちはお互いを斧の代りに使って、本当に愛している人たちを切り倒してしまうんだわ」

*

歴史は非情なものだということは何度も聞かされているのに、ぼくらはいつも、その出し惜しみや、その気前のよさをなにか企まれたものだと考える。ぼくらはけっしてまじめに耳を傾けない……。

いま、この鈴掛の葉のような、広げた五本の指のような、暗い半島で(ここでは、冬の雨が藁のように音を立てて岩々のあいだに降る)、きつい風に包まれながら、ぼくは呻き声を上げる海綿にふさがれた海岸を散歩する。人間のしがらみが織りなす模様の意味を追い求めながら。

歴史意識を有する詩人として、ぼくは風景というものが人間の願望に支配される領域だと考えざるを得ない――ねじ曲げられて農場や村落となり、耕されて都会となる。人間とそれぞれの時代が署名をなぐり書きした風景。しかし、いま、ぼくはこういう願望は土地が伝えてくれるのではないかと考えはじめている。人間の意志の内容はおのれの居場所に左右されるのではなかろうか。ゆたかな実りをもたらす土地に住んでいたか、不毛の森に住んでいたかによって変るのではなかろうか。いまぼくが見ているのは、（これまで考えていたように）人間の自由意志が自然に加える力ではなく、変動と苦悶という自然の盲目的で特定しがたい原則が、あらゆる抵抗を排除しながら、人間を通して成長してゆく状態だ。自然はこの哀れな二股の動物をおのれの見本として選んだのである。とすれば、かつてバルタザールの言ったことがなんと空しくみえてくることか。つまりこうだ。「結社《カバル》の使命というものがあるとすれば、それは人間の機能を高貴にすることによって、食事や排泄さえも芸術の域に高めることだ」こういう言葉に見られるのは、生きんとする意志を蝕む完璧な懐疑主義の花だ。ただ愛だけがしばらくのあいだは人を支えることができる。

ぼくはまた、アルノーティがこう書いたときに心にあったのも、こんな種類のことではなかったのかと思う。「作家にとって、心理分析の対象としての人間はもうおしまいだ。現代の霊魂は、秘儀解明者の探求のせいでシャボン玉のように破裂してしまった。いま何か作家に残されているものはあるのか」

たぶん、この空白の土地――この太陽に灼かれたキクラデス群島*のとある岬――をぼくに選ばせたのはこういう認識なのだ。四面を歴史に囲まれたこの空白の島だけがあらゆる論及から免れている。この島を所有する民族の年代記のなかでも一度も触れられていない。この島の歴史的な過去は、時間のなかへではなく、土地のなかへ返却された——偽りの比較で観念を腐蝕するような寺院や聖なる茂みや円形劇場などはひとつもない。彩色した小舟の列、丘々の背後に控えている港、無視されてきた裸の小さな町、それだけだ。月に一度スミルナ行きの汽船が寄る。

　こういう冬の夕暮れには、海から吹きつける強風が崖をよじ登り、顧みるものもない巨大な鈴掛の木立に侵入し、とつぜん荒々しい卑語を口にし、木々を辱しめ、揺り動かす。

　ぼくは熱烈な過去への思いを胸にかかえて歩きまわる。誰もそれをぼくと共有することはできないし、時そのものもそれをぼくから奪い取ることはできない。髪はぼくの頭蓋にぴったりと貼りつき、ぼくの片手はパイプの吸いさしを風から守る。頭上の空は輝く星々の櫛でくしけずられる。アンタレス*の光が尾を引き、波のしぶきに包まれる……。心煩すこともなく、従順な書物や友だちを捨て、明るい部屋を捨て、人々と語らい合う暖炉のそばを捨てたこと——いわば文明の精神の全領域を捨てたこと——それをぼくは後悔しているのではなく、ただ驚いているだけだ。

　この選択には、また、なにか偶発的なもの、自分自身の性格の外にあると認めざるをえない衝動から生じたものがある。しかも、奇妙なことに、ここに来てやっと、掘り起された都市にもう一度はいりこみ、友人たちと共に住まうことができた。重い鋼鉄の網のように張りめぐらされた比喩のなかに彼らをはめこむことができた。そしてこの比喩は都市そのものが続くかぎり、すくなくともその半分の期間は続いてくれるだろう——とぼくは願っている。この島にいれば、ともかく、彼らの歴史と都会のそれとを同じひとつの現象として見ることができる。

なかでももっとも奇妙なこと。ぼくがこうして解放されたのはパースウォーデンのおかげだ——彼が恩人になるなんておよそ考えも及ばなかったのだが。たとえば、最後にあの醜くて高価なホテルの寝室で会ったとき（ポンバルが休暇旅行から帰って来ると彼はいつもここへ移ってい たのだが）……あの部屋の重苦しい黴《かび》の臭いは差し迫った自殺の臭いだなどとは思いもしなかった——どうしてそんなことが考えられる？　彼が不幸だということは知っていた。そうでなかったら、不幸を刺戟して呼び起さねばならないとでも思っていたろう。今日の芸術家は誰でもちょっとした当世風の不幸に染まらねばならないことになっているのだから。そのうえ彼はアングロサクソン人で、すこし涙もろい自己憐憫癖と柔弱さがあり酒に溺れることになる。その夜の彼は荒れたり、愚かしくなったり、機知の冴えをみせたり、さまざまだった。その話を聞きながら、とつぜんこう考えたのを覚えている。「ここにいるのは才能を耕して、感受性をなおざりにした男だ。それも偶然にそうなったのではなく故意にやったことだ。なぜなら、感受性の自己表現は彼を世間と衝突させることになったかもしれないし、彼の孤立は理性をおびやかしたかもしれないからだ。彼は、生きているあいだに、名声と顕彰の館にはいりたかったのだが、心のなかではいつも自分は精神的に臆病な人間だという圧倒的な意識に耐えなければならなかった。そうしていま彼は興味深い段階に達した。つまり、内気な田舎者のように、自分は美しい女には縁がないと思いこんでいたのに、その女たちがいまは喜んでいっしょに出歩きたがる。自分のまえでは、便秘に悩む詩の女神みたいに物憂い恰好をしてみせる。人前で、手袋をはめた手を儀礼上許されるよりもほんのちょっと長く握ってもらうと得意になる。最初のうちは、これは孤独な男の虚栄心を慰めてくれたにちがいない。だが、つまりは彼の不安を押し進めただけだ。ちょっとした金銭的な成功が与えてくれた自由は退屈になってきた。不愉快なポスターのサイズみたいに名前が日に日に大きくなる一方で、自分は真の偉大さに欠けていると思いはじめていた。人々がいっしょに街を歩きたがるのは、ひとりの男とではなく、評判そのものとなのだ、ということに彼は気がついた。人々はもはや自分を見ているのではない――しかも彼の作品はすべて孤独な苦悩する人間であるこの自分に注意を惹きつけようとして書かれたのに。名前が墓石のように自分を隠してしまった。そうしていまは恐ろしい考えがつきまとう。たぶん、自分を見てくれる人は誰もいないのではないか？　つまるところ、この自分は誰なのだ？」

ぼくはこういう考えを自慢しているのではない。要するに、これはすべての失敗者がすべての成功者に対していだく嫉妬にほかならない。だが憎悪も慈悲と同じように、しばしば、物事を明確に見抜くことがある。そしてあるとき彼を評したクレアの言葉が、ぼくの心のなかではこれと並行して走っている。どういうわけかぼくはその言葉が忘れられずに、何度も考えてみた。「あの人にはどこか不愉快なところがある。それは彼の体つきの醜さにもよるのよ。干涸らびているから、あの才能にはちょっぴり内気さが混じっているし、内気さには法則がある。つまり、理解してくれない人たちには悲劇的にわが身を投げ出すしかないということ。なぜって人を理解するってことは、その人のもろさを憐れむことだから。それで自分が愛する女たちや、そういう女たちに書き送る手紙は、望ましい女、あるいはともかくも、自分と釣り合う女の符丁みたいなものになる……あなた《シェル・アミ》」クレアの言葉はいつも途中でとぎれて、不思議なやさしみをおびた微笑で終る――「わたしは弟の番人なの？」*……。
（ぼくにとってもっとも必要なことは、自分の経験をはじめから順序立てて記録することではない――それは歴史の仕事だ――経験がぼくにとって意味を持ちはじめた順に記録していくことだ）

それならいったい、あの男が、メリッサといっしょに使うことというひとつの条件をつけて、ぼくに五百ポンドを遺してくれたのはどんな動機によるのか。彼自身がメリッサを愛していたのかと思ったが、よく考えてみて、彼が愛していたのはメリッサではなく、彼女に対するぼくの愛だという結論に達した。ぼくの性質のうちで彼が羨んでいたのは、ただ親愛の意思表示に対してやさしい反応を示す能力だけだ。そういう能力の価値を彼は認めていたし、たぶん望んでさえいたろうが、しかし、自己嫌悪の念に邪魔されてどうしても自分のものにできなかった。まったく、こんなことさえぼくの自尊心には打撃だ。ぼくはむしろ称賛の言葉がほしかったのだ――これまでのぼくの作品に対してではなくても、すくなくともぼくの将来性に対してでも。人間というのはなんて愚かで、なんて了見が狭いのだろう――二本脚にのっかった虚栄心だ。

ぼくらは互いに行き来するような仲ではなかったから、もう何週間も会っていなかった。あのとき会ったのも、広場にある電車の停留所のそばの小さなブリキの公衆便所《ピソチエール》のなかだ。もう暗くなっていたので、互いの顔も見分けられないほどだったが、たまたま自動車のヘッドライトがしぶきのような白光を浴びせて、この悪臭を放つ小屋をひたした。「ああ」と彼はぼくを認めて言った。ふらふらしながら、なにか考えこむように。彼は酔っていた（もう何週間もまえに、ぼくに五百ポンド遺すことを決めていた。ある意味で、もうぼくを要約し、ぼくに判決を下していた——その判決は墓の向う側から手渡されることになったけれど）。

トタン屋根に雨が降りそそいでいた。ぼくは一日じゅう働きづめで疲れていた。もう家に帰りたかったが、ほんとうに好きになれない人々にはいつも言いわけがましく下手に出る癖が顔を出して、気弱になり、立ち去りかねた。かすかに揺れている相手の姿が暗闇に浮き出してぼくのまえに立ちふさがった。「ねえきみ」と彼は哀れっぽい声を出した。「わが小説家商売の秘訣を伝授しようじゃないか。ぼくは成功者で、きみは失敗者だ。答はきみ、セックスだよ、そいつをたっぷりぶちこめ」セックスという言葉を口にしたとき、というよりもむしろ朗誦したとき、彼は声を張り上げ、顎を突き出した。水を飲む鶏のように筋張った首をかしげ、練兵下士官が吠え立てるようにその言葉を噛みちぎった。「セックスをふんだんに」もう一度もっと普通の声で繰り返し、それから秘密を打ち明けるように声を低めてぼそぼそと、「だが忘れるな。ボタンはきっちりとかけておけよ。永遠《とわ》なるばあさん救いの力もてりだ。*きっちりボタンをはめて我慢しなくちゃいかん。便秘になったような顔をしてみせること。そうすれば読書協会推薦だ。許しがたいのは粗野な健康とか、排泄物とか、自然にして滑稽なものだ。チョーサーやエリザベス朝の作家なら構わないが、いまどきそれではいい点は取れない——きっちりとボタンをかけておけよ、丈夫な長老教会のボタンをな」。それから、体を揺すって雫《しずく》を切りながら、こっちを向いてズボンのボタンそっくりの顔をしてみせた——きっちりして、狭くて、グロテスクで。礼を言うと鷹揚に手をふって「全部ただだよ」と言い、ぼくの手をつかんで暗い通りへ引っ張り出した。ぼくらは町の中央の明るい繁華街のほうへ歩いた。それぞれに異なる挫折感を背負った奴隷として、同業の作家として。彼はひとりで何かわけのわからないことを面白そうにぶつぶつとつぶやいていた。スール街へ曲ると、売春宿の明るい戸口に立ち止って宣言した。「交合は大衆の抒情詩だとボードレールは言った。*だが、いまはもう違う。セックスは死にかけている。もう一世紀もたてば、互いの口に舌を挿し入れて寝てもなんの情熱も湧かなくなるさ。なまこみたいに黙りこくってね。そうとも！　疑う余地もないことだ」そう言ってから、自分の三部作の銘に使っているアラブの格言を口にした。「この世は胡瓜《きゅうり》のようなもの。今日はおまえの手に、明日はおまえの尻に」それからまたぼくたちは蟹のようによろよろと道を伝いながら彼のホテルへ歩いて行った。「疑う《インデ》余地もない《ユービタブリー》」という言葉の柔らかな破裂音が嬉しいらしくて、何度も繰り返して口にしていた。

　彼は不精ひげを生やしたままで憔悴した様子を見せていたが、歩いたあとではいくらか元気になった。ぼくらは彼のベッドのそばの戸棚からジンの壜を取り出して飲みはじめた。膨らんだスーツケースが二つ、詰め終えるばかりにして化粧台のそばに置いてあり、椅子の上には、新聞を突っこんだレインコートやパジャマや煉歯磨きなどがまとめてあった。「ガザ行きの夜行列車に乗るところなんだ」と彼は言った。すこし仕事を休んでペトラ*へ行ってみたいと思っている。今度出る小説の校正刷りが、もう手を入れ終り、小包にして宛名を書いたまま、大理石の化粧台にどっしりと載っていた。すねてふさぎこんだような態度は、芸術家がひとつの作品を完成したあとの疲労感のせいだ、ということはぼくにもわかった。こんなふうに意気のあがらないときに、長いあいだ心にもてあそび続けてきた自殺しようかという考えがまた頭をもたげる。

不幸にして、そのときどんな話をしたのか、いくら考えても思い出すことができない。それがぼくらの最後になったという事実のせいで、もともとなんということもない出会いに回想のなかで意味を与えてしまったのか。またこの記録の目的から言えば、彼にしても、いなくなったのではなく、鏡の水銀のなかにはいりこんだだけだ。ぼくらはみんなそうやって鏡のなかへはいって行く――ぼくらの病気や、邪悪な行為や、熊ん蜂の巣みたいに騒々しい欲望などが、よかれあしかれこの現実の世界でまだ活動しているままあとに残して――友人たちの記憶という水銀のなかへ。しかし死の存在は、いつも、このように経験を新鮮にする――それが死の機能だ。あらためて時の目新しさを考えさせてくれる。しかしあのときは、ぼくら二人ともが死から等距離のところに位置していたのだ。たぶん、あのとき、もう彼のなかで、なにか静かな計画が花を咲かせかけていたのだろうか――いや、それはどうでもいい。ぼくにはわからないことだ。芸術家が使い果した生命に結着をつけようと望むのは、なにも不思議なことではない（最後の作品の登場人物のひとりが叫ぶ。「何年ものあいだ、人は誰も自分を気にかけてくれないという感じに耐えてくる。そしてある日、気にかけてくれないのは神なのだということに気がついてぎょっとする。それに、神はただ気にかけてくれないだけではない、何がどうなろうとまったく無関心なのだ」）。

だがこの科白《せりふ》は、あのとき酔って話し合ったうちのある僅かな部分を思い出させる。彼はバルタザールが宗教や結社《カバル》などに熱中するのを（人づてに聞いただけだが）嘲笑していた。黙って聞いていると、その声は、秒の重みに押しひしがれた時計のように、だんだん低くなっていった。彼は立ち上って酒をつぐとこう言った。「神に近づくにはたいへんな無知が必要なんだ。ぼくはいつも知りすぎていたようだな」

このような夕暮れに、冬の闇のなかを歩いていて、頭を悩ませるのはこういう種類の断片ばかりだ。ぼくはオリーヴの木がパチパチ音を立てて燃えている古風なアーチ型の暖炉のそばへ戻って行く。香り高い松材の幼児用ベッドにジュスティーヌが眠っている。

いったい、あの男についてどれだけをぼくは知っているというのだ。もともと人の性格なんて一面しか知り得ないものだ。ぼくらはすべての人にプリズムのそれぞれ別な面を見せている。ぼくは何度もこれに思い当るような言葉を聞いた。たとえば、ジュスティーヌがポンバルについて、「性の大司教のひとり」と言ったこと。ぼくには彼が掠奪者だとはすこしも思えなかった。ただ途方もなく放縦だとは思っていた。生れつき滑稽なところがあって、感動的で愛すべき男だと思っていた。しかし彼女にはあの男が柔らかな足をした巨大な猫のように見えたらしい。

そしてパースウォーデンのことでまた思い出すのだが、宗教的無知について話しているあいだ、彼は体を真っ直ぐにして鏡のなかの蒼白な映像をながめていた。それからグラスの酒を口に含むと、頭をまわしてその輝く映像に酒を吐きかけた。鏡のなかの濡れた映像がくっきりとぼくの頭に残っている。それにあのみすぼらしくて高価な部屋は、いまとなっては、この夜遅く起った場面にとてもふさわしい舞台だったと思われるのだ。

*

ザグルール広場——銀製の器と籠のなかの鳩。円天井の岩窟に黒い樽が並び、白魚を揚げる煙やレツィナート*の匂いが充満している。新聞紙の端に走り書きした伝言。ここでぼくは彼女の服に酒をこぼし、拭きとるのを手伝っているうちに、偶然乳房に触れた。二人とも何も言わなかった。パースウォーデンはアレクサンドリアと燃え落ちる大図書館について雄弁をふるっていた。上の部屋では脳膜炎にかかった哀れな男が叫んでいた……。

＊

今日、思いがけなく、春の驟雨《しゅうう》がはすかけに降る。都会の埃と花粉を煉り固めて、ネッシムのスタジオのガラス屋根を叩きつづける。彼は妻の肖像のためのクロッキーを描いている。画面にとらえたのは、ギターを手にして暖炉のまえに坐っている姿だ。首に水玉模様のスカーフを巻き、頭をかしげて歌っている。頭の奥で彼女の声がめちゃめちゃに入り乱れている。ちょうど地震の録音を逆にかけたように。公園の向う側には巨大な射手隊がひかえているのか、棕梠の木々が弓なりに反り返っている。黄いろいたてがみを靡《なび》かせてファラオたちを襲う神話世界の浪。夜になると都会は新しい音でいっぱいになる。風が引き寄せたり押しまくったりする音だ。ついには都会そのものがひとつの船になったような気がしてくる。嵐に襲われるたびに、古い船材が呻いたり軋んだりする。

　スコービーが好きなのはこんな天候だ。彼はベッドに横になって、いとしげに望遠鏡をいじりまわす。無表情な壁に物悲しげな目を向けてみるが、朽ちかけた土煉瓦が海の光景と彼のあいだに立ちはだかる。

スコービーはもう七十近いがまだ死ぬことを怖れている。ただひとつの不安は、ある朝目が覚めたら死んでいた、という羽目になりはしないかということだ――スコービー海軍少佐。したがって、毎朝夜明け前に、窓の下の水売人の叫び声に起されるとひどいショックを受ける。彼の言うところでは、一瞬間はどうしても目をあける気になれない。瞼《まぶた》をしっかりと閉じたまま（目をあけてみたら天使の群がひかえていたり、智天使《ケルビム》が賛美歌を歌っていたりということになってはたまらない）、ベッドのそばの菓子棚を探りパイプをしっかり握りしめる。パイプにはいつも昨日の晩に煙草を詰めておき、マッチ箱も蓋をあけたままでそばに置いておく。水夫用固形煙草を一服やって、やっと落ち着きを取り戻し、目をあけてみる。それから今日も生きていたことに感謝して深呼吸をひとつする。ほくそ笑んで満足感にひたる。掛蒲団代りの重い羊の毛皮を耳まで引っかぶると、錫箔《すずはく》のようにひび割れた声で朝に捧げるささやかな勝利の歌を歌いはじめる。

「口を閉じよ、《テゼ・ヴ、》若者よ、《プチ・バブワン、》なんじの母に語らしめよ《レッセ・パルレ・ヴォートル・メール》」

懸命に歌う頬がラッパ手のそれのように震動して薄赤味をおびてくる。体の調子をしらべてみると、いつもの頭痛はいつものとおりだし、舌は昨夜飲んだブランデーのせいで荒れている。しかしこれから人生のもう一日がはじまることを考えれば、こんなのはほんの些細な不快事にすぎない。「口を閉じよ、《テゼ・ヴ、》若者よ《プチ・バブワン》」義歯をはめこむときだけ歌がちょっと途切れる。皺だらけの手を胸に置いてみて、心臓がわななきながら静脈組織の循環作用を維持している音を確認してひと安心する。血のめぐりの不調は（ほんものなのか気の病いなのかは知らないが）毎日ブランデーを浴びるほど飲んでどうやら防いでいる。彼は自分の心臓を自慢する。まだ寝ているうちに訪ねると、きまって骨ばった頤《おとがい》に手をはさみこんで触らせたがる。「牡牛みたいに頑丈だろう、え？見事に動いてるじゃないか」というのがブランデーを飲みながらの言い草である。こちらもブランデーをひと飲みして、安物の夜着の奥に手を突っこんでみると、悲しく鈍く、かすかに——まるで七ヵ月の胎児の心臓のように——鼓動している肉瘤に触れる。彼はいじらしくなるほど誇らしげな顔でパジャマのボタンをかけ、それから元気な動物の叫び声をまねて吠え立てる。「獅子のようにベッドから跳び降りてな」というのがもうひとつのこの男の口癖である。しかしリューマチのために体を折り曲げ、粗末な綿蒲団から廃人のように這い出る姿をじっさいに見なければ、この男の魅力はほんとうにはわからない。一年のうちでもっとも暖かい何ヵ月かのあいだだけは、彼の骨も柔らかくなり、真っ直ぐに立つことができるようになる。夏の午後に公園を散歩するときなど、その禿頭は小さな太陽のように輝き、ブライアーのパイプは天を指し、顎は引きしまって物凄いしかめっ面をつくりだし、精気あふれるばかりだ。

スコービーなしにはこの都会の神話は完成するまい。日に灼けてしなびたその体がユニオン・ジャックに包まれて、ついに、電車通りのそばのローマカトリック教会墓地で待ち構えている浅い墓穴におろされるとなれば、これはアレクサンドリアにとってひとつの損失であろう。

彼の乏しい海軍年金では、タトウィグ街裏手のスラム街に借りた油虫だらけの一部屋の間代を払うにも足りぬくらいだ。彼はそれをエジプト政府からもらうやはり僅かな給料で補っている。つまりこの給料は警察隊の隊長《ビンバシ》という名誉ある称号に付属しているのだ。クレアが彼のすばらしい肖像を描いたが、それは警察官の制服を着て、真紅のトルコ帽《タルブーシュ》をかぶり、馬の尻尾ほどもある大きな払子《ほっす》を骨ばった膝に優雅に横たえた姿である。

クレアが彼に与えるのは煙草であり、ぼくが与えるのは称賛の言葉と友だちづき合いと、そして気候が許せば、ブランデーである。ぼくらは、かわるがわる、彼の健康に感嘆してみせたり、元気なところを見せようとして夢中になったあげく手ひどく箱にぶつかると、抱き上げたりするのを引き受けている。彼には素性などというものはない——神話の主人公にふさわしく、その過去は十に余る大陸にわたって広がっている。自分では健康に満ちあふれていると思っているから、それ以上は何も望まない——時おり断食月《ラマダン》にカイロへ旅行するくらいだ。そのころは断食のせいでおそらくあらゆる犯罪がやみ、彼の仕事場も閉じてしまうのである。

青年にはひげがない。第二の幼年期にもひげがない。スコービーのひげも、昔はふさふさとしたみごとな鯰《なまず》ひげだったのだろうが、いまは僅かしか残っていない。彼はそれをやさしく愛撫するようにひねり上げる。あまり強く引っぱってすっかり抜けてしまい、丸裸になってしまうのを怖がっている。笠貝《かさがい》みたいに人生にしがみついているが、毎年毎年、目に見えないほど微かに海変り*が進んでゆく。ひと冬が過ぎ去るたびにその体が小さく縮んでゆくかのようだ。その頭はしまいには赤ん坊の頭ほどになってしまうだろう。もう一、二年もすれば、そいつを瓶のなかに押しこんで塩漬けにしてしまえるくらいだ。皺はますます深く刻みつけられてゆく。義歯を外すと、その顔は老いぼれ猿そっくりになる。乏しいひげの上には、さくらんぼのように赤い二つのほっぺたが——ぼくらは愛情をこめて右舷と左舷と名づけているが——どんな天気のときでも暖かく輝いている。

肉体的にはかなり修理部の世話になっている。一九一〇年に後檣から墜落したため、彼の顎は南南西に二度ばかり偏向しているし、前額の彎曲部はこわれてしまった。彼が話をすると、義歯はまるで自動階段みたいに上のほうへ昇って行き、頭蓋のなかで揺れ動き旋回する。彼の微笑は気まぐれだ。チェシャ猫のにやにや笑い*みたいに、いつどこから出てくるかわからない。一八九八年に彼はある男の女房に目をつけた（と彼は言う）。その結果として目の片方を失った。クレアのほかには誰もこの一件を知らないことになっているが、この場合の修繕はすこしばかりお粗末すぎた。動かさないときにはまだいいが、ひとたび昂奮して話しだすと、とたんに両目の不釣合が明らかになる。またちょっとした技術的な問題もある。本物の目のほうはほとんどいつも充血しているのだ。はじめて会ったとき、彼は古びた溲瓶《しびん》を持って部屋の片隅に立ち、「斥候《ものみ》よ夜はなにの時ぞ」*を軋り声で歌ってくれたが、そのときにぼくは右目のほうが左目よりもほんのすこしゆっくり動くのに気がついた。図書館の壁龕《へきがん》のなかから、むっつりとあたりを睨《にら》みおろしている剝製《はくせい》の鷹の目をもうすこし大きくしたものに似ているような気がした。しかし冬になると、今度は義眼のほうが耐えがたいほどずきずきと疼きだし、不機嫌になり口汚なくなる。それから少量のブランデーを胃に流しこんでやっとおさまるのだ。

　スコービーにはなにか霧と雨のなかの原生動物みたいなところがある。いわば、いつも身のまわりにイギリスの気候を持ち歩いている。冬、顕微鏡的にちっぽけな暖炉の火のそばに坐って話をするときほど楽しげに見えることはない。彼の記憶は故障しがちな頭の仕掛けからひとつひとつ洩れ落ちてゆき、ついにはそういう記憶が自分のものだったこともわからなくなる。彼の背後には大西洋の灰いろの大浪がうねり逆巻いていて、それが記憶に襲いかかり、しぶきのなかに包みこみ、盲目にしてしまう。過去のことを語るときには、短い曖昧な電報を続けざまに打つような話し方をする——荒天のためすでに通信不調、というわけだ。ドーソン市*では川をさかのぼった十人が凍死した。冬が槌のように襲いかかり、彼らが意識を失うまでなぐりつけたのだ。ウィスキー、黄金、殺人——森林地帯へ北上する新十字軍みたいだった。このころ彼の弟がウガンダ*の滝に落ちた。蠅のように小さい姿が落ちてゆき、すぐに黄いろい水の爪につかまるのを夢のなかで見た。いや、それはもっとあとになって、騎兵銃の照星からボーア人の頭に狙いをつけているころだったろうか。彼はそれがいつだったか正確に思い出そうとして、磨き立てた頭を両手にかかえこむ。だが灰いろの大浪が立ちふさがり、長いゆるやかなうねりが彼と記憶とのあいだの防壁を巡回する。この老海賊のために海変りという言葉を思いついたのはそういうわけだ。頭蓋の中身は軟化して吸い取られてしまい、彼の微笑とそのかげに隠れている髑髏《どくろ》の微笑を隔てるものは、ほんの薄い外皮一枚だけだ。見るがいい、深い刻み目のついた頭、蠟いろの指のなかの小枝のような骨、震える脛《すね》を支える二本の獣脂蠟燭……。ほんとうに、クレアが言ったように、スコービーには前世紀の古いちっぽけな実験的な機関車みたいなところがある。スティーヴンソン*の最初のロケット号のように、悲壮で懐しいところがある。

　彼は傾斜のついた小さな屋根裏部屋に隠者のように住んでいる。「隠者なんだよ！」というのがまたお気に入りの言葉である。そう言うと、げすっぽく頰を指でぽんとはじき、それからぐるぐる回る片目でじつは女道楽もやっているんだとほのめかしてみせる。しかし、これはクレアのためにやる芝居であって、「完全な淑女」のまえでは保護色をとらざるをえないのであり、彼女が帰ればたちまち本性をあらわしてみせる、というわけだ。だが真実はなにかもっと悲しいものだ。「わしはかなり長いあいだハックニー*のボーイスカウト隊長をやっていた」と彼はこっそり《ソット・ヴォーチェ》ぼくに打ち明ける。「傷病兵で退役してからのことだがね。だがわしはイギリスから出なけりゃならなかったよ、きみ。ひどく神経にさわって我慢できなくてな。毎週、『ニューズ・オヴ・ザ・ワールド』*を開くたびに『少年またしてもボーイスカウト隊長の毒牙に』などと大見出しで出ていないかと思ったものだ。ハックニーでは何があってもそう目くじらを立てたりはせん。子供らは木彫りがうまくてな。諸君はりっぱな小紳士である、とよく言ったものだ。だが、前任の隊長は二十年の刑を食らっておる。これじゃあどうしたって迷いが出る。それやこれやで考えこむ。どうもハックニーに落ち着くことができなかった。いいかね、わしはもう盛りを過ぎた人間だが、気持ちは安らかにしておきたい――いざということもあるからな。だが、イギリスにいてはどうも自由な気がせんのだ。牧師とか立派な教会の人たちが引っ張られるのを見てみろ。心配で夜も眠れなかったよ。とうとうわしは家庭教師になって外国へ出た……下院議員《エム・ピー》の息子のトービー・マナリングが旅行に出る口実をさがしておった。後見人がいなけりゃだめだと言われた。やつは海軍にはいりたいと言う。そういうわけでわしはここに乗り上げた。来てみると、こんなに気楽で自由なところはない。すぐにニムロド・パシャの指揮する風俗犯罪取締班にはいった。まあ、そういうわけだ。なんの不平もありはしないさ。この肥沃なデルタ地帯を東から西へ見わたして何が見えると思う？　かわいらしい天使のような黒人の尻ばかりだ」

エジプト政府は、すこしでも同情や親愛感を見せる外国人には、いつも法外なレヴァント風の気前のよさを示すのだが、スコービーにもアレクサンドリアで生活する手段を提供した。彼が風俗犯罪取締班にはいってから恐ろしい勢いで悪徳が増加したので、当局はやむなくこの男を昇進させて別なポストに移した、という話だ。しかし彼は刑事部の日常業務に移ったのが当然の昇進だと信じて疑わなかった——そしてぼくもこのことでからかう気にはなれなかった。仕事は面倒なものではなかった。毎朝二時間ほど山手のぼろ事務所で仕事をする。古ぼけて朽ちかけた木の机から蚤《のみ》が飛び出したりする。ルーテチアでつつましい昼食をとる。財政が許せば、夕食用に林檎ひとつとブランデーひと壜を買うこともある。長い猛暑の続く夏の午後は、仲のいいギリシア人の新聞売りから借りた新聞を引っくり返したり寝たりして過ごす（新聞を読んでいるとき、こめかみが静かに脈打っている）。成熟こそすべてだ。*

彼の小さな部屋の家具はきわめて折衷的な精神を暗示している。隠遁生活を飾る僅かな家具にはじつに個性的な味わいがある。まるで、それらがまとまって所有者の人格を形成しているかのようだ。クレアの肖像画があんなに完璧な感じを与えるのもそのためだ。なぜなら、彼女はこの老人の所有物をすべて背景のなかに描きこんでしまったのである。たとえば、ベッドの後ろの壁にかかっている見すぼらしい十字架像。スコービーが老年の慰めと、もはや第二の本性となったあの性格上の欠陥に思いをめぐらして、ローマカトリック教会に入信してからもう何年かがたつのだ。その傍らにはモナリザの小さな色刷りが貼ってある。その謎めいた微笑を見て、スコービーはいつも母親を思い出す（ぼくとしてはいつも、あの有名な微笑は、夫に食事をさせて送り出したばかりの女の微笑を思い出させるのだが)。しかしこれもまたスコービーの存在のなかに組み込まれて、ある特別な個人的な間柄のものとなってしまった。彼のモナリザはほかのモナリザとは似ていない。レオナルドから逃げ出してきた女だ。

それから、もちろん、例の古びた菓子棚がある。これひとつで、戸棚、本棚、机の用をなしている。クレアはこれを顕微鏡的な忠実さで描いてみせた。手間暇を惜しまずに、この棚が当然受けるべき待遇を与えてやったというわけだ。これには四つの棚があって、おのおのが細い優雅な面で縁取られている。一九一一年、ユーストン・ロードで九ペンス一ファージング*で買ったものだが、それ以来彼といっしょに世界を二度まわっている。彼はひとかけらのユーモアも自意識もなしに本気でこの棚を褒めさせようとする。「ちょっとしたもんだろうが、え?」布で埃を払いながら得意げに言う。いちばん上の棚は、彼が御丁寧にも説明してくれるところでは、バタートーストの陳列用で、真ん中はバタークッキー用、下の棚は「二種類の菓子」用のものである。しかし、現在は別な役をおおせつかっている。上の棚には望遠鏡と羅針盤と聖書、真ん中の棚には手紙類——といっても年金通知の封筒しか載っていないが——下の棚には例の溲瓶がひどく重々しげに載っている。彼はこれをいつも「家宝」と称しており、なにか秘密の由緒があるものらしいけれど、それはまだぼくにも打ち明けてくれない。

この部屋の照明は弱い光を放つ電球ひとつと、壁龕に置いた灯心草蠟燭の束とだ。そこには冷たい飲料水を満たした陶製の壺も置いてある。カーテンのない窓がひとつ、崩れかけた悲しい泥壁に面して無表情に開いている。終夜灯の煙るような弱い輝きが羅針盤のガラスに光るとき、彼はベッドに横たわっている——真夜中すぎ、ブランデーを飲んでこめかみを脈打たせながらベッドに横たわっている姿は、なにか古いウェディングケーキを思わせる。誰かが体をかがめて、ひと息に蠟燭を消してしまうのを待っているだけだ。

夜、彼をベッドに寝かせて毛布をかけてやり、さて別れるときの言葉は——流し目で頬を膨らませて言うあの低級な「接吻してくれ、ハーディ」*を別にすれば——もっと深刻なものだ。「正直に言ってくれんか」と彼は言う。「この年に見えるかね?」

正直に言って、スコービーはどんな年にも見える。悲劇の誕生よりも老いているし、アテネの死よりも若い。方舟《はこぶね》のなかで、熊と駝鳥の気まぐれな交尾によって生を受け、アララテの山に竜骨が乗り上げたときのむかつく軋り声のせいで早産した。*スコービーはゴムタイヤつきの車椅子に乗り、鳥打帽をかぶり、赤いフラノの帯を締めて、胎内から出てきたのだ。握力の強い足にぴかぴかに磨いたゴム布入りブーツをはいて、ぼろぼろの家庭用聖書を手にしている。見返しに「ジョシュア・サミュエル・スコービー、一八七〇年。汝の父母を崇めよ」と書いてある。そして、これらの所有物に加わるのが、死んだ月のような目と、独特な彎曲率を示す海賊の脊柱《せきちゅう》と、五列櫂ガレー船への好みである。スコービーの血管を流れているのは血ではない、青い塩水、深海の海水だ。彼の歩きぶりは、ガリラヤ湖を行く聖者のゆっくりと揺れるような重苦しい歩みだ。*彼の話しぶりは五つの大洋に逆巻く青い浪のたわごとだ——六分儀、天体観測儀、水路誌、等圧線などを所狭しと並べたやさしい寓話の骨董屋だ。彼はよく歌うが、その調子は海の老人*の声そのものだ。守護聖人のように、彼は世界中に肉体の一部を残してきた。ザンジバルに、コロンボに、トーゴランドに、そして蕪湖《ウーフー》に。＊これまでの長い歳月のうちに残してきたものは、古い鹿の角、カフスボタン、歯、髪……。いま、時の引潮は彼を乾いた暗礁の上に残したまま急速に沖へ退いて行く。破産した風見男であり、島の住人であり、そして隠者でもあるジョシュアを残したまま。

＊

クレア、静かな、にこやかな、究めがたいクレアは、スコービーの親友で、よくこの老海賊といっしょに時を過す。彼女は蜘蛛の巣だらけのスタジオから出て来て、彼のためにお茶をつくり、いつ果てるともしれない思い出話をよろこんで聞いてやる。その話のなかの人生はもう生命力を失って引き退き、記憶の迷路のなかに生きているだけなのだが。

クレア自身について。彼女の肖像を描くのがとても困難に思えるのはぼくの気のせいだけだろうか。ぼくは彼女のことをよく考える——それなのに、ぼくはこのなかでまともに扱うのを避けつづけてきた。たぶん、困難はこういうところにあるのだろう。つまり、彼女の習性と彼女の本性とがうまく繋がってくれないのだ。もし彼女の生活の外面構造だけを——それはまったくこだわりもなく素朴で、優雅で、自足している——描写すれば、二つにひとつの危険におちいってしまう。彼女は尼であって、潜在自我の探求に熱中するあまり、人間的な情熱の全領域を置きざりにしたのか、あるいは内攻的な失意の娘であって、なにか内面の不安とか若いころの癒しがたい痛手などのために孤独な生活を送っているのか、そんなふうにしか見えないだろう。

彼女の身のまわりのものはすべて蜂蜜のような金いろの輝きと暖かみをおびている。きれいに手入れした金髪は、柔らかなうなじのところであっさりと束ねてあり、灰いろがかった緑いろで笑みを含む瞳が、小ミューズのように率直な顔の効果を強めている。静かな手は巧みさと美しさを備えているのだが、これは動いているときでなければわからない。彼女が絵筆を握っているときや、雀の折れた脚にマッチの軸で副木《そえぎ》をしてやっているときになって、はじめて人は気がつくのだ。

たとえばこう言ったらどうだろう。彼女はまだ暖かいうちに、若い美の女神の体のなかに、つまり、本能も欲望もなしに生れた体のなかに、そそぎこまれたのだと。

たいへん美しいということ、独立した生活を営むだけの財産があるということ、技術を持っているということ――妬みっぽい人間や無気力な人間なら、彼女が不当に恵まれていると思うかもしれない。しかしなぜ、と彼女の批評家や観察者たちはたずねる、なぜ彼女は結婚を拒否するのだろう。

彼女の生活は慎ましいがけちではない。気持ちのいい屋根裏のスタジオに住んでいるが、鉄製のベッドと二、三脚の壊れかけたビーチチェアのほかはほとんど何もない。夏になると、これはそっくりそのままシディ・ビシュルの海水浴小屋に移される。ただひとつの奢《おご》りはぴかぴか光るタイル張りの浴室で、その片隅に小さなストーヴが据えつけてあり、気の向いたときはそこで料理をする。本箱にはさまざまな本がぎっしり詰っていて、読書家であることを示している。

彼女には恋人も家族のしがらみもない。敵も味方もいない。心から絵に打ちこんでいる。絵のことはまじめに考えているが、かといってあまりまじめにとりすぎてもいない。仕事でも恵まれている。というのは、これらの大胆でしかも優雅なカンヴァスからは寛大さとユーモアの光が輝き出ているからだ。彼女の絵には遊びの感覚が満ちみちている――とても可愛がられている子供たちのように。

しかし、ぼくは彼女が「結婚を拒否している」などと馬鹿なことを言ってしまったようだ。これを知ったら彼女はどんなに怒るだろう。というのも、あるときこう言ったのを覚えているからだ。「友だちでいるつもりなら、わたしが何かを拒否して生きている女だなんて考えたり言ったりしないでね。独りでいるからって何も不足があるわけではないし、それにこれ以外のものにはなれもしないし。どんなにわたしがうまくやっているかを見てちょうだい。精神の挫折を重ねた女だなんて考えないで。愛そのものについて言えば――あなた《シェル・アミ》――これまでにも話したけど、わたしが愛に興味をもったのはほんの僅かなあいだだけなの――そして男に興味をもったのはもっと短いあいだだけ。じつを言えば、わたしを惹きつけた僅かな、いえ、ただひとつの経験は女のひととの経験だった。わたしはいまもその完全に仕上げられた関係のなかで幸福に生きている。いまさら誰かを代りにもってくるなんて恐ろしくて卑しくて空しいことだわ。でも当世風の失恋に悩んでいるなんて考えないでほしい。そうじゃないの。妙かもしれないけど、わたしたちの愛というのは、愛する人がいなくなったときに実を結んだのね。なにか肉体というものが、愛のほんとうの成長、愛の自己実現を邪魔するような感じなの。こんなの、みじめに聞えるかしら？」

そう言って彼女は笑った。

いまも覚えているが、ぼくらは雨に洗われた秋の岸壁通りを歩いていた。曇った空に暗い三日月がかかっていた。彼女は話しながら嬉しそうにぼくの腕を取り、やさしくぼくにほほえみかけていたから、行き交う人々は恋人同士だと思ったかもしれない。

「それに」と彼女は言葉をつづけた。「いまにあなたにもわかるでしょうけれど、もうひとつ別なことがあるの。愛には何か——欠けたところがあるとは言わない、欠点はわたしたちのほうにあるから。でもわたしたちはなぜか愛の本質を誤解してしまった。たとえば、あなたがジュスティーヌに抱いている愛も、違う対象に向けた違う愛ではなくて、メリッサに抱いている愛と同じもの。それがジュスティーヌという媒体を通して自分を作りあげようとしている。愛というものはおそろしく頑なで、わたしたちにはある一部分が割り当てられているだけ。配給なのよ。さまざまな形で現れて、さまざまな人々に結びつくことができるけれど、でも量には限りがあって使っていればなくなるし、本当の対象にたどり着くまでに店《たな》ざらしになって色褪せてしまうこともある。なぜって愛の目的地は内面のいちばん奥深いところにあるのだから。そこまで行き着いたときに愛はみずからを自己愛と認めるようになり、その自己愛を基盤として、健《すこ》やかな心を築き上げるのだと思うの。わたしは利己主義とか自己陶酔のことを言うのではないのよ」

時としてはこんな話が真夜中までつづいた。そしてこういう話がはじめてぼくを彼女に近づけ、自己認識と思索のなかから探り出した力に頼っていいのだと教えてくれた。ぼくたちはこの友情のなかでそれぞれの思考や観念を分ち合うことができたし、それを互いに試し合ってみることもできた。もし絆によってもっと密接に結びついていたら、こうはいかなかったろう。矛盾してるようだが、そういう絆はぼくらを結びつけるのではなく、かえって大きく引き離してしまう。人間の錯覚はそう信じることを拒みはするのだが。この奇妙な事実を口にしたとき、彼女がこう言ったのを思い出す。「ある意味では、メリッサやジュスティーヌよりもわたしのほうがあなたに近いのね。メリッサの愛はあまりにも人を信じきっているから、何も目にはいらなくなってしまうし、ジュスティーヌの臆病な偏執はあなたのイメージを作り出して、それを通してあなたを見ているだけ。だからあなたも彼女みたいに憑かれた人として振舞うほかはなくなってしまう。怒らないでね。悪気があって言ったわけじゃないの」

クレア自身の絵のほかに、彼女がバルタザールのために引き受けている仕事のことも忘れてはなるまい。彼女は臨床画家なのだ。どういうわけかバルタザールは、変った症状を写真に撮っておくというありきたりのずさんなやり方に満足していない。独特の理論をもっていて、彼のお好みの病気については、あるいくつかの時期における皮膚の色素形成が問題になるのだ。たとえば、梅毒症状のあらゆる異常例を、クレアは記録にとっている。その大きな色彩画は恐ろしいほど明晰で愛情がこもっている。ある意味で、これこそ本当の芸術作品で、純粋に功利的な目的が画家を自己表現という強制感から解放してくれたのだ。彼女は記録することに専心した。バルタザールが外来患者病棟に並んでいる長い悲しい行列のなかから毎日何人かを拾ってくる（まるで腐りかけた林檎を樽から拾い上げるように）。その虐《しいた》げられた無知な人間の肢体は、描かれた人間の顔と同じように、あらゆる色調の明暗を備えている——導火管のように裂けた腹部、漆喰のように縮み剝げ落ちた表皮、軟らかな膜を破って突き出た癌腫……。彼女が仕事をしている姿をはじめて見たときのことを思い出す。ぼくが働いている学校の関係で何か型通りの証明書がいることになり、診療所にバルタザールを訪ねたときだ。診察室のガラス越しにちらりと見ると、貧弱な庭のしなびた梨の木の下にクレアが坐っていた（そのころぼくはまだ彼女を知らなかった）。医者の白衣を着ていた。そばにある崩れ落ちた大理石の平板の上に絵具が順序正しく並んでいる。彼女のまえの柳枝の椅子の上には大きな乳房をした農民《フェラー》の娘がスフィンクスのような顔つきでうずくまっていた。スカートが腰の上までたくし上げられ、見事な研究対象を曝け出していた。明るい春の日で、遠くに海のざわめきが聞えていた。クレアの無心な熟練した指さきが、白い紙の上を前後に動き、的確に、すばやく、みごとな構図を描きあげてゆく。彼女の顔は、珍しいチューリップの色彩を写し取っている画家のような恍惚感と集中力を示していた。

メリッサは死にかけたときにクレアを呼んでほしいと願った。いく晩も夜通し彼女のそばにつきそって、話し相手になり、看病してやったのはクレアだ。スコービーについては――それぞれの同性愛が二人のあいだに何か秘密の絆をつくっている――二つの大陸を結ぶ海底電線のように底に沈んでいる――ぼくはそうは言いたくない。それは二人を侮辱するものだろう。たしかに老人のほうはそんなことには何も気がついていなかった。そして彼女のほうも、スコービーの女道楽自慢がどんなに空ろなものかを知りながら上手に調子を合せてさとられないようにした。二人は父と娘のようなもので、みごとに釣合がとれていたし、まったく幸福な結びつき方をしていた。一度だけスコービーは彼女が結婚しないのをからかったことがある。するとクレアの美しい顔は女学生の顔のように丸く滑らかになり、灰いろの目に躍るいたずら小鬼の輝きを押し隠しながら、心底まじめなふりをして言ったものだ。「わたしはこれと思う人が現れるまで待つことにしているの」スコービーのほうは大きくうなずいて、それがいちばんいいと答えたのである。
ある日、彼女のスタジオで、埃だらけのまま片隅に積み上げてあるカンヴァスのなかから、ジュスティーヌの肖像を見つけ出したことがある――なかば横向きの顔を印象派風に仕上げたものだが、まだ完成はしていなかった。クレアは息をつめて、じっとその絵をながめていたが、その姿には憐れみの情が満ちあふれていた。母親が醜い子供を見つめながら、どうしても自分には美しいとしか思えないでいる、そんな姿だ。「これを描いてからもう何年にもなるの」そう言ってしばらく考えたあとで、ぼくの誕生日祝いにその絵をくれた。いまは古いアーチ型の暖炉の上に飾ってある。これを見ていると、あの浅黒い顔の息も詰るほど鋭利な美しさが頭に浮んでくる。彼女は煙草を唇から離して何か言おうとしている。頭のなかではもう言うべきことは決っているのだが、それは目の光に現れているだけだ。唇が開いて言葉を語りかけようとしている。

*

自己弁明への執念は、疚《やま》しい良心の持主と、自分の行動に哲学的な根拠を与えようとする人間とに共通している。だが、どちらの場合も、思考の形式が奇妙にゆがんでゆく。観念が自然なものではなく、必要によって作り上げたものだからである。ジュスティーヌの場合、この執念は絶えることのない観念の流れとなり、つねに過去や現在の行動を思い返すというかたちをとった。それはダムの壁にかかる巨大な水圧のように彼女の心を圧迫していた。しかし、それほど惨めな思いをして精力を使い果し、情熱をこめてあれこれと反省を試みてはいたけれど、彼女の結論を信用することはできなかった。それは絶えず変りつづけて静止するときがないのだ。彼女は自分についてのさまざまな理論を案出しては花びらのように撒き散らした。「愛って何もかもが逆説でできていると思わない？」と彼女はあるときアルノーティにたずねた。ぼくも同じようなことを聞かれた覚えがある。あの淀んだような声で聞かれると、その質問が思い遣り深いようでもあり、ある種の脅迫感をともなっているような気もしてくる。「夢中になってあなたを愛するという危険や恥辱から逃げたいばっかりにあなたに近づいただけだ、とそう言ったらどうする？　わたしはあなたに接吻するたびにネッシムを救っているような気がする」しかし、海岸のあの異常な場面の本当の動機をこんな説明ですませられるのか。彼女は疑惑から抜け出して静止することができないのだ。また別なときには別な角度から論じたこともある。そのときもやはりまじめにそう思いこんでいるのだ。「この教訓は――でも教訓ってなに？　わたしたちは耽溺してるだけじゃなかった。そうじゃない？　この恋愛は約束したことをすっかり果してくれた……すくなくともわたしにはね。二人には災いが降りかかったけれど、二人のもっともよい部分、つまり、お互いの恋人は助けてくれたもの。笑わないでよ！」

ぼくのほうは茫然として言葉もなく、こういう思考が切り開いた道のまえにたたずんだ。いま経験していることを、なにかもう死んでしまったものと考えて話し合うのがあまりにも奇怪に思われたのだ。時にはぼくもアルノーティのように叫びたくなった。「お願いだからそう不幸になりたがるのはよしてくれ。でないと、ぼくらの仲も終ってしまうぞ。生きてみるチャンスもつかまないうちに人生を使い果すつもりか」もちろん、そんなことを言ってもむだだと知っていた。

この世には自滅するようにできている人間もいる。そういう人にはどんなに理屈を言って聞かせてもききめはない。ジュスティーヌは高い危険な塔の屋根を歩いている夢遊病者みたいなものだ。大声で叫んで目を覚させたりしたらかえって大変なことになる。ただ、そっとあとをつけているうちに、まわりに朦朧《もうろう》と現れる大きな影のような墜落の危機から、なんとかゆっくりと連れ戻してやれるならと思うだけだ。

しかし妙な矛盾だが、こういう性格上の欠陥――不作法な心の振舞い――そのものが、ぼくにとってはこの異常に活動的な女のもっとも魅惑的なところだった。思うに、それはぼく自身の性格の弱点と相通ずるところがあったからだろう。ただ幸いにもぼくのほうがもっと徹底的に押し隠すことができただけだ。二人にとって愛の行為などは心の親密さが投影する全体像のほんの一部分にすぎず、しかも親密さそのものは、日ごとに、網の目のようにぼくらのまわりに広がっては分岐してゆくのだ。どれほど二人は語り合ったか。毎夜、ぼくらは波止場の貧しいカフェで語り合った(ぼくらは互いの愛情を後ろめたく思っていた。無駄とは知りながらも、なんとかしてネッシムやそのほかの友人たちから隠しておこうとした)。話しているうちに、いつのまにか寄り添って手を握り合っていた。ほとんど抱き合っていたと言ってもいい。だがそれも普通の恋人同士のように欲望のためではなく、肉体の触れ合いによって、自己探求の苦しさをまぎらせようとしていたようなものだ。

もちろん、これは人間に可能なうちでももっとも不幸な恋愛関係だ。あらゆる愛撫にまといつき、澄んだ水のような接吻にも澱《おり》のように残るあの性交後の悲しみに似た、つらく苦しい何かに押しひしがれている。「接吻について語ることはやさしい」とアルノーティは言う。「しかし情熱はさまざまな手がかりや鍵をふんだんに内蔵しているはずなのに、ぼくらの場合、それはただ思考の渇《かわ》きを癒すだけだ。普通とは違って、情熱はなんにも教えてくれない。ほかにさまざまなことが生じているのだ」じっさい、彼女を抱いていると、アルノーティが「抑圧」をこう述べている意味がぼくにもよくわかってくる。「普通の肉体を抱いているのに接吻に応じることができない、美しい影像といっしょに寝ているような苛立たしい感じ。こんなにも愛していながらこんなに僅かしか愛することができないのには、なにか倒錯的で消耗性のものがある」

　たとえば、あのブロンズいろの燐光に照らされた寝室。緑いろのチベットの壺のなかで香が薫《かお》り、部屋じゅうに薔薇の香りを撒き散らしている。天蓋つきベッドのそばでは、彼女の白粉《おしろい》の濃厚で強烈な匂いがカーテンに重くまつわりつく。化粧台の上には栓をしたクリームや軟膏の瓶。ベッドの上にはプトレマイオス*の宇宙図！　彼女が羊皮紙に写させて美しい額に収めたものだ。それはベッドの上に、革のケースに入れた聖像たちの上に、ずらりと並んだ哲学者たちの上に、永久に掛かっていることだろう。手さぐりで階段を昇るナイトキャップ姿のカント。雷神ジュピター《ユーピテル・トナーンス》*。こういう偉人たちの勢揃いにはなにか重苦しい空しさがつきまとっている——彼らに混じってパースウォーデンも顔を出している。彼の小説が四冊見えるのだ。彼女が今夜のために（ぼくらはいっしょに夕食に呼ばれていた）特別に並べたのかどうかは知らない。哲学者たちに囲まれたジュスティーヌは、薬に——空のカプセルや薬壜や注射器などに——囲まれた病人のように見える。「彼女に接吻してみろ」とアルノーティは書いている。「そうすれば彼女は目を閉じるどころか、もっと大きく目を見開くだろう。疑惑と狂気がますますつのるからだ。心があまりにも目覚めているので、どんな肉体の贈物でも部分的に感じることしかできない――これは搔爬器《キュレット》で探りでもしなければ反応しないほどの重症だ。夜、彼女の頭脳が安物の目覚し時計のようにチクタク鳴っているのが聞えるだろう」

向うの壁ぎわに偶像がひとつあって、なかの電気がその目を照らし出している。ジュスティーヌがひそやかな役割を演じるのは、この彫像の教師に対してである。骸骨の喉から差しこまれた明りが頭蓋の円屋根を照らし、空ろな眼窩《がんか》が黙思にふけるさまを想像してみるがいい。頭蓋のアーチに放り上げられた影は、そこにへばりついたまま囚われの身となる。電気の具合が悪いときには、使い差しの蠟燭をソケットに立てる。ジュスティーヌは裸のままで爪先立ち、マッチに火をつけて神の目のなかに差し入れる。すると顎の窪みが、それから滑らかな前頭骨が、真っ直ぐに通った鼻骨が浮びあがる。この遠い神話の国から来た訪問者が彼女の悪夢を見守ってくれなければ、落ち着いていることができない。その下にいくつかの小さな安玩具が並んでいる。セルロイド人形、水夫。それについて質問する勇気はなかったが。彼女がもっともすばらしい言葉で話しかけるのはこの偶像に対してなのだ。眠りのなかで話していると、この憐れみ深くて賢明な仮面が立ち聞きしてくれる、と彼女は言う。これは彼女が「高貴な自我」と名づけるものを表すようになった――それから悲しげな、気遣わしげな微笑を浮べて言う。「ほんとに存在してるのよ」

彼女を見つめて話しかけながら、ぼくは心のなかでアルノーティの本のページを繰る。「おのれの内面の恐怖の光に虐げられた顔。こちらが眠ってからも、彼女はずっと暗闇のなかで目を見開いたまま、さきほど二人の関係についてぼくが言ったことを考えている。こちらが目を覚すと、彼女はいつも考えこみながら何かしている。裸のまま鏡のまえに坐っていたり、煙草をふかしていたり、高価な絨毯を裸足で軽く叩いたり」奇妙なことに、ぼくが思い浮べるのは、いつも、ネッシムが彼女に与えてくれるまでは何ひとつ知らなかったはずのこの寝室にいる姿だ。アルノーティが書いているあの恐ろしい性行為に耐えているのは、いつもこの寝室でなのだ。「体を与えながら、本当の自我を与えることができない女を愛するほどつらいことはない——それもどこにその自我があるのか彼女自身にもわかっていないからだ」ぼくは彼女といっしょに寝ながら、何度こういう言葉について考えたことか。ふつうの読者なら、『風俗《ムール》』という観念の流動の総体にまぎれこんだままで見過してしまうような言葉だ。

彼女は、メリッサのように、接吻から——あのひとりだけの庭へ通ずるドアから——そっと眠りへ滑りこんで行くことはない。暖かいブロンズの光のなかでは、彼女の青白い皮膚がますます青白く見える——食べられそうな赤い花が両頬に咲き、そこに光が沈み、しっかりと定着する。彼女はドレスをはね上げて、ストッキングを巻きおろし、膝の上のガーターの二つの窪みのあいだの黒い瘢痕《はんこん》を見せる。その傷を見て——書物から抜き取ったひとつの文字のような——その不思議な起源を思い起すとき、ぼくの感じる気持ちは言い表しがたい。鏡に映る黒髪の頭は、その原型よりももっと若くてもっと優雅なかつてのジュスティーヌの痕跡を示してくれる——カルシミン*を塗った白堊《はくあ》の羊歯《しだ》に残る痕のような。彼女が失ったと思いこんでいる若さを。

彼女がどこか別の部屋でこれほど完全に存在していたとは信じられない。別な場所に、別な背景のなかで、あの偶像がかかっていたとは信じられない。なぜか、ぼくの見る彼女はいつも長い階段を昇り、裸のキューピッド像や羊歯の並んでいる廊下を横切り、低い戸口をくぐって、このいちばん奥の部屋にはいって行く。エチオピア生れの黒人女中ファトマが彼女につき添う。ジュスティーヌはきまってベッドに深々と腰かけ、まるで幻覚でも見ているふうに指輪をはめた手を差し伸べる。黒人女は長い指から指輪を抜き取って化粧台の上の小箱に入れる。あの夜も、パースウォーデンとぼくは彼女といっしょに夕食をとってから、またあの邸宅に招かれたのだ。大きな冷たい応接室のいくつかを見回ってから、ジュスティーヌはとつぜんぼくらを引き連れて階段を昇って行った。彼女がたいへん尊敬し、また怖れてもいるこの友人がくつろげる場所を探すというのだ。

パースウォーデンにはよくあることだが、その晩もずっと、むっつり黙りこんだまま、何も受けつけずに酒ばかり飲みつづけていた。ファトマを相手の小さな儀式がジュスティーヌの緊張感をとりのぞいたらしい。彼女は自由になり、「あの傲慢な頼りなげな姿で、服の裾が戸棚の戸に引っかかるのを呪ったりしながら」歩きまわった。また、とつぜん立ち止ってスペード形の大鏡をのぞきこんだりした。彼女は仮面のことを話してから悲しげにつけ加えた。「安っぽくて芝居気たっぷりに見えるのはわかっているけど、壁に顔を向けてこれに話しかけるの。わたしを裏切った人たちを許してやるように、わたし自身の裏切りも許してやる。時には自分の愚かな行ないを思い出して、すこし荒れて壁を叩いたりすることもあるけど。どうせほかの人たちにも神様にもし神様がいるのなら――なんの意味もないことでしょうけどね。わたしが話しかける人はいつも『詩篇』第二十三篇の静かな緑の野*に住んでるような気がする」そしてぼくの肩に頭をもたせかけ、体に腕をまわした。「すこしはわたしにもやさしくしてって言うのはそのためよ。体のここが壊れてしまったような気がする。あなたがメリッサにしてやるような愛撫がほしい。あなたが愛してるのはあの人だってことは知ってるけどね。わたしを愛するなんて誰にもできやしないもの」

　パースウォーデンには、彼女がこう言うときの自然な魅力が耐えがたかったらしい。部屋の隅へ行って本棚をながめていた。自分の著作を目にすると、顔から血の気が引き、それから真っ赤になった。恥のためか怒りのためかぼくにはわからない。振り向いてなにか言おうとしたが思い直したらしい。後ろめたげな怒りのこもった背中を向けて、また大きな書棚をながめはじめた。ジュスティーヌが言った。「よかったら、その本に署名していただきたいんだけど」しかし彼は答えなかった。グラスを手に持って黙りこんだまま本棚をながめつづけた。それからぐるりと向き直ったが、そのとたんに、とつぜん酔いがまわってしまったらしい。彼は烈しい鳴り響く声で言った。「現代の小説か！　犯罪者が犯行現場に残して行った糞の塊《グルームス・メルダエ》だ」そして静かに横になると、グラスをそっと床の上に置き、すぐにぐっすりと眠りこんだ。

　そのあとの二人の長い対話は、この横たわっている男の上でとり交された。彼は眠りこんでいると思っていたが、じつは目を覚していたにちがいない。というのは、その後、ある残酷で諷刺的な短篇のなかで、ジュスティーヌの会話をそのまま再現してみせたからである。これはどういうわけかジュスティーヌを面白がらせたが、ぼくにはひどく苦痛だった。彼の描くところによると、彼女は黒い瞳に涙を光らせながらこう言っている（鏡のまえに坐って髪をくしけずっている。髪は彼女の声のようにパチパチと音を立てる）。「はじめてネッシムと会って、彼が好きになりかけたとき、わたしは自分たち二人を救おうとしたのよ。そしてわざと恋人をつくった——相手は退屈な獣じみたスウェーデン人。それもあの人を傷つけてわたしを愛したりしないようにするため。そのスウェーデン人が妻に捨てられたときに言ってやった（そいつのすすり泣きを止めるためにね）。『奥さんがどういうふうにやるのか言ってくれれば、そのとおりにしてあげる。暗ければ髪がもつれ合っても肌の匂いがしても同じ肉の塊よ。さあ言ってよ。そうすれば婚礼用の微笑を見せてあげる。絹の山みたいに抱かれてあげる』そして、そのあいだわたしは考えつづけていた、『ネッシム、ネッシム』って」

これと関連して、ぼくはパースウォーデンの言葉を思い出す。この言葉はぼくらの友人たちに対する彼の態度を要約しているようだ。「アレクサンドリア！」と彼は言った（月の光を浴びて長い散歩をしていたときだ）。「カフェテリア向きの神秘主義をもてあそぶユダヤ人！　いったいどうしたらそいつを言葉で表すことができる？　この場所と人々とを？」たぶんそのときに、この残酷な短篇のことを考えて、ぼくらをどう扱うか、その方法に思いをめぐらしていたのだろう。「ジュスティーヌと彼女の都会が似ているのは、どちらも強い香りを発散するが、本当の個性はないというところだ」

あの最後の春（永遠に）の満月の夜に、いっしょに歩いたときのことを思い出す。柔らかで茫漠とした都会の大気がぼくらを押しつつみ、水と月光とが都会をひたして、大きな宝石箱のように磨き上げていた。暗い広場に置き去りにされた木々の梢に淡い月がかかり、真夜中から真夜中へ伸びてゆく長い埃っぽい道が酸素よりもなお青かった。行き過ぎる人々の顔は宝石となり、恍惚感にひたっていた――竈《かまど》のまえで明日の生命の糧《かて》を作るパン屋、恐慌の銀の兜をかぶせられて家路をいそぐ恋人、そして、弓のように神経の上にかけ渡された月、その蒼ざめた壮麗さを借りた六フィートの映画ポスター。

ぼくたちが角を曲ると、世界は銀を撒き散らし粗《あら》切りの影で縁取りをした動脈模様となった。コム・エル・ディックのこの片隅にはほとんど人影もなく、ときおり、都会の心のやましい欲望のように、何かに取り憑かれたらしい警官がひそんでいるのを見かけるだけだ。淋しい歩道に、ぼくらの足音はメトロノームのように規則正しく響いている。二人の男が世界を離れて、自分たちだけの時間と自分たちだけの街のなかにいる。まるで月の悲しい運河の上を歩いているように。パースウォーデンは、これから書こうとしている本について、芸術作品に直面したときに都会としての男につきまとう困難を語っている。

「たとえば自分は眠っている都会だと考えるとする……どうだね。黙って坐っていると、さまざまな作用がどんどん進んで行く。決意、欲望、意志、認識、情熱、意欲とか。つまり、百足《むかで》の無数の足が何もできない無力な体を勝手に運んで行くようなものだ。こういう広大な経験の領域をひと巡りしようというのだからすっかり疲れてしまう。ぼくら作家はどうしても自由になれない。いまが夜明けならもっとはっきりと説明できるんだがね。ぼくは肉体も心も音楽的になってほしいと思っている。スタイルと調和がほしい。心の自動テープを通ってくる精神の小噴出なんてものはたくさんだ。こういうのは時代の病いじゃないか。だからぼくらのまわりでもオカルティズムの大浪がざわめき立つのじゃないか。結社《カバル》とかバルタザールとか。ぼくらがもっとも注意して振舞うべき相手は神だが、これはあの男にはけっして理解できまい。彼は人間の性質のうちでもっとも低いものに強烈に訴えかける——ぼくらの無力感とか、未知のものへの恐怖とか、個人的な弱点とかに。なかでもぼくらの巨大な自己中心主義《エゴティズム》に、殉教者の冠とは競技者の優勝カップみたいなもので誰もが手にするわけではないと考えるあの自己主義に訴えかける。真に精妙な神の性質はさまざまな特性から免れていなければならない。味もなければ香りもない、一杯のさわやかな泉の水だ。これが訴えかけるのは、当然、ごく少数の者たちに対して、ほんとうに瞑想的な人たちに対してではないか。

　大多数の人は、それが自分たちの性質の一部に含まれているのに、認めようとも調べようともしない。ぼくの考えでは、どんな体系にしろ、体系ってのは本質的な理念を曲解するだけだと思う。それに言葉や観念で神を限定しようとするああいう試みのすべてもね……。どのひとつもすべてを説明することはできないが、すべてがあるひとつに光を当てることはできる。畜生、まだ酔っ払っているらしいや。もし神が何かであるとすれば、彼はひとつの技術だ。彫刻とか医薬とか。だが現代の物凄い知識の広がりや、新しい科学の成長などのせいで、ぼくらは手持ちの調味料をうまく役立てることがほとんどできなくなってしまった。

　蠟燭を手に持てば網膜血管の影を壁に映すことができる。まだ静かになりきっていない。なかが完全に静止することはけっしてない。トリスメギストス*を養うほどに鎮まることはあり得ないのだ。一晩じゅう、大脳の動脈に血が流れる音が聞えている。思考の胎《たい》だ。きみは歴史の行為という歯車の歯、原因と結果という歯を伝って逆戻りしなければならない。休息することはけっしてできない。水晶占いに任せることはできない。きみは苦労して肉体の内部を這い進み、筋肉組織――筋《すじ》状の筋肉と筋のない筋肉――をそっと開いてなかにはいる。きみは下腹部消化管の点火装置を調べる。また膵臓《すいぞう》を、下水溝のように滓の詰った肝臓を、膀胱《ぼうこう》を、締金を外した腸の赤い帯を、食道の柔らかな角形《つのがた》の通路を、カンガルーの袋よりもなお柔らかで粘液の詰った声門を。ぼくは何を言いたいのか。つまり、きみは各部分を調整する組織図を探している、あらゆるものを定着させて、悲劇を除去する〈意志〉の統語法《シンタックス》を探している。きみの顔から汗が吹き出す。内臓は忙しげに凝縮したり伸張したり、忙しさのあまり、その内臓を見つめている男、つまりきみ自身には見向きもしない、それを感じ取ったきみの冷たい狼狽なのだ。これは作業中の都市、排泄物を生産する、いや、それどころか、日々の犠牲《いけにえ》を生産する工場だ。祭壇に捧げ物ひとつするたびにトイレットに捧げ物ひとつ。これはどこで出会うのか？　どこで対応するのか？　表の暗闇のなかで、鉄橋のそばで、この男の恋人が待っている。彼女の体内にもやはり名状しがたいうごめきがある。葡萄酒が導管を洗い流し、幽門がピストンのように吐き出し、桁違いに小さい細菌学的な世界が、精液や、唾液や、喀痰《かくたん》や、体臭などの一滴一滴に無限に繁殖して行く。彼は脊柱を腕に抱く、アンモニアのあふれる導管を、花粉を分泌する脳膜を、小さな坩堝《るつぼ》のなかで輝く角膜を、抱き締める……」

ここまで喋ると、彼はびっくりするほど子供っぽい声で笑いだす。顔をのけ反らせているので、刈りこんだ口ひげの下の真白な歯並に月の光がたわむれる。

ちょうどこんな夜に、ぼくらの足はバルタザールの家に向い、灯がついているのを見てノックした。その同じ夜に、ぼくは古いラッパつきの蓄音器で（ほとんど恐怖と言ってもいいほどの深い感動をもって）、老詩人が朗読する詩のアマチュア録音を聞いた。

死んだ人々の、また死者のように
ぼくらのそばから消え去った人々の、
なつかしいまぼろしの声たち、
彼らは時おり夢のなかで語りかける、また、
時を刻む頭脳のなかで、思いが彼らを甦らせる……。*

こういうはかない思い出は何も説明しない、何も照らし出さない。しかし、ぼくが友だちのことを考えるとき、それは繰り返し繰り返し戻って来るのだ。まるでぼくたちのさまざまな習慣の環境そのものが、あのときにぼくらが感じたことや、ぼくらが演じた役割で充満しているかのように。冬、霜を含む青い空の下、砂漠の浪を突っ切ってタイヤの跡がつづいている。夏、恐ろしい月の爆撃が海を燐光体に変える――電気の泡に押しつぶされて、錫《すず》のように光る肉体。モンタザ近くの出洲への散歩、王室庭園の濃緑の暗闇をそっと抜けて、眠たげな歩哨のそばを通り、海

の力がとつぜん萎《な》え、浪が砂洲の上でよろめくところまで歩いて行く。あるいはまた、腕を組んで長いギャラリーを歩く。いつにない冬の黄いろい霧のせいでもう薄暗い。彼女は冷たい手をぼくのポケットに忍びこませる。今日、彼女はなんの特別な感情も感じないので、そのためにぼくを愛していると言ってくれた――これまではどうしても言おうとしなかったこと。とつぜんの雨が長い窓の列を鋭く叩きはじめる。黒い瞳は涼しく興深げだ。震えながら形を変えてゆく物のなかにある黒の中心。「このごろネッシムが怖いの。あの人変ったわ」ぼくらはルーヴルから来た中国の絵の前に立っている。「空間の意味ね」彼女はうんざりしたように言う。形もなく、彩色もなく、レンズもない――ただぽっかりと穴があいていて、無限がゆっくりと部屋に流れこんで来る。虎の体が存在していた青い深淵が、スタジオの余念ない雰囲気のなかに流れこんで来る。そのあと、ぼくらは暗い階段を昇って上の部屋に行き、スヴェヴァに会い、レコードをかけて踊る。この小柄なモデルは、「つむじ風のようなロマンス」が一ヵ月近くつづいたあとポンバルに捨てられたと言って嘆き悲しんでみせる。

ポンバル自身、こんなに長いあいだひとりの女のことだけを考えさせた愛着の力にすこし驚いている。ひげを剃っているとき傷をつけ、絆創膏のひげを貼りつけたのでグロテスクに見える。「まったく変態的な都会だ」と彼は怒って繰り返す。「もうすこしであの女と結婚するところだったよ。怪しからん話だ。うまいときにヴェールが落ちて助かった。あの女が鏡のまえで裸になったところを見ていたら、とつぜんうんざりした……心のなかでは、ああいう垂れた乳房、滑らかな肌、引っこんだ腹、小さな百姓の手というものに、いわばルネサンス的な威厳を認めてはいたんだがね。とつぜんおれはベッドに坐り直して言ったものだ。『なんてこった！　あれは白粉の剝げかけた象だ！』」

いまスヴェヴァはハンカチーフをそっと鼻に当て、声を詰らせながら、ポンバルの途方もない、とても果されるはずもない約束を数え立てている。「気楽に暮す男にとっては奇妙で危険な愛着だったな」（ポンバルの声が聞える）「あの女の冷静で残忍な慈悲心というやつが、おれの運動中枢を喰い荒らして、神経系統を麻痺させた。また自由になって仕事に専念できるのがありがたいよ」

彼は仕事のことを気にしていた。この男の生活態度について、あれこれの噂が領事の耳にはいりはじめていた。彼はベッドに寝ころがり、十字勲章をもらってもっと高い地位に昇ろうと作戦計画を立てている。「おれはどうあろうと十字勲章をもらう決心をした。これからうまく選り分けたパーティを五、六回は開くつもりだ。きみを当てにしてるぜ。最初はすこし惨めっぽい連中を集めておいて、ボスにこれならパトロン顔をしても大丈夫だという気を起させてやらないと。あの男はもちろん、まったくの成り上り《パルヴニュ》者だ。女房の財産とおべっかのおかげでここまで来たんだ。いちばん悪いのはおれの生れと家柄にはっきりと劣等感を抱いていることだな。おれをとっちめたものかどうかまだ腹をきめかねて、外務省《ケー・ドルセ》ではどれだけ評価されているのか探りを入れているらしい。伯父は死んでしまうし、名付け親の司教はランスの売春宿をめぐる大スキャンダルに巻きこまれるしで、こっちの足元もすこし危くなってきた。あいつにはかばってやろうという気持ちを起させて、この男には激励と援助が必要だと思わせてやらなけりゃ。へっ！　最初はお偉方をひとりに絞ってみすぼらしいパーティをやろう。ああ、おれはどうして外交官なんぞになったんだろう。どうしてすこしまとまった財産がないのかなあ」

スヴェヴァの空涙《そらなみだ》のなかでこんなことを聞いてから、すきま風の吹く階段を腕を組んで降りて行くとき、ぼくが考えるのはスヴェヴァでもポンバルでもなく、アルノーティがジュスティーヌについて述べた一節である。「理性の助けを借りずに、生物学的な要求にしたがって考える女たち。彼女らにおのれを与えることがどんなに致命的な過ちとなるか。ただ、猫が鼠の背骨を噛み砕く小さな音がするだけだ」

雨に濡れた歩道は滑りやすく、公園の木々や、彫像や、訪問者たちが熱心に待ち望んでいた水蒸気が大気に濃く立ちこめている。ジュスティーヌは輝く絹の服に濃い色の裏打ちをしたケープを引っかけて、頭を垂れ、ゆっくり歩きながら何かほかのことを考えている。彼女は明るい飾窓のまえに立ちどまり、ぼくの両腕を取って自分のほうを向かせ、目のなかをのぞきこむ。「わたし、ここを離れようかと思っているの」と彼女は静かな曖昧な声で言う。「ネッシムに何かが起りかけている。どんなことなのかまだわからないけれど」それからとつぜん彼女の目に涙が浮ぶ。「はじめて怖いと思ったわ。でも、なぜなのかわからない」

第3部

あの二度目の春のハムシン*ほどひどい熱風をぼくはいまだに知らない。日の出まえの砂漠の空が亜麻布のように茶いろに変り、それから打撲傷のように広がって、ゆっくりと暗くなり、ついに雲の輪郭を崩してゆく。それは、火山灰の吹き溜まりのように、デルタから群がり集まってきた巨大な黄土の層なのだ。都会は大風に備えるかのように固く鎧戸を閉め切ってしまう。弱い突風と酸味をおびたまばらな雨が前触れとなり、やがて暗黒が空の明るさをかき消してしまう。そしていま、鎧戸を閉じた暗い部屋のなかにそっと砂がしのびこみ、あらゆるものを侵してゆく。長いこと鍵をかけてしまっておいた衣服のなかに、書物のなかに、絵のなかに、ティースプーンのなかに、まるで魔法のように現れる。それからドアの鍵穴や、指の爪のあいだにも。鋭いすすり泣くような大気が喉や鼻の粘膜を乾かし、目を痛めて結膜炎状に変える。乾いた血の雲が予言のように街路を歩きまわる。砂は古いかつらの巻毛に振りかける粉のように海へ落ちてゆく。万年筆が詰り、唇が乾く――鎧戸の錣板《しころいた》に白い埃が初雪のように薄くつもる。頭を包んだ悪鬼どもの操る三角帆舟《フェルッカ》が、幽霊船のように運河を通り抜けて行く。時おり、頭上からひび割れた風が吹きつけ、都会中をぐるぐる掻きまわし、すべてのものが——木々が、尖塔《ミナレット》が、記念碑が、そして人々が、大竜巻の最後の渦にとらえられ、ついには砂漠のなかへそっと運ばれて行くのではないかという幻覚さえ抱くほどだ。浪のようにうねる生れ故郷のあの無名の砂丘群のなかへ連れ戻されるのか……。

このころ、ぼくたちは精神的に疲れきって、絶望的で向う見ずになり、見つかったって構うものかという気分におちいっていた。罪はつねにみずからを補うもの、罰を求めている。そこにしか満足を見出すことができない。贖罪《しょくざい》を求めるひそかな欲望が、ぼくよりもなお烈しくジュスティーヌの愚行を駆り立てた。あるいはたぶん、ぼくら二人は互いに手足を結びつけられている以上、なにか大変動でもなければもとの正常な心には戻れない、とおぼろげながらに感じていたのかもしれない。あのころは不吉な前兆や警告に満ちみちていて、ぼくらの不安はそれを食べて生きていたようなものだ。

片目のハミドによれば、ある日、見知らぬ男が訪ねて来て、あなたの御主人はさる高官に狙われていてたいへんな危険に曝されているから充分に注意するように、と言って帰ったらしい。顔かたちを聞けばネッシムの秘書のセリムらしくも思える。しかしまた、この地域の十五万人の住民の誰かかもしれない。また一方で、ネッシムのぼくに対する態度も変った。というよりもむしろ、なにか気遣わしげな粘っこい甘ったるさに深まってきた。以前の慎しみは見られなくなり、ぼくに話しかけるときに聞き慣れぬ愛称を使ったり、親しげに袖をつかんだりした。時々話しているうちにとつぜん顔が紅潮したり、目に涙が浮んだりした。彼はそれを見せまいとして急いで脇を向いてしまう。そういうときのジュスティーヌは、見るのも苦しくなるほど気遣わしげにじっとながめている。しかし、彼を傷つけることによって生じた自責と恥辱とは、ますますぼくたちを共犯者として結びつけるだけだ。あるときはジュスティーヌが別れると言いだし、またあるときはぼくが同じことを言った。しかし二人とも動くことができなかった。恐ろしい宿命感と疲労感を味わいながら、じっと成り行きを待たねばならなかった。

また、こうした警告によってぼくたちの愚行が減ったわけでもない。むしろ増えたくらいだ。ぼくらの行動はぞっとするほど投げやりな軽率なものになった。それにぼくらは（すっかり自分を失っていたことにいまとなって気がつくのだが）、どんな運命が自分たちを待ち構えているにしろ、それを避けたいとは思わなかった。ただ運命を分ち合い、けっして別れるものかとばかり愚かにも思いつめていた。こんなふうにあからさまに殉教を求めていたときほど、ぼくらの愛が空ろでおざなりになったことはないだろう。「ほんとにいやな女に見えるでしょうね」と、あるときジュスティーヌが言った。「不潔ででたらめなことばかり考えているんだもの。うんざりするほど神様を気にしているくせに、内心の声が命ずるほんのちっぽけな教えにも従うことができないなんて。たとえば崇拝する夫に忠実であれというような。わたしは自分が怖い。怖いの、あなた。この退屈で古典的な神経症のユダヤ女から逃げ出せたら……。この皮を剝ぎ取ることができたら」

メリッサが療養のためパレスチナへ去ったこの時期に（ジュスティーヌから金を借りて行かせたのだ）、ぼくらはきわどく逃れたことが何度かあった。たとえば、ある日、ぼくとジュスティーヌが屋敷の大きな寝室で話していたことがある。海水浴から帰って冷たいシャワーを浴び、塩水を洗い流したところだった。ジュスティーヌは古代ギリシアの下着《キトーン》みたいにバスタオルを裸体に巻きつけてベッドに坐っていた。ネッシムはカイロでなにか慈善のための放送をしているはずだ。窓の外では、埃をかぶった木々の葉が湿り気をおびた夏の風に揺れ、ファド街の雑沓の音がかすかに聞えていた。

ベッドのそばの黒い小型ラジオからネッシムの静かな声が流れてきた。マイクロフォンを通すと、早めに老けた男の声みたいに聞えた。静寂のなかに空虚な言葉の羅列が侵入して、平俗さがあたりに充満していった。だが声そのものは美しかった。これは自分を感情から念入りに切り離した男の声だ。ジュスティーヌの背後に浴室へ通ずるドアが開いていた。その向うの診察室のように真白な壁にもうひとつドアがついていて、鉄の非常階段に通じていた——この家は中庭を囲むように建てられているので、浴室や台所などは蜘蛛の巣のように張りめぐらした鉄の梯子で連絡がとれるようになっている。まるで船の機関室を思わせるほどだ。ぼくらがラジオの声に聞き入っていると、とつぜん、浴室の外の鉄梯子に軽やかな若々しい足音が聞えてきた。疑いもなくネッシムの足音だが——あるいはこの地域に住む十五万人の誰かの足音かもしれない。ジュスティーヌの肩越しに振り返って見ると、ドアの曇りガラスに背の高い痩せた男の頭と肩とが映った。ソフトを目深にかぶっている。その姿はまるで現像液のなかの写真のようにしだいに浮き出し、ドアのノブに手をかけたままたたずんだ。ジュスティーヌもぼくの顔を見て振り返ると、裸の腕をぼくの肩にまわした。ぼくらは二つの世界のあいだに立つ黒い人影、エックス光線に投射されたようなその姿をじっと見守った。ぼくらの感情はまったく平静だったが、その核心には、あたかも鼓動する心臓のように、激しいしかし不能な性的昂奮があった。ぼくらはこれから写真を撮ってもらうかのようにぼんやりとポーズしていたが、二人の顔に浮んでいたのは恐怖ではなく、無心な安堵の表情ではなかったかと思う。

長いあいだ人影はそこに立っていた。考えこんでいるように見えたが、たぶん聞き耳を立てていたのだろう。それから一度ゆっくりと頭を振ると、当惑した様子で曇りガラスの面からしだいに消えて行った。立ち去るとき、上衣の右ポケットに何かをそっとしのばせたようだ。ぼくらは足音が鉄梯子を伝って中庭に消えて行くのを聞いていた——鈍い音階がゆっくりとさがって行った。ぼくら二人は何も言わずに、さらに耳をすまして聞き入るように黒い小型のラジオのほうを振り向いた。ネッシムの穏やかな都会的な声が途切れずに流れつづけていた。彼が同時に二つの場所にいるなどということがあり得るのか。アナウンサーがこの演説は録音だと告げたときになって、やっとぼくらも理解した。しかし、なぜ彼はドアを開けなかったのだろう。

思うに真相は、彼のように温良な気質の男は、行動しようと決意したとたんに目の眩むような不安に襲われるのだろう。何かが彼の内部に一粒一粒と積み上げられてゆき、ついにはその重さに耐えられなくなる。彼の性質に深刻な内的変化が生じ、これまで長いあいだ行動を支配してきた不能な愛の麻痺感を払い落してしまう。速やかに的確な行動をとりたい、よかれあしかれ決定的な原動力となりたいという考えの目新しさが彼を陶酔させる。彼は（とぼくは推測する）使い果して残りすくなになった財産を賽子《さいころ》の一擲《いってき》にかける賭博者のような気がしたのだ。だが、どういう行動をとるかはまだ決めていなかった。どんな形をとればいいのか。不安な幻想がどっと流れこんだ。

この行動に出たいという意欲のなかで二つの主潮流が合流したとしよう。一方で、彼の手先がジュスティーヌについて集めた報告書は無視できぬ量にのぼっている。他方で、彼は新しい恐怖感に苦しんでいる——それはなぜかこれまで心に浮んだことはなかったのだが、つまりジュスティーヌはついに本当の恋に落ちたのではないかということだ。彼女という人間の気質そのものが変りかけているような気がした。生れてはじめて彼女は物思いがちな考え深げな態度をみせた。そして愛していない男に対してはいつも女が惜しみなく与えるあの甘いこだまに満ちみちていた。おわかりだろう、彼もまたアルノーティの本を通して彼女の足跡をたどっていたのだ。

「彼女は抑制のジャングルを切り開いてぼくに近づくために苦闘しなければならないのだと、もともとぼくは信じこんでいた。不実という手ひどい痛手をこうむっても、彼女は快楽を求めているのではなく、苦しみながら自分自身を——そしてぼくを——探し求めているのだと思い返して自分を慰めていた。もし誰かが彼女を自分自身から解放してやるなら、それからはあらゆる男を受け入れるようになる、そしてもっとも強い所有権を持つぼくを受け入れるようになる、とそう思っていたのだ。しかし彼女がまるで夏山の雪のように融けてゆくのを見たとき、恐ろしい考えがひらめいた。つまり、この抑制を打ち破った男が永久に彼女を所有するにちがいない、なぜなら、その男が与える心の平安こそ、彼女があれほど狂気のようにぼくらの肉体と運命のなかから探し出そうとしているものなのだから。そういうことだ。生れてはじめて、嫉妬が、恐怖心の助けを借りてぼくを征服した」と、彼はこんなふうに説明することもできたろう。

いまになってさえ、彼があらゆる人間に嫉妬しながら、ひとりだけ、ジュスティーヌがほんとうに心を寄せている人物――つまりこのぼく自身――に気がつかないのは、なんとも奇妙に思われた。圧倒的な証拠があがっているのにあえてぼくを疑おうとしない。盲目なのは愛ではなくて嫉妬だ。彼の手先がぼくら二人のまわりに、二人の密会や行動のまわりに積み上げた厖大な証拠書類を信じる気になるまでにはずいぶん時間がかかった。しかしいまはもう事実があまりにはっきりと際立って疑う余地がなくなった。問題はどうしてぼくを片づけるかだ――それはかならずしも肉体的に片づけるという意味ではない。なぜなら、ぼくは彼の視覚を遮るひとつの影像にすぎなくなっていたから。ぼくは死にかけているようにも、立ち去りかけているようにも見えた。彼にはわからなかった。この不確かさそのものがほとんど酔い痴れるような昂奮を誘った。言うまでもなくぼくはこれを推測しているにすぎない。

しかしまた、こういう執念のほかにも別な問題があった――アルノーティが解決しきれぬまま放り出し、ネッシムが東方的な好奇心をもって何年も追求してきた問題だ。彼はいま黒い眼帯の男に近づいている――ぼくたちの誰よりも近づいている。この知識もまたどう扱えばいちばんいいのか彼にはわからない。もしジュスティーヌがほんとうに自分を捨てようとしているのなら、この謎の男に復讐したところでなんの意味があろう。一方、もしもぼくがその男のあとにはいりこむとしたら……？

ぼくのフラットに来て片目のハミドに警告したことがあるかとぶっつけにセリムに聞いてみた。

彼はそれには答えず、頭を垂れて小声で言った。「御主人様はこのごろもとのように落ち着いてはおられないのです」

さて、そのあいだにぼく自身の運命にも思いがけない奇妙な変化が生じていた。ある夜、ドアをどんどん叩く音がした。開けてみると、小粋なエジプト陸軍士官が立っていた。ぴかぴか光る革長靴にトルコ帽《タルブーシュ》をかぶり、黒檀の柄のついた大きな払子を小脇にかかえている。ユースフ・ベイの英語はほとんど完璧だった。丹念に選んだ言葉のひとつひとつが無造作に唇から洩れ落ちてくる。まじめな真黒な顔にきれいにそろった小さな歯並が真珠のように輝いていた。ケンブリッジを出たてのお喋り西瓜とでも言いたくなる愛すべきしかつめらしさがあった。ハミドがいつものように運んで来たコーヒーと粘っこい酒を飲みながら、あなたの親友のさる高官がたいへん会いたがっているのだと言った。ぼくはすぐにネッシムを思い浮べた。しかしその西瓜の言によると、友人というのはイギリス人の官吏でそれ以上は洩らすことができない。使命は内密のものである。いっしょに来てその友人に会ってもらえるだろうか。

ぼくはさまざまな疑惑の念に駆られた。アレクサンドリアはうわべは穏やかだが、キリスト教徒にはけっして安全な場所ではない。ポンバルがこんな話を聞いてきたのもつい先週のことだ。スウェーデンの副領事の車がマトルグ道路で故障した。彼は妻をひとり残して近くへ電話をかけに行き、領事館を呼び出して別な車をまわしてくれと頼んだ。戻ってみると妻は後ろの座席にきちんと腰かけたままでいたが——ただ頭がなくなっていた。警察が召集され、全地域にわたって捜査が行なわれた。近くに野宿していたベドウィンの群も訊問をうけた。彼らがそんな事件など何も知らないと言い張っている最中に、ひとりの女のエプロンから消えた頭がころがり出た。彼らは夫人のパーティ用微笑のひどく不快な特徴となっていたあの金歯を抜き取ろうとしていたのである。こういう事件はさほど珍しくないから、暗くなって行きつけない地域に出かけるのは勇気がいる。あまり楽しい気分ではなかったが、とにかくこの将校について参謀本部の車に乗った。制服の運転手が貧民街のほうに車を走らせた。ユースフ・ベイがきれいになでつけた口ひげをひねりながら何事かを期待している有様は、楽器の調子を合せる音楽家のように見えたほどだ。これ以上質問しても無駄だろうし、それにこっちの不安をさらけ出すのもいやだ。もう内心は成り行きにまかせて、煙草に火をつけ、長い岸壁通りが溶けて後ろへ後ろへと流れて行くのをながめていた。

やがてぼくらは車から降り、将校は先に立ってスール街近くの小さな街路や小路をぐるぐる歩きまわった。もしこれがぼくの方向感覚を狂わせるためなら、ほとんどすぐに成功したといっていい。彼は鼻歌を歌いながら軽やかな自信に満ちた足どりで歩いて行く。とうとうぼくらは商品がいっぱいに積み上げられた町外れの街路に出て、彫刻をほどこした大きなドアのまえに立った。彼はベルを鳴らしてドアを押し開いた。中庭があって、ひねこびた棕梠の木が一本立っている。庭を横切る砂利道に二つほどのランタンが弱い光を放っていた。ぼくらはそこを横切って階段を昇り、白色電球の光をぎらぎらと照り返している白い高いドアに出た。彼はノックをすると、一挙動でなかにはいり敬礼した。ぼくもあとについて大きくて優雅な暖かい照明に照らされている部屋にはいった。きれいに磨き立てた床にはみごとなアラブ絨毯が敷いてある。そうして、片隅の象嵌をほどこした背の高い机の後ろに、まるで旧式自転車にでも乗っかっているような恰好でスコービーが坐っていた。彼の顔には勿体ぶったしかつめらしさと歓迎の微笑とが重なり合っていた。「なんてこった」とぼくは言った。老海賊はドルアリー・レイン*ふうに含み笑いをして言った。「遅かったな、きみ、遅かったな」しかし彼は立ち上らずに、坐り心地の悪そうな高い椅子にかけたままでいた。トルコ帽《タルブーシュ》をかぶり、払子を膝にして、なんとなく重々しいところが見える。肩章の星がひとつ増えたのに気がついたが、いったいどれほど昇進したのか、どんな権力を握ったのかぼくにわかるわけがない。「かけたまえ、きみ」と彼は空を切るような不器用な手つきを見せたが、これはちょっと第二帝政*ふうな身ぶりを思わせた。将校のほうは放免され、にやりと笑って立ち去った。こんなぜいたくな環境に移っても、スコービーはあまり居心地がよさそうには見えなかった。むしろいくらか受身にまわっているという感じがした。「きみを連れて来いと言っておいたんだ」と彼は大げさに声を低めて言った。「特別な理由があってな」机の上に緑いろのファイルが重ねてあり、妙に空ろな感じのするポットカバーがあった。ぼくは腰をおろした。

するとと彼はすばやく立ち上ってドアを開いてみた。外には誰もいない。窓もあけてみた。敷居には誰も立っていない。彼は受話器にポットカバーをかぶせてふたたび腰かけた。それから顔を寄せ、ガラスの目でぼくを睨みつけると、陰謀でも企むように厳かな声で注意深く言った。「一言も洩らしちゃいかんぞ、きみ。誓いなさい」ぼくは誓った。「わしは秘密情報部の部長に昇進した」この言葉が彼の入歯のあいだで鋭い音を立てた。ぼくは仰天してうなずいた。彼はたいへんな重荷をおろしたというように、ひと息大きく吸いこんでから言葉をつづけた。「きみ、やがて戦争になる。これは部外秘情報だぞ」彼は長い指で自分のこめかみをさした。「戦争だ。敵は日夜策動しておる、きみ、それもわれわれの真只中でな」ぼくは何も言うことができなかった。通俗雑誌の挿画みたいな新しいスコービーの姿をまじまじと見つめるだけだった。「やつらの不意を襲うにはきみが役に立つ」うんざりするほど勿体ぶっている。「ひとつわしらの機関にはいってもらいたい」これはたいへん耳よりな話だ。ぼくは先をうながした。「危険きわまる一団がこのアレクサンドリアにひそんでおるぞ」老人はしわがれ声で叫んだ。「しかもきみはその真只中にいる。きみの友人どもは全部そうだ」

そのひそめた眉とやっきとなってねめつける目の向うに、ぼくはとつぜんネッシムの姿を思い浮べた。いわば直感による一瞬のひらめき。彼はスティールのチューブを張りめぐらした冷たい事務所の大きな机のまえで電話が鳴るのを見守っている。大粒の汗が額に浮んでいる。ジュスティーヌに関する報告が来るのを待っているのだが――そいつをもうひとひねりするとどうなるか。だがスコービーは首を振った。「やつはそれほど重要ではない。もちろん、からんではいるがね。首謀者はバルタザールという男だ。検閲に何が引っかかったか見てもらおうか」

彼はファイルから一枚のカードを引き抜いてぼくに手渡した。バルタザールの筆跡はたいへん見事なもので、これは間違いなく彼の書いたものだ。だが、その葉書の裏には、小さな碁盤縞にブーストロペードンの図表が書いてあるだけなのを見て、ぼくは微笑せずにはいられなかった。ギリシア文字が小さな目を埋めていた。「生意気千万にも普通郵便で堂々と送っておる」ぼくは図表を調べ、バルタザールにすこしばかり教わった計算法を思い出そうとしてみた。「これは九点システムだ。ぼくには読めない」とぼくは言った。スコービーは息を殺してつけ加えた。「やつらは定期的に会合を開いて情報をプールしている。これは事実だ」ぼくは葉書を軽くつまんだ。バルタザールの声が聞えてくるような気がした。「思想家の仕事は自分の発見を暗示することだ。聖者の仕事は自分の発見について沈黙することだ」

スコービーは、いまはもう満足しきった様子を隠そうともせず椅子に反り返った。まるで鳩みたいに膨れ上っている。トルコ帽《タルブーシュ》を脱ぎ、いとしげにながめてからポットカバーの上にのっけた。それから骨張った指で皺だらけの頭を掻きながら言葉をつづけた――「どうしても暗号が解けんのだ。こんなのはいくつも見つかっているんだが」――彼は同じような葉書の複写写真を詰めこんだファイルのほうを指さした。「暗号解読室にまわしたり、大学の数学研究者にも見てもらったが解けんのだよ、きみ」これは驚くにあたらない。ぼくはその葉書を複写カードの束の上に置いて、もう一度スコービーを見つめた。「そこできみにひと役買ってほしい」と彼はしかめ顔をして見せた。「そのつもりがあればの話だが。どんなに長くかかってもいい、この暗号を解いてもらいたいのだ。給料ははずむよ。どうかね」

どうしようがある？　こいつを流してしまうのはあまりにも勿体ない。それにここ数ヵ月は学校のほうをひどく怠けていたから、今学期が終れば解雇されるのは目に見えている。ジュスティーヌと会ったりでいつも遅刻していたし、試験の答案も放り出したままだ。同僚や校長に対しても癇癪を起したり、むっつりと黙りこんだりする。これこそもう一度自分を取り戻すチャンスだ。

ぼくが体を乗り出してうなずいたとき、頭のなかでジュスティーヌの声が聞えるような気がした。「わたしたちの愛って世間の人がよくやるひどい間違いだらけの引用みたいになってしまったのね」スコービーはほっと安堵の吐息を洩らすと、やっとくつろいで元の老海賊に戻った。彼は自分の仕事をどこか黒い受話器の向う側にいるらしいムスタファに引き継いだ——スコービーが話をするときはまるで人間の目を見るように、いつも受話器のなかをのぞきこむ。ぼくらはいっしょに建物を出ると、海岸のほうに公用車を走らせた。仕事の細部はベッドの脇の菓子棚の下の段にある小壜のブランデーを飲みながらでも話せるというわけだ。

　ぼくらは岸壁通りで車を降り、気おされるほど明るい月光を浴びながら残りの道をいっしょに歩き、棚引く夕靄《ゆうもや》のなかでこの古い都会が溶けたり現れたりするのをながめた。まわりを取り囲む砂漠や緑の沖積期デルタの惰性がこの都会に重苦しくまといつく。これが骨の髄まで染みこんでおのれの価値を思い知らせてくれる。スコービーはとりとめもなくあれやこれやの話をしていた。幼いころに孤児になった話をして嘆いていたのを覚えている。両親は劇的な状況のもとで事故死した。あとで何度も思い返したものだ。「わしの親父は自動車運転のパイオニアでな、きみ。初期のロードレースとか、一時間二十マイルフラットとか——そんなことだ。自分のランドー*を持っていた。大きなひげを生やしてハンドルを握っている姿がいまも目に浮ぶよ。スコービー大佐、戦功十字勲章《エム・シー》佩用《はいよう》。槍騎兵だった。母も親父の脇に坐ってな。競走のときでも絶対に離れなかった。母が機械工の仕事をした。出発するときの二人の写真がいつも新聞に載ったものだよ。養蜂家のヴェールをすっぽりかぶってな——昔の自動車乗りはなんであんな大きなヴェールをかぶっていたのか。埃よけだろうな、きっと」

そのヴェールが彼らの命取りになった。例のロンドン－ブライトン間ロードレースでヘアピン・カーヴを曲るとき、親父のヴェールが自分の車の前輪車軸に巻きこまれた。父は道路に引きずり落とされ、母は疾走する車に乗ったまま立木に正面衝突した。「せめてもの慰めは、そういう死に方が親父の望むところだったろうってことだよ。そのときは四分の一マイルもリードしていたんだ」

ぼくはいつでも滑稽な死の話を聞くのが大好きだ。そのときも、スコービーがガラスの目玉をぎょろぎょろ動かしながら話すのを聞いていると、笑いを抑えるのにひと苦労した。しかし彼の話を聞きながらも、心の半分は平行線をたどってこれからの新しい仕事をあれこれと考え、どれだけ暇ができるかを計算していた。その夜遅く、ぼくはモンタザの近くでジュスティーヌと会うことになっている——大型の車が道ばたの棕梠の木陰で蛾のように息づいているだろう。だが彼女はなんと言うか。もちろん、いまの仕事の手枷足枷から解放されれば喜んでくれるにはちがいない。しかし一方では心のなかで嘆くだろう。なぜなら、この解放はぼくらを二人だけにする機会を多く与えて、ぼくらの虚偽を突きつめ、その実体をますます明らかにして審判者たちに曝け出すだけだから。ここに愛のもうひとつの逆説がある。ぼくたちの仲をいっそう親密にしたもの——あのブーストロペードン——が、もしその力を修得したら、ぼくらを永遠に引き離すことになったろう——ぼくら、つまり、愛に溺れるお互いの姿を餌食にしてきた自我というものを引き離すことになったろう。

「そのあいだ」と、やがてネッシムは言うことになる。あの心から愛しながら愛を返してもらえなかった者の仄暗い落ち着きに満ちた穏やかな声音で。「そのあいだ、ぼくは目の眩むような昂奮にとらわれていた。自分でもよくわからぬ行動に出るほかに逃げ道はなかった。途方もない自信に満ちあふれるかと思うと、つぎには深い憂鬱の発作に襲われてもう二度と回復できないような気がしてくる。なにか漠然と競技のために練習するようなつもりで――運動選手が練習するように――フェンシングやピストル射撃を習いはじめた。またファド・ベイ博士から借りた毒物学入門書で、毒薬の組成や効果の研究もした」（文面はぼくが作った）

彼はどうにも分析しがたい感情を心に抱きはじめていた。陶酔の時期が終ると、孤独の重みがずっしりとのしかかってくるのをいまさらのように感じた。そういう内面の精神的な苦しみをどう表現していいのかがわからない。絵を描くのも行動するのもままならない。あの豊饒感に満ちみちた幼年時代が絶えず記憶のなかに浮び上ってくる。アブキールの棕梠とポインセチアに囲まれた暗い母の家。古い要塞の砲床のまわりにざわめく水。幼いころの日々がそんな光景の記憶から生れたひとつの感情となって凝縮した。彼はかつてない恐怖を覚えながらもこの明らかな記憶にしがみついた。そうしてそのあいだ、神経質な憂鬱感の背後には――彼が企てた行動は中断し《コイトゥス・》た性行為《インテルルプトゥス》のように未完のままで内部に生きていたから――いつも、片意地で抑えがたい高揚感の胚珠《はいしゅ》がひそんでいた。もっと近づけもっと近づけとそそのかされているようなものだが……しかし、いったい何に近づけというのだ。それがわからなかった。だがここで、発狂するかもしれないという以前からの恐怖が割りこみ、彼を引っとらえて肉体の均衡を乱した。そのために、時おり目眩の発作が起り、盲人のように椅子とかソファとかを手探りしながら坐らなければならなかった。そんなとき、彼はすこし喘ぎ、額に汗をにじませた。しかしこの内面の闘いが傍観者にはわからなかったのを知ってほっとするのだ。それからまた、自分では気がつかずに思わずひとり言を喋っているらしいのにも気がついた。「よろしい」と鏡に向って話しかけるのを彼女は聞いたことがある。「なるほどおまえは神経衰弱になりかけているのか!」それからまた、見事な仕立の燕尾服を着て輝く星空の下に降り立ったとき、彼がこうつぶやくのを車のハンドルを握っていたセリムが聞いた。「このユダヤ狐がおれの生命を食いつくしたらしいな」

時には自分ながら驚いて、人の助けを求める気になれないのなら、ともかく人と接触するのはやめようとしてみた。医者に強壮剤や食事療法を処方してもらったが守るわけでもなかった。また、円形心棒のように頭頂を剃髪したカルメル会托鉢修道士の行列がネビ・ダニエルを横切るのを見て、ポール神父と旧交を暖めてみたりした。この神父は心底から幸福な人間で、剃刀が鞘に折りこまれるように宗教のなかに折りこまれている、そんなふうにかつては思えたのだが、いまはこの幸福で鈍感な男の慰めを聞いても吐気をもよおすだけだった。

ある夜、彼はベッドの傍らにひざまずいて——こんなことは十二のとき以来はじめてだが——心を集中して祈ってみた。長いあいだ同じ姿勢のままでいたが、心も舌も強ばったまま、どんな言葉も考えも頭に浮ばない。頭が麻痺してしまったように恐ろしい抑圧感でいっぱいになるだけだった。もう我慢できなくなるまで——ほとんど窒息しかけるまで——そうやっていた。それからベッドに飛びこんで頭からシーツを引っかぶり、誓いや嘆願の言葉をきれぎれにつぶやいた。

だが、それが自分の口から出ているとはどうしても思えなかった。

しかし、こうした闘いの兆候は外見にはすこしも現れなかった。熱っぽい内面の思考とはかかわりなく、彼の言葉は乾いた整然とした調子を失わなかった。医者は反射作用も優秀だし、尿の蛋白も普通だと保証した。ただ時おりの頭痛だけが癲癇の小発作《プチ・マル》——あるいは裕福な有閑階級にありがちなほかの病気——に悩んでいることを示していた。

彼自身は、自分の意識で支配できるかぎりは、こうした苦しみに耐えていくつもりだった。ただ彼をおびやかしたのはまったくの孤独感だ——この事実を友人にも医者にも伝えることができないのはわかっている。彼らはこの異常な行動の診断を求められても、精神錯乱の徴候を見るだけだろう。

彼はなんとかしてまた絵を描こうとしたがだめだった。自意識が毒薬のように絵具そのものに浸透し、緩慢で生気のないものにしてしまう。絵筆を使うことさえむずかしい。いつも見えない手が彼の袖を引いて邪魔にはいり、ささやきかけ、自由な行動の流れをせき止めてしまう。

こういう感情の薄明におびやかされていたが、精神の均衡と平静を取り戻そうというはかない望みをかけて、彼はふたたび夏の宮殿の完成に心を向けた。これは冗談半分にそう呼ばれていたけれど、実際には、アブシールにあるアラブ風の小屋と厩《うまや》の小さな集合体にすぎなかった。ずっと以前に、淋しい海岸沿いにベンガジ*に行く途中で、海から一マイル足らずのところに砂漠の窪みを見つけたのだ。厚い砂の地層から清らかな泉が噴出し、荒れ果てた浜辺に向ってよろよろと流れ下っていたが、それはやがて砂丘に追いすがられ包みこまれる。ベドウィンがここに一本の棕梠の木と一本の無花果《いちじく》を植えておいた。砂漠を愛する者の心にひそむあの無意識的な緑の渇望にとらわれたのだろう。木々の根は清水の源となる地中の砂岩をしっかりと押えていた。ネッシムはこの若い木々の木陰に馬を休めると、遠くに見える古いアラブの城砦や、昼も夜も浪が打ち寄せる白い長い傷痕のような人気のない浜辺を驚嘆して見わたした。このあたりから砂丘は折り畳まれ、長い形のいい谷間に変って行く。彼は心のなかであちらこちらに葉擦れさやかな棕梠の木や緑の無花果を置いてみた。それらの木々は流れのほとりで、頭を冷やしてくれる濡れた布のように深い木陰をつくるだろう。一年のあいだ、彼は想像のなかでこの場所が熟してゆくにまかせた。さまざまな天候の折りにしばしば出かけて観察し、地形をすっかり頭に入れた。このことは誰にも言わなかったが、頭の奥にはジュスティーヌのために夏の別荘を建てようという考えがひそんでいた。小さなオアシスをつくり、厩には彼女のアラブサラブレッド三頭を繋ぎ、いちばん暑い季節には彼女の好きなスポーツである水泳と乗馬ができるようにする。

泉は掘り返され、溝を通して大理石の池にみちびかれた。池は粗い砂岩で舗装された小さな中庭の真ん中に設《しつら》えられ、まわりに家や厩が建った。水とともに木々の緑も増えていった。鋭く尖った抽象的なサボテンや、あふれんばかりに繁った玉蜀黍《とうもろこし》が日陰をつくった。そのうちにメロンの苗床さえできた——まるでペルシアからやって来た珍しい亡命者みたいだ。アラブ風の簡素な厩がひと棟《むね》、冬の海風に背を向けて立ち、貯蔵室や小さな居間の棟がL字型に建てられた。窓に格子がはめこまれ、黒い鉄の鎧戸がつけられた。

中世の僧の独房ほどしかない小さな寝室が二つ三つあって、中央の心地よい横長の部屋に直接通じている。この天井の低い部屋は居間兼食堂に使われるのだ。一方の端に白い暖炉がどっしりと据えられ、アラブ陶器の模様を思わせる装飾をほどこした楣石《まぐさ》が取りつけられた。反対側には砂漠の神父*たちの僧院食堂はこうもあったろうと思わせるような石の食卓とベンチが置いてある。だがこの簡素な部屋には、思い切って豪奢なペルシア絨毯が敷き詰めてあり、彫刻をほどこした大きな櫃《ひつ》もいくつか置いてある。その締金や革で磨いた側面には鍍金《めっき》の装飾が張りめぐらされている。すべてが単純な様式で統一されていながら、同時にもっともすばらしい壮麗さを備えている。水漆喰塗りの簡素な壁には格子をはめた窓がいくつかあり、細長い四角のなかからとつぜん壮大な海岸や砂漠の風景が目に飛びこんでくる。また、狩猟や瞑想生活の古い記念品もいくつか飾られていた。アラブの槍旗、仏教の曼陀羅《まんだら》、流浪する投槍《アセガイ》*が二、三本、いまでも兎狩りに用いる長弓、ヨットの三角旗。書物といえば象牙の表紙と錆びた締金つきの古いコーランが一冊きり。しかし窓には幾組かのカードが並べてあり、なかには素人占い用のタロット・カードや家族合せなどもあった。また片隅には古いサモワールも置いてある。二人ともお茶には目がなかったのだ。

　この仕事はゆっくりとためらいがちに進められていたが、ついに秘密を保つのが困難になり、ジュスティーヌを連れて行って見せることになった。彼女はなかを歩きまわりながら涙を抑えることができなかった。優雅な部屋部屋のある窓からはエメラルドいろの浪が砂浜に打ち寄せる光景が、また別の窓からは渦巻状の砂丘が東に延びて空のかなたに消えて行く光景が見える。それから彼女は乗馬服を着たまま、とつぜん暖炉の茨《いばら》の火のまえに坐りこんでじっと耳をすませた。長い砂浜に押し寄せる海の柔らかな澄んだ響きが、中庭の向うの新しい厩から聞える足踏みや嘶り声と混じり合った。すでに秋も遅く、湿りをおびた夕闇が深まるにつれて、蛍が気ままに飛び交いはじめた。このオアシスはもう自分たち以外の生命を養いはじめている、そう思うと心は喜びにひたされた。

ネッシムがはじめたことを、今度はジュスティーヌが完成することになった。棕梠の木の下の小さなテラスが東に延ばされ、絶え間ない流砂を防ぐために壁で囲まれた。砂は冬の風に吹き寄せられて、中庭の石畳の上に六インチも積るのだ。杜松《ねず》の防風林が銅いろの朽葉の腐植土を作るのに役立った。まもなくこれが固い土壌となり、まず灌木を、それからもっと高い木々を育て上げてゆくだろう。

彼女はまた、夫の思い遣りに酬いるために、彼が情熱をかたむけている天文の設備を忘れなかった。L字型の建物の片隅に小さな天文台が作られ、三十倍の望遠鏡が据えられた。冬になると、ネッシムは錆いろの古びたアバ*を着て毎夜ここに坐り、ベテルギウス*を重々しげに見つめたり、中世の占星術師そっくりに算定書をめくったりするだろう。ここではまた彼らの友人たちが月をながめることもできるし、筒の角度を変えれば、あの都会がいつも遠くから発散しているかに見える煙るような真珠の雲を一瞥することもできる。

もちろん、こういうものには番人が必要だ。そしてちょうど折りよくパナヨティスがやって来て厩の近くの小さな部屋に居を構えたのも、彼らにはしごく当然のような気がした。スペード型の顎ひげをたくわえて鋭い目をしたこの老人は、二十年間ダマンフール*の中学校の教師をしていた。それから聖職にはいり、シナイの聖カタリナ修道院で九年間を過した。なぜ彼がこのオアシスにやって来たのかはわからない。波瀾のない生涯を送ってきたように見えるが、しかし彼はそのある時期に舌を切り取られていたのである。手まねで語るところによれば、歩いて西の聖メナス*の小さな聖堂に巡礼に行くところだったらしい。その旅の途中でこのオアシスにぶつかったのだ。いずれにしても、ここを選んだ彼の決意に気まぐれなところは何もなかったようだ。彼はここがすっかり気に入り、一年を通じて庭師兼番人として僅かな給料で働くことになった。がっしりした小柄な老人で、蜘蛛のように動きまわり、一途に緑の草木に気を配り、勤勉に注意深くその生命を育てていった。メロンの苗床をなだめすかして生き返らせ、ついには葡萄蔓を中央の戸口の楣石に這わせるまでにした。彼の笑いは声にならぬ響きとなった。恥かしがり屋でぼろぼろの黒い法衣の袖で顔をかくす癖があった。物が言えぬためにギリシア風な饒舌《じょうぜつ》はせき止められて、目にあふれ出た。何か言ったり聞いたりすると目のなかの饒舌が輝き躍った。この海辺のオアシスほどすばらしいものが人生にあるか、彼はそう言うようにみえた。

まったく、これ以上のものがあるだろうか。鷹のような顔をしたセリムが身動きひとつせずにハンドルを握り、砂漠に向って車を疾走させるとき、ネッシムが繰り返して自分に問いかけたのはそのことだ。オアシスへ行くには、アラブの城砦の何マイルか手前で海岸から内陸にはいり、アスファルト道路をそれて硬いかさつく薄片に覆われた砂丘の頭頂をまわらねばならぬ——卵白身を引き延ばしたようで、柱状の雲母がきらきら輝いている。揺れる車がそここで砂丘にのめりこみそうになると、いつも脆い砂岩の岩床が足がかりになってくれた。それがこの岬全体の脊柱になっているのだ。追風を受けて走るヨットのように、かりかりと音を立てるこの白いさざなみを切って進むのは楽しかった。

しばらくまえからネッシムが考えていたことは――もともとはパースウォーデンの勧めによるのだが――老パナヨティスの献身になんとか酬いたい、彼が理解し受け入れてくれるような贈物をしたいということだった。そしていまその磨き上げた書類鞄のなかにはアレクサンドリアの主教の特免状がはいっている。彼の家に聖アルセニオス*を祀る小さな礼拝堂を建築することが許されたのだ。この聖者を選んだのはいつの場合でもそうだろうが偶然のことだった。クレアがカイロのムスキ*の屋台店で、十八世紀に作られたこの聖者の像をがらくたのなかから掘り出し、とても気に入って誕生祝いにジュスティーヌに贈ったのだ。

そんなわけで、老人の落ち着かぬ物問いたげな目のまえに、彼らが取り出して見せた宝がこれだったのである。彼に理解させるにはすこし時間がかかった。相手はアラビア語をろくに知らなかったし、ネッシムはギリシア語をまったく知らなかったから。しかし特免状を読んでやっと合点がいったらしく、彼は顔を上げると両手を握り合せ、顎を反らせてにっこり笑った。感動のあまりくずおれんばかりだった。すべては理解された。ネッシムが空になっている端の厩を熱心に調べ、紙にスケッチしていた理由もこれでわかった。彼はしっかりと手を握って声にならない響きを立てた。この親切に心から喜んでいるのを見ると、ネッシムは悪意のある羨望に似たものを感じた。心にわだかまっている物思いの暗箱《カメラ・オブスクラ》の奥深くから彼はじっとこの老僧を見つめていた。熱心に見つめることによって、この老人に祝福と心の平安とをもたらした純真な魂の正体をつかもうとするかのように。

ここでならすくなくとも、自分の手で物を建てることが落ち着きを与え、雑念を取り払ってくれるだろう、とネッシムは思った――そして彼は羨望と賛嘆の目で老ギリシア人の骨張った手をながめた。その手が彼の時をつぶしてくれ、彼を雑念から救ってくれる。思考を虜《とりこ》にし反省を中和する健康な肉体労働の歳月がその手に刻みこまれている。だがしかし……誰が知ろう。長い教師生活、修道院での年月、そしていま、オアシスにひしひしと押し寄せる長い冬の孤独、ただ海の響きと棕梠の葉のざわめきだけを心の友とする長い孤独……。精神の危機はつねに待ち構えている。彼はセメントと乾いた砂をいつまでも木枠のなかで混ぜ合せながら、そう考えた。

しかしここでさえ彼はひとりでいるわけにはいかなかった。ジュスティーヌが三頭のアラブ馬を連れて現れ、このオアシスで夏の生活をいとなむことにしたからだ。愛しながらしかも破滅させようとしている男に対して疚しさを覚え、それが気も狂わんばかりの気遣いとなって表れた。だが彼女は不安で、不機嫌で、機敏な使い魔だった。そのうえ、ぼくは彼女の不在に耐えられなくなり、こっそり手紙を送って街に帰って来てくれるか、でなければネッシムに言って夏の宮殿へ招待してくれと頼みこんだのだ。まもなくセリムが現れぼくを車で連れ出した。彼の思い遣り深い沈黙にはひとかけらの軽蔑も見られなかった。

ネッシムもぼくを丁寧に迎えてくれた。じっさい、彼はぼくらがふたたびそばに来たのを喜んでいた。手先たちの虚実とりまぜた報告の枠組からぼくらを切り離し、自分の目で判断できるのだ。ぼくらが……なんと言ったらいいか、「愛し合っている」ことを、と言っていいのだろうか。その言葉の意味する総体的な性格が彼女にはない。その点で、彼女はあの古代の女神たちのひとりと似ている。というのは、彼女の属性はその生涯を通じて増殖してゆくだけで、純一な心情に凝縮することがないからだ。そしてそうならなければ、人は愛したり憎んだりすることはできない。一方、「憑かれた状態」というのも強すぎる言葉だ。ぼくらは人間であって、ブロンテ姉妹*の描くような戯画像ではない。しかし英語には（現代ギリシア語のように）情熱愛という言葉に見られるような区別がない。

それはさておき、ぼくはネッシムが何をどう考えているのか知らなかったから、彼の内奥の不安を鎮めてやることができなかった。つまり、ジュスティーヌはアルノーティの書物のなかに見た自分の行動形態が頭から離れず、そいつをぼくといっしょにたどろうとしているだけだと、そう教えてやれなかったのだ。彼女は意志をもって欲望を創りかけていたのだが、それはひそかにみずからを餌食にしているがゆえに、ランプのように燃えつきねばならぬもの――または吹き消されねばならぬものだ。ぼくはこのことを心の片隅でわかっているだけだったが、しかしこの結合にどうしようもない欠落があることは嗅ぎつけていた。これは平静な意志にもとづくものではない。だがしかし、不思議なことだが、彼女はいかにも生きているように見えた――彼女は才知と呪文を使いこなす女主人なのだ。そのために、かつて自分がともかくも彼女を愛したこと、しかもその愛の質に満足していたことが不思議に思えてくる。

同時に、ぼくはメリッサに結びつく部分がまだ自動的に存在しつづけていること、静かに確実に彼女に所属しながら、しかも彼女が戻って来るのを望んでいないことに気がついて愕然とした。彼女が書いてよこす手紙は楽しげで充実していて、非難や自己憐憫の影などはさらさらなかった。

書いたものは自信にあふれていた。ユーモアと鋭敏な目でいまの小さなサナトリウムを描写し、遊覧客が見るように医者やほかの患者たちをながめていた。紙の上では、彼女は成熟した別な女になったように思えた。できるだけ返事を出すようにしたが、ぼくの生活を支配している無気力な混乱をごまかすのはむずかしかった。それにまたジュスティーヌに惹かれているのをほのめかすわけにもいかない——ぼくらが動いているのは違う世界の花と書物と観念のなかだ。メリッサにはまったく無縁な世界だ。だが彼女に門を閉ざしたのは環境であって感受性の欠落ではない。「貧乏は人を切り離すもの」そうジュスティーヌがある時言った。「富は人を閉め出すもの」しかし彼女は両方の世界、欠乏の世界と豊饒の世界という両方にはいる許可を得ていた。だから自然に自由に生きることができた。

しかし、すくなくともこのオアシスには、都会の生活にはない浄福感の幻があった。ぼくらは朝早く起き、暑熱が襲ってくるまえに礼拝堂の仕事をする。それからネッシムは小天文台に引きこもって商売の書類に目を通し、ぼくとジュスティーヌは羽毛状の砂丘を降りて海へ行き、泳いだり話をしたりする。オアシスから一マイルばかりのところに、海が大きくて不恰好な砂の円山を押し上げて浅瀬を作っている。その傍らには砂丘の胸のカーヴに包みこまれるようにして草葺き屋根の葦小屋が立っていて、これが泳ぐ者の憩いの場所にもなり脱衣場にもなった。ぼくらは一日のほとんどをここでいっしょに過した。パースウォーデンの死の知らせがまだなまなましくて、思い遣りと畏敬の念をもって語り合ったのを覚えている。いままでは才能の仮面をつけて本性を隠していたひとりの登場人物について、ぼくらははじめてまじめな評価を試みようとしているかのようだった。死ぬことによって彼は現世の性格をかなぐり捨て、作品のもつあの壮麗な大きさの幾分かを身につけた。それは男の記憶そのものが薄れるにつれてしだいに視界に浮び上ってきた。ぼくらが立ち向わねばならなかったあの面倒で、才気走っていて、役立たずで、そしてしばしば退屈な男に、死が新しい批評の基準と新しい精神の尺度を与えた。いまはもう、逸話というゆがんだ鏡、追憶という埃っぽいスペクトルを通してしか彼を見ることができない。その後、パースウォーデンは背が高かったのか低かったのか、口ひげを生やしていたのかいなかったのか、などと人々がたずね合うのを耳にしたものだ。そして、こうした単純な記憶がもっとも思い出しにくいし確めにくい。彼をよく知っていた人々のなかには、あの男の目は緑いろだったと言う者もいれば、いや茶いろだったと言う者もいる……。その人間像が、三部作『神は諧謔家』のなかで彼みずからが創り上げた神話像のなかに溶けこんでゆく速さは驚くばかりだ。

ここで、この目もくらむような陽光の日々のなかで、ぼくらが彼のことを語り合ったのは、あたかも、成長してゆく神話に人間の記憶が同化してしまうまえに、これを捉えて固定しようとするようなものだった。ぼくらは肯定したり否定したり比較したりしながら話し合った。秘密情報部員が敵を欺くための作り話を復唱しているようなものだ。結局のところ、あの過ち多き男はぼくらに属していたのだし、神話は世間に所属しているのだから。ある夜、彼がメリッサの踊りを見ながら、ジュスティーヌにこう言ったという話を聞いたのもそのときだ。「もしうまくゆくと思えば明日にでも彼女に求婚するね。だがあの女は無知で、貧乏と不幸のせいで心がいびつになっているから、とても信じられなくて拒絶するだろうな」

しかし、不安に駆られるネッシムが一歩一歩ぼくらのあとを追っていた。ある日、砂丘に杖で「注意せよ」（*Προσοχή*）と書いてあるのをぼくは見つけた。ギリシア語から見てパナヨティスかとも思えたが、セリムもギリシア語はよくできた。

　この警告はその後まもなく生じたある事件のおかげでいっそう重みを加えた。ぼくはメリッサに書き送るための便箋を探しにネッシムの小天文台にはいりこみ、机の上を掻きまわしていた。そのときふと望遠鏡を見ると、円筒は空に向けられているのではなく、下方に傾斜し、砂丘を横切って、都会が真珠いろの雲のおぼろな広がりのなかでまどろんでいるあたりを指している。これは別に珍しいことではない。凝集しては流れて行く靄《もや》のなかで高い尖塔《ミナレット》が見え隠れするさまを捉えるのはよくやる気晴らしだったから。ぼくは三脚椅子にかけて接眼鏡に目をあて、かすかに震えおののく風景の像が集約されるのを見ようと思った。三脚は固い石の台に置かれているのだが、高倍率のレンズと熱気のために映像が羽毛のように震え、風景が不規則に呼吸しているように見える。ぼくはのぞいてみて仰天した――跳びはね揺れ動いてはいるが正確に映っているのは――あの葦小屋だ。そしてつい一時間ほどまえに、ぼくとジュスティーヌはそこで抱き合ったまま、パースウォーデンの話をしていたのだ。砂丘の上の明るい黄いろの斑点は、ぼくが持って行ったまま置き忘れてきたポケット版『リヤ王』の表紙だ。こんなに映像が揺れなければ表紙の題字も読めるくらいだ。ぼくは長いこと息もつかずにこの映像を見つめていたが、そのうちに恐ろしくなった。暗いけれどよく知りぬいている部屋にはいり、ほかには誰もいないと思っていたのに、とつぜん手が伸びてきて肩の上に置かれたような気がした。ぼくは便箋と鉛筆を持って天文台をこっそり抜け出すと、海に面して置かれた安楽椅子に坐りこんだが、メリッサに書き送る文言がすこしも頭に浮んでこなかった。

＊

その秋、ぼくらが陣をたたみ、冬を越すために町に引き揚げるときになっても決定的なことは何も起らなかった。むしろ危機は遠のいた感じがした。いわば、ぼくらは日常生活の混濁した溶液のなかに溶けこんだ。たとえ行く手にどんな劇が待ち構えているにしろ、未来はここから結晶してくるのだろう。ぼくはスコービーのもとで新しい仕事にはいることを求められ、うんざりしながらもあの忌まいましいブーストロペードンに取り組んだ。バルタザールは相変らずチェスの勝負の合間にその読み方を教えてくれる。じつはぼくは良心の呵責を和らげるために、スコービーの事務所で事実を話してみた――つまり、結社《カバル》というのはヘルメス哲学を研究する無害な一派で、スパイなどとはなんの関係もないということをである。だがその返事はそっけなく、ぼくはそんな見せかけの話を信じてはならないのであり、暗号解読に専心していればいい、というのだ。集会については細部にわたる報告を要求されたので、ぼくはアモンやヘルメス・トリスメギストスに関するバルタザールの講話をタイプして怠りなく提出した。きっとどこか遠くの湿気の強い地下室で、政府の役人たちがくたくたになってこいつを読み通すのかと思うと意地の悪い喜びを感じないでもなかった。しかし給料はよかった。はじめてメリッサにすこしばかりの金を送ることもできたし、ジュスティーヌに借金の幾分かを返すこともできた。

また、ぼくの友人の誰がほんとうにスパイ情報網に属しているのかを知るのも面白かった。たとえばムネムジヤンがそうだ。彼の店はこの町の一般情報の交換所だから、その点ではじつにうまい選択だ。彼はおそろしく細心厳密に義務を果し、ぼくにはただで顔を剃ると言い張ってきかなかった。もっとずっとあとになって、彼が情報の要約を丹念に複写してさまざまな情報機関に売り渡していることを知ったときはがっかりしたが。

もうひとつ、この仕事の面白いところは、友人の家の家宅捜索を命ずる権利があることだ。ポンバルの部屋を捜索させたときはじつに面白かった。あの男は公文書を家に持ち帰り夜になってから仕事をするという悪い癖がある。ぼくらはその書類をひとつ残らず押収したのだが、そのなかにはシリアにおけるフランス勢力の細密な覚書とか、この町のフランス情報機関のリストなどがはいっていてスコービーを喜ばせた。そういうリストのひとつにあの老毛皮商コーアンの名前が載っていた。

ポンバルはこの捜索にすっかり狼狽して、それから一ヵ月近くというものは外出するといつも後ろをふり返りながら歩いた。つけられていると思いこんでいたのである。また片目のハミドは自分を毒殺するのに傭われたのではないかというあらぬ疑いを抱き、家で料理したものはまずぼくが味見をしてからでなければ絶対に手をつけなかった。彼はいまも勲章と昇進に望みをかけていたから、こういう公文書の紛失はたいへんこたえた。しかし、ぼくらは思い遣り深く分類封筒だけは残しておいてやったから、彼は「指令により」焼却というノートをつけて封筒だけを返したのである。

このごろ彼が開くあの念入りに等級をつけたカクテルパーティ——時おりそこに芸術家とか売春婦とか下層の人間を客として招待する——はすくなからぬ成功を収めていたが、その経費と退屈さかげんが耐えがたかった。彼が哀れっぽい調子でこの種の行事の起源を説明してくれたのを覚えている。「カクテルパーティとは——名前そのものが示すようにだな*——もともとは犬どもが発明したものだ。要するにただのけつの嗅ぎ合いを勿体ぶった儀式に高めただけの話さ」それにもかかわらず彼は辛抱してこれをやりぬき、おかげで総領事の覚えもめでたくなった。彼は軽蔑しながらもなお、なにか子供っぽい畏敬をもってこの上役を見ていたのである。彼はジュスティーヌをおどけた口ぶりでなだめすかしたあげく、叙勲計画を前進させるためだと言って、こういうパーティのひとつに顔を出すよう説得した。ぼくらはおかげで、ポルドルほかアレクサンドリアにいる外交官たちの小さな一群を観察することができた。連中のほとんどはエアブラシの吹きつけ画みたいな印象を与えた。つまり、公的生活における個性があまりにも色褪せて散漫にみえたのだ。

ポルドル自身が人間というよりもひとつの気まぐれだ。漫画家の題材になるために生れてきたようなものだ。ご自慢のすばらしい銀髪が青白くて長い甘ったるい顔を引き立てていた。だが結局それは下男の顔だ。身振りのわざとらしさ（ほんの顔見知りにまで大げさな友情や気遣いを見せる）がぼくの心に引っかかり、友人ポンバルがフランス外務省のために作ったモットー、この上司の墓に彫る碑銘にふさわしいと言ったあの言葉（「その凡庸こそその救いなりき」）にも納得がいった。じっさい、彼の個性は一枚の金箔のように薄っぺらなものだ——見せかけの教養を身につけるには外交官はほかの人間よりも都合のいい立場にいる。それだけのことだ。

パーティは完璧だった。そしてネッシムから晩餐の招待を受けると、この外交官は心底から有頂天になった。国王がよくネッシムの晩餐会に現れるのは周知の事実だったから。彼はもう心のなかでこんな報告書を作りかけているのだ。「先週、国王と晩餐を共にした際、私は……を話題にした。陛下は……と述べられ、私は……と答えた」彼の唇が動き、目がぼんやりかすんでくる。彼が公衆の面前で恍惚状態にはいるのはもう有名な話だ。それからとつぜん正気づき、愚かしい間抜け面に弁解がましい微笑を浮べて話相手をびっくりさせる。

ぼくとしては、かつて二年近くも暮したこの小さな水槽のような部屋をふたたび訪れるのは奇妙な感じがした。この部屋でメリッサとはじめて会ったのをいまさらのように思い出したりした。部屋の内部は、ポンバルの最近の恋人の手で大きく模様変えされていた。彼女の意見にしたがってパネルを入れ、灰白色に塗り、栗いろの腰板をまわしてある。横腹の裂け目からすこしずつ詰物が洩れかけていた古いアームチェアは鳶尾《いちはつ》の花柄のついた厚いダマスク織りに張り替えられていた。三つの古びたソファはすっかり姿を消して床が広くなっている。売り払うか壊すかしたにちがいない。ぼくは老詩人の詩の一節を思い出していた。「あの古めかしいのろまの家具どもは、まだどこかをうろつき歩いているにちがいない」*記憶とはなんとしぶといものだろう。なんとつらそうに日々の仕事の生の素材にすがりつくのだろう。

ポンバルのわびしい寝室がなんとなく世紀末風《ファン・ド・シエクル》な趣きに変り、すっかりきれいになった。オスカー・ワイルド*なら芝居の第一幕の舞台に手ごろだと言ったかもしれない。ぼくの部屋はふたたび元の物置部屋に変っていたが、ベッドはまだ鉄の流しのそばの壁に立てかけてあった。黄いろいカーテンはもちろんなくなっていて、単調な白い布に変っていた。古いベッドの錆びた鉄枠に手を置いたとき、メリッサの思い出がぼくの心を刺し貫いた。小さな部屋の薄明りのなかで静かにぼくを見つめているメリッサの思い出が。ぼくは恥じ、悲しみに襲われた。ジュスティーヌが部屋にはいって後ろに立ったとき、ぼくは足でドアを閉めるや否や、息もつけないほど強く彼女を抱きしめて唇や髪や額に接吻しはじめた。涙を見られるのがいやだった。しかし彼女はすぐに悟った。そして友情に結ばれた者のみが持つあのすばらしい激しさで接吻を返しながらつぶやいた。「わかる、わかるわ」

それから静かに身を引き離すと、ぼくを部屋の外に連れ出してドアを閉じた。「ネッシムのことを話しておきたいの」彼女は低い声で言った。「よく聞いて。水曜日、ちょうど夏の宮殿を引き揚げる前日のこと、わたしは馬に乗ってひとりで海辺へ行ったのよ。海岸には背黒鷗《せぐろかもめ》が群をなして飛んでいた。するととつぜん、遠くの砂丘から海のほうへと車が駆け降りて行くじゃないの。セリムが運転してる。いったい何をしているのかと思ったわ。ネッシムが後ろの座席に乗っている。きっと砂にのめりこんでしまうと思ったけれど、とんでもない。水際の固い砂地まで降りると、こんどは海岸沿いにわたしのほうへ突進して来るの。わたしは砂浜の上ではなく、海から五十ヤードばかり離れた窪地のなかにいた。車が走って来て鷗が飛び立ったとき、ネッシムが古い連発銃を手にしているのが見えた。彼は銃を構えると続けざまに鷗の群に射ちこんで、弾倉が空になるまでやめないの。三、四羽の鷗が羽をばたばたさせて海に落ちていったけれど、車は停らず一瞬のうちにそばを走り過ぎた。長い海岸から砂岩地帯へ出て、それから道路に戻る道があるらしい。三十分後にわたしが戻ったときは車はもう帰っていたもの。ネッシムは天文台のなかに閉じこもって鍵をかけ、忙しいからって会おうとしない。セリムにいったいどういう訳なのと聞くと、肩をすくめてドアを指差し、『ご主人様の命令です』と言うだけ。でもあなた、もし銃を構えたネッシムの顔を見ていたら……」そう言いながら彼女はわれしらず長い指を頰に当てていた。自分の顔つきを整え直すかのように。「あの人、気が狂ったみたいだった」

人々は向うの部屋で世界の政治やドイツの状勢について礼儀正しく話し合っていた。ネッシムはしゃれた物腰でポルドルの椅子の腕木にかけている。ポンバルは絶えず欠伸《あくび》を嚙み殺していたが、それがこんどはおくびとなって逆戻りするので弱り果てていた。ぼくの心はまだメリッサのことでいっぱいだった。その日の午後いくらかの金を送ったところで、彼女がきれいな衣裳を買うのを——あるいはなにか馬鹿げたことに使ったっていい——思い浮べると心が暖まった。「金というものは」ポンバルがおどけた口調で、悔い改めた駱駝みたいな顔つきの老婦人に喋り立てていた。「金というものはいつもたっぷりと用意しておくべきですな。なぜなら、金を作り出すのは金だけですからね。奥さんも例のアラビアの諺を御存じでしょう、『富は富を買うが、貧乏は乞食の接吻ひとつ買えない』というのを」

「さあ行かなけりゃ」とジュスティーヌは言った。その暖かい黒い目をのぞきこんでさよならを言ったときも、ぼくの心はメリッサのことでいっぱいだった。彼女もそれを感じたにちがいない。その握手にはいつもにまして暖かみと同情がこもっていた。

きっとその日の夜のことだろう、ジュスティーヌが晩餐のために着替えをしているときにネッシムがはいって来て、スペード型の鏡に映っている彼女の像に話しかけたのは。「ジュスティーヌ」と彼はしっかりした声で呼びかけた。「ぼくの気が狂いかけているなんて思わないでくれ。しかし……バルタザールはこれまできみの友人以上のものだったことがあるのか?」ジュスティーヌは金のイアリングを左の耳たぶにつけているところだった。彼女は顔をあげて一瞬間じっと夫を見つめると、いつもの平静な口調で答えた。「ないわ、あなた」

「ありがとう」

ネッシムは長いあいだ自分の映像を大胆に心得顔に見つめていた。それから溜息をひとつつくと、燕尾服のチョッキのポケットから小さな金の鍵を取り出した。アンクの形をしていた。「これがなぜぼくの手にはいったのかわからないんだが」彼は真赤になって彼女の目のまえにそれを差し出してみせた。バルタザールが大切にしていたあの小さな懐中時計の鍵だ。ジュスティーヌはすこし驚いて鍵と夫とを見くらべた。「どこにあったの?」

「カフスボタンの箱のなかだ」

ジュスティーヌは化粧する手をゆるめながら珍しげに夫をながめた。彼のほうも同じように仔細らしく分別くさく自分の顔つきを調べていた。「なんとかして彼に返さなけりゃな。たぶん集会のときにでも落したのか。それにしても奇妙なのは……」彼はまた溜息をついた。「ぼくには覚えがないんだ」彼が鍵を盗んだのはもうどちらにもはっきりとわかっていた。ネッシムは踵でぐるりと向きを変えた。「下で待っているよ」静かにドアが閉まると、ジュスティーヌは珍しげにその小さな鍵を調べた。

＊

そのころすでに、彼はこれまでのように幼年時代の夢にひたるのではなく、巨大な物語群を形成する歴史の夢を体験しはじめていた。そしていまこの夢のなかに都会がみずからを投じた——まるで、おのれの文化の底流にある集合的欲望や、集合的願望を表現するための敏感な媒体をやっと見つけだしたとでもいうふうに。彼は目覚めると、埃の粉を刷《は》いたような疲弊した空に刻印される塔や尖塔《ミナレット》をながめ、その上にモンタージュをかけたかのように、歴史の記憶の巨大な足跡が映るのを見るのだ。そういう記憶は個々人のさまざまな回想の背後に存在していて、その導き手となり、案内人となり、発明者とさえなる。なぜなら人間とは土地の精神の延長にほかならないからだ。

彼の心を乱したのはこれがただ夜のあいだの夢にとどまらなかったからである。それは現実と重なり合い、そこここで意識の膜がふいに破れたかのように彼の覚めた心にはいりこんできた。こういう巨大な構築物——読書や自分の過去と都会の過去についての瞑想から生れた多様なイメージで造られたパッラディオ風＊の回廊——と並行して、これまでに知らなかったジュスティーヌ、やさしい友人で献身的な恋人であるジュスティーヌへのいわれのない憎しみの発作が、それもしだいに鋭さの度を加えながら襲ってくるようになった。発作の期間は短いが、あまりにも激しすぎた。彼はそれが彼女に対する愛の反面であることを正しく理解していたから、彼女の安全よりは自分の安全を気にかけはじめていた。毎朝、白い清潔な浴室でひげを剃るのが恐ろしくなった。そして、あの小男の理髪師が彼に白いエプロンをそっとかけるとき、その目に涙が浮んでいるのを見ることもしばしばあった。

しかも、歴史の夢の回廊が彼の心の前景を占める一方で、現実に手で触れることのできる友人知人たちがこの夢のあいだを行き来した。彼らが驚くべき歴史の四次元世界のなかで生身の人間として生き、古代アレクサンドリアの廃墟のなかを歩きまわる。彼は保険計理人の書記みたいに丹念に見たものの感じたものを日記に記録し、冷静なセリムにタイプさせた。

たとえば彼は大図書館《ムーセイオン》の豊富な助成金を与えられた無愛想な芸術家たちが、創設者たちの精神の意匠図を作りあげるのを見た。また、隠者や賢人たちのなかにあって、ひとりの哲学者が、世界は自分のほかの誰にも用のないある特殊な個人的な状態になってほしいと辛抱づよく望んでいる姿を見た――なぜなら、人は誰しも成長のそれぞれの段階で全世界を要約し、自分の内面の性格に適合させるものだが、その一方で、おのおのの思想家、おのおのの思考はあらためて全世界を豊饒にするからである。

彼が通り過ぎるとき、博物館の大理石の碑文が唇を動かしてささやきかけた。バルタザールとジュスティーヌがそこで彼を待っていた。彼は月の光と濡れそぼつ柱廊の影に眩惑されて彼らに会いに来たのだ。暗がりのなかで二人の声が聞えた。彼はジュスティーヌがよく知っている合図の口笛を低く吹きながら考えた。「バルタザールのように万物の根源にあれほどの確信を抱きながら生きるのは精神的に卑俗だ」老人がこう言うのが聞えてきた。「道徳が行儀作法の一形式にすぎないとすれば、そんなものは無意味だ」

彼はアーチをくぐってゆっくりと彼らに近づいた。月光と影が大理石に縞目模様を描いていた。二人は大理石造りの石棺の蓋に腰をかけていた。どこか外庭の真っ暗闇のなかで、誰かがしなやかな芝の上を行き来しながらドニゼッティ*のアリアの一節をのんびりと口笛で吹いていた。耳につけた金のイアリングのゆえに、ジュスティーヌはたちまち彼の夢から脱け出した映像に変っていた。じっさい、彼らは月光が刻んだ重い衣らしきものをまとっていた。あらゆる宗教の核心に存在する逆説に苦しみつづけてきた者の声でバルタザールが語っていた。「もちろん、ある意味では福音を説くことさえも悪だ。これが人間の論理の馬鹿げたところさ。すくなくともわれわれを暗黒の力に巻きこむのは、福音ではなくて説くことだからな。だから結社《カバル》が役に立つのだ。これは『正しい注意力』という学を最上位に据えるのだからね」

二人は彼のために大理石の腰掛を空けてくれた。しかし、そばへ行くまえに彼の幻想の支柱がふたたび揺らぎ、調和も時代も超え、歴史的時間も日常の可能性も無視して、別な光景が重々しくはいりこんできた。

あの荒涼とした堆積《たいせき》土砂の海岸に歩兵隊が建てた鳩のアプロディテの礼拝堂がはっきりと彼の目に見えた。彼らは飢えていた。行軍が彼らを極限の状態に追いつめ、兵士の魂にひそんでいる死の幻影を鋭利に研ぎすまし、ついにそれは耐えがたい正確さと壮大さをおびて輝きだした。荷運びの動物たちは秣《まぐさ》がなくて死にかけ、兵士たちは水がなくて死にかけていた。毒が投げこまれた泉や井戸に立ちどまる気にはなれなかった。隊列を展開してあの茨《いばら》の生い茂る海岸のまばらな草木を突っ切るとき、腹立たしいことには弓の射程のすぐ外側を野生の驢馬《ろば》の群がうろつき歩き、絶対に手に入れることのできない肉を見せびらかして彼らを逆上させた。不吉な前兆を無視して、彼らは都市に向って行進を続けることになっていた。歩兵隊は武装を解いて行進した。それが狂気の沙汰だとわかってはいるがどうしようもなかった。武器は荷車に積みこまれて後ろに続いていたが、ともすれば遅れがちになった。隊列は汚れた体の酸い臭いを背後に残して行った――牡牛どもの汗と尿の臭いだ。マケドニア*の投石兵たちが山羊のように放屁した。

敵は息を呑むほど優雅だった――白い甲冑《かっちゅう》に身を固めた騎馬隊が雲のように行く手に密集してはまた消え去った。近くで見ると、彼らは紫のマントに刺繡した短衣をまとい、細い絹のズボンをはいていた。入り組んだ黒い首のまわりに金の鎖をかけ、投槍を持つ腕に腕輪をはめていた。まるで女の群のように好ましく、その声は甲高くて新鮮だった。あの投石兵たち、鈍重な古兵たちとはなんという違いだろう。この者たちが知っているのは、革紐靴が足に凍てつく冬とか、汗で革が乾いて大理石のように固くなる夏とか、そんなところにすぎない。彼らをこの遠征に駆り立てたのは情熱ではない、黄金の報酬だった。彼らはすべての賃金労働者が備えている克己心によってこの遠征に耐えていた。生活は性を失った革紐となって、深くさらに深く肉に喰いこんだ。太陽が彼らを焦がしては癒やし、埃が彼らの声を涸らした。支給されたみごとな羽根飾りの兜は日中にかぶるにはあまりにも熱すぎた。これまでぼんやりとヨーロッパの延長――つまり、確定した過去の条件、過去の参照事項の延長――としか考えていなかったアフリカが、すでになにか異質なものとしての自己を主張しているのだ。不気味な暗闇のなかで、大鴉のしわがれた鳴き声と弱り果てた兵士たちの乾いた叫びが入り乱れた。吐息が配給してくれる笑いは狒々《ひひ》の鳴き声にそっくりだった。

時おり誰かを捕えると――たとえば野兎狩りに出てきたひとりのおびえきった男を――これが自分たちと同じ人間であるのを知って驚いた。彼らは男のぼろを剝ぎ取って合点のゆかぬままにつくづくと生殖器をながめた。時には丘のふもとの金持の領地や町を掠奪し、壺にはいっている塩漬けの海豚《いるか》の肉を食べた（酔い痴れた兵士たちは納屋の牡牛どものあいだで酒宴を開き、野生の刺草《いらくさ》で編んだ輪を心もとなげに首にかけ、角《つの》や黄金造りの杯を分捕って酒を飲んだ）。このすべては彼らがまだ砂漠に差しかかりさえしていないころのことだ……。

道が分れるところで彼らはヘラクレスに犠牲《いけにえ》を捧げた（同時に大事をとって二人の道案内人を殺した）。だが、そのときからすべてが狂いはじめた。都市にたどりついて包囲するのはもう無理だろうと彼らは心のなかで悟っていた。そうして、神よ！　あの冬の丘々での野営を二度と繰り返させないでくれ。指や鼻が凍傷でもげ落ちた。それからあの夜襲！　彼の記憶のなかの記憶では、冬のあいだじゅう、雪にぎしぎしと軋む歩哨の足音がいまも聞えているのだ。この地域の敵は、頭から狐の毛皮をかぶり、脚までとどく長い革の上衣を着ていた。彼らは声を立てなかった。まるで植物のように独特なやり方で険しい山峡や大谿谷の隘路《あいろ》にひそんでいた。

進軍する隊伍《たいご》のなかでは記憶がひとつの産業となってさまざまな夢を造りだす。共通の苦しみがその夢を繋ぎ合せて、欠乏から生じた観念の共同体にする。ある者は競技会の当日に女のベッドで見た薔薇について考える物静かな男を知っている。また別な者は片耳をそがれた男が忘れられない。軍隊に徴集された渋い顔の学者は、戦闘のせいで自分が饗宴の場の便器みたいに鈍感になったような気がする。それから、奇妙なことにいまも赤児の体臭を失わない太っちょの男や、しゃれのめした科白で前衛の兵士たちを大笑いさせていた道化師は？　彼はエジプト製の新しい脱毛剤や、柔らかさを保証するヘラクレスの商標つきベッドや、宴会のテーブルを飛びまわる翼を切った白鳩などのことを考えている。彼はこれまで売春宿の戸口ではいつも嘲笑を浴びせられ、スリッパを投げつけられてきた。またもうすこし個人的な楽しみの夢をみている者たちもいた——白い鉛の粉を振りかけた髪のこと、あるいは夜明けに、粗粉《あらこ》のように降りしきる雪のなかを、二列縦隊を作って竪琴師の学校に教わりに行く裸の少年たち。田舎の粗野なディオニュソス祭に、彼らは人々の喊声《かんせい》を浴びながら巨大な革の男根を運んで行く。しかし、ひとたび秘儀を授けられると、少年たちは震えながら、沈黙したまま、差し出される塩と男根を受け取る。少年たちの夢が彼のなかで繁殖してゆき、その声を聞きながら、彼は意識に対して、広々と、惜しみなく、大動脈を切開するように、記憶を切り開いてやるのだ。

　このまだらな秋の月光のなかを、こういう不健全な記憶の潮を横切って、ジュスティーヌのそばに行くのは奇妙な感じがした。肉体の重さや密度そのものがこの記憶を追い払うような気がした。バルタザールは彼のために席を空けてからもまだ低い声でジュスティーヌに話しかけていた（彼らは厳かに葡萄酒を飲み干し、衣の上に澱を撒き散らした。たったいま、もう切り抜けるのは無理だ、都市に到達することはできない、と隊長たちが話したのだ）。そして、性行為のあとでジュスティーヌがベッドの上に脚を組み、いつも棚の本のそばに置いておく小さなタロット・

カードを並べはじめる姿を彼はまざまざと思い出した——自分では抑えることも鎮めることもできない情熱の冷たい地下流水に身をひたしたあとで、二人にはまだどれだけの幸運が残されているのか算定するかのように（「性に引き裂かれた心は」とあるときバルタザールが言った。「老年になるまで安らぎを見出すことができない。衰えゆく力が沈黙も静寂も敵ではないと悟らせてくれるまではな」）。

彼らの生活が作りだす不協和音のすべては、この都会と時代から受け継いだ不安の度合を示しているのだろうか。彼はほとんどこう言うところだった。「ああ、ジュスティーヌ、ぼくらはどうしてこの都会を出て行かないのだ。根なし草の敗残者たちがこんなにうようよしている場所とは違う土地を探さないのだ」ピアノのペダルのように押えつけられた彼の心に老詩人の言葉が浮び、暗い眠りのなかから呼び覚したはかない希望のまわりに物思いが沸き立ち反響した（原注9）。「ぼくの問題は」と彼は熱があるのかと額に手を当ててはかりながら静かに自分に言い聞かせた。「愛する女が申し分のない満足を与えてくれたのに、それが彼女自身の幸福にはすこしも役に立っていないということだ」彼はいまや肉体的な徴候となって迫ってくる幻覚について考えてみた。どういうことか。彼は腕が痛んで杖が折れるほどジュスティーヌを殴りつづけたのだが、もちろん、すべては夢にすぎない。しかし目が覚めてみると、腕は痛んで腫れ上っている。現実がおのれの演技によって想像力を愚弄するのなら、人は何を信ずることができよう。

同時に彼は、言うまでもなく、苦悩が、いや、すべての病い自体が、じつは尊大な自惚れを集約した表現であるのを知りぬいていた。そうして結社《カバル》の教えの一切が追風のように吹きつけてきて、彼の自己卑下を膨らませようとした。遠いかなたからこの都会の記憶が反響してくるように、プロティノス*の声が彼の耳に聞えてきた。声はこの耐えがたい現世から逃避するのではなく、新しい光へ、新しい光の都市へ向えと説いていた。「だがこれは足を使う旅ではない。汝の内面を見よ。汝のなかに引きこもって見よ」だが、いまの彼はそれが永遠に不可能な行為であることを知っていた。

このような数節を記録するにあたってぼくを驚かせるのは、この内面の変化が彼の生活の表層にはほとんど現れなかったこと――彼と親しい者にさえわからなかったことだ。ここがそうだといって指し示すべきところはほとんどなかった――ただ日常の振舞いにある空虚さが感じられた――まるで聞き慣れた歌がほんのすこし調子外れに歌われているような。このころ、彼はこの都会のもっとも富裕な家にさえ見られなかったほどの豪勢な宴会を開くようになっていた。大邸宅はもう空《から》になることはなかった。ぼくたちは音楽会や芝居がはねたあとでよく台所にもぐりこみ――そのころは埃っぽくて淋しかった――卵を茹でたりミルクを沸かしたりしたが、いま、そこは小麦粉にまみれたとんがり帽子をかぶり、外科医のように芝居がかったお仕着せを着た料理人たちでしょっちゅうごった返していた。二階の部屋、高い階段、回廊、広間には、かつては侘しげな時計の響きがさまざまにこだましていたが、いまは黒人の召使たちが白鳥のように堂々と勿体らしく歩きまわっている。火熨斗《ひのし》の匂いのする白いリネンのお仕着せには一点の染みもない――彼らは腰に真紅の帯を締め、山鳩の頭の形をした金の締金で留めていた。ネッシムが自分で選んだものだ。召使たちはおとなしい海豚のような目の上に、仕来りの赤いトルコ帽をかぶり、ゴリラのような手に白い手袋をはめていた。彼らは死そのもののように音を立てなかった。

たとえその豪奢な饗宴がエジプト社交界の大物たちを抜きんでることはなかったとしても、彼らに匹敵するものだと言うことはできたろう。屋敷には、いつも、四重奏団の奏でる涼しげな羊《し》歯《だ》の葉模様や、寝取られ男のように夜空に泣き叫ぶサキソフォンのよろめき崩れる音調が息づいていた。

いくつかの長い美しい応接室の壁は打ち抜かれ、アルコーヴや思いがけない片隅などで繋がれてますます大きくなり、時には二、三百人にのぼる客たちが贅をつくした無意味な晩餐につらなることもあった——そんなとき、主人は空《から》の皿に一輪の薔薇の花を載せ、それをじっと見つめているだけだ。だが彼はまったく虚脱状態におちいっているわけでもなかった。つまらぬ会話にも微笑で答えることができたからである——それは、逆さにかぶせたグラスを取りのけて、まだ学名のない珍しい昆虫を見せてくれる男のように人の不意をついた。

ほかに何をつけ加えることがあろう。衣服のすこしばかりの贅沢などはほとんど目立たなかった。古いフラノのズボンやツイードの上衣を好む趣味とその財産とが、これまではいつも妙に不釣合な感じを与えていた。いま、染みひとつないシャークスキンの服に真紅の腰帯を締めたところは、やっと本来のあるべき姿を——この都会の銀行家たちの、あの真の路地裏のみなし子どもの、そのなかでも、もっとも裕福で優雅な者の姿を——取り戻したとしか見えなかった。人々は彼が正気に返ったのだと感じた。これこそ彼のように地位と財産を所有する人間のあるべき姿なのだ。ただ外交官たちだけはこうした浪費の背後に隠れた動機があることを嗅ぎつけ、たぶん国王を幽閉しようという計画でも立てているのではないかと、例の入念で慇懃《いんぎん》な物腰で彼のサロンをうろつきはじめた。上品な顔や何気ない顔の下に好奇心がうごめいて、ネッシムの動機や計画を探ろうとしていた。最近、国王はしばしば彼の邸宅を訪問していたのである。

だがこのすべてをもってしても、肝心の事態はいっこうに進行しなかった。ネッシムが企てている行動は、まるで鍾乳石のように、あまりにもゆっくりと成長するので、すべての透き間を埋めるには時間がかかるというかのようだった——花火はビロードの空に閃光の畝《うね》を掘り起してよぎり、ぼくとジュスティーヌが互いの腕と心のなかに閉じこもって横たわっている夜を深く深く刺し貫いた。泉水の静かな水に人々の顔がさざなみ立ち、渇きを訴える白鳥のように鋭い音を立てて空へ昇って行く黄金と真紅の星々がこの映像を燃え立たせた。ぼくは腕の上に彼女の暖かい手を感じながら、暗闇のなかで、秋の空が彩りあざやかな光の痙攣に打ち震えるのを心静かにながめることができた。あたかもとるに足らぬ人間世界の苦痛が薄れて拡散したかのように——苦痛はあまり長くつづくと、ある一器官から身体と精神の全領域に押し広がっていくものだから。暗い空に描かれる美しい花火の線条は、愛の世界の本質と息づまるような一体感を作りだしてぼくらを満たしてくれただけだ。それがやがては二人を見捨てるはずのものであっても。

その夜は珍しい夏の稲妻が空いっぱいに走った。ショウが終りきらないうちに、砂漠のほうから東にかけて、雷鳴の薄皮が旋律ゆたかな沈黙の表層にかさぶたを作った。若々しくて新鮮な雨が軽やかに降りはじめた。一瞬にして、暗闇は明るい家々のひさしに駆けこんで行く人たちでいっぱいになった。人々は踵の上に衣をたくし上げ、甲高い歓びの叫びをほとばしらせた。ランプの光が、一瞬、透明な雨のなかで彼らの裸の体を浮彫りにした。ぼくらは黙ったまま、香りのいい黄楊《つげ》の生垣の後ろの東屋にはいり、白鳥の形をした石のベンチに腰かけた。人々は笑いさざめきながら東屋の入口を横切って明るいほうへ移って行く。ぼくらは静かな雨のしずくを顔に受けながら、暗闇の揺り籠に横たわった。雨に挑むかのように、タキシード姿の男たちが最後の花火を打ちあげ、ぼくは彼女の髪のなかから、最後の青白い彗星が夜空に昇って行くのをながめていた。脳髄のなかで輝く色彩の歓喜を味わいながら、ぼくは彼女の暖かい舌が無心にぼくの舌を押え、彼女の腕がぼくの腕を締めつけるのを感じていた。その幸福の果てしなさ――ぼくらは話すことができなかった。目に涙をためたままひたすらお互いを見つめ合うだけだった。

屋敷からシャンパンの栓を抜く乾いた音と人々の笑い声が聞えてきた。「いまはもうひとりで夜を過すことはないのよ」

「どうしたのだろう、ネッシムは？」

「わたしにもわからない。人は何か隠し事があると俳優になる。だから、まわりの人間もやはり演技をしなければならなくなるの」

ぼくらと同じ生活の表層を歩きまわっているのはたしかに同じ男だ――以前と同じく、思慮深くて、やさしくて、几帳面な男だ。だがある意味では、恐ろしいことに、すべてが変ってしまった。彼はもはやそこに存在しない。「わたしたちは互いに互いを見捨てたの」彼女は小声で絶え入るようにささやいた。そして身を寄せると、感覚の柄元《つかもと》まで刺し通すような接吻を押しつけた。それは二人が分ち合ってきたものの要約であり、一瞬間、心もとなげにこの手のなかに留まってから、ぼくらを見捨ててまわりの暗闇に流れ出てしまうものだ。しかし、彼女は抱擁するたびにこう自分に言い聞かせているかのようだった。「これほどわたしを傷つけるのにけっしてこの行為をやめたいとは思わない――たぶん、わたしはこれを通過してネッシムへ戻って行く道を見つけるのだろう」ぼくはとつぜん耐えがたい憂鬱に襲われた。

あとになって、どぎついアラブ地区の突き刺すような光や肉を苛立たせる臭いのなかを歩きながら、いつものように、ぼくらはいったいどうなるのだろうと考えていた。そして、これほど多くの愛と不安を支える感情そのものの強さを試そうとするかのように、ぼくは明るい小屋にはいり――一枚の映画のポスターが貼ってあったがスクリーンの恋人の大きな横顔は死んで引っくり返った鯨の腹のように無意味だった――床屋にはいったときのように椅子にかけて順番を待った。汚ないカーテンに仕切られた奥の部屋からかすかな物音が聞えていた。学問上未知の動物が集会を開いているような音だ。格別不快な音でもなかった――じっさい、感受性を養うことを断念した人間にとって自然科学というやつは興味深い。もちろん、このときまでにぼくは酔って疲れ切っていた――ジュスティーヌに酔い、薄紙のように淡いポル・ロジェ*に酔っていた。

そばの椅子の上にトルコ帽《タルブーシュ》が置いてあったので、ぼくはなんの気なしにかぶってみた。内側はまだなま暖かくて厚い革の裏打ちが額にねばりついた。「こいつが何を意味するのか知りたいよ」とぼくは鏡のなかの自分に話しかけた。鏡のひびに郵便切手の縁を貼って留めてあった。もちろん、ぼくが言うのは不可思議な性の組み打ち、挿入の行為のことだ。二つの乳房と独創的なレヴァント地方の卑語がクロワッサンと名づけたものを所有する生物に対して行なうこの行為が、男を絶望におとしいれることもある。奥の物音が大きくなり、狡猾《こうかつ》な呻き声と悲鳴に変った。昂奮した人間の声と古い木製のベッドの軋みが入り乱れた。おそらくぼくとジュスティーヌの行為もこれと変るところはない。ぼくらは世間とともにこれを分ち合っているのだ。どこが違っているというのだ。ぼくらの感情がこの単純で空しくて動物的な行為という真実からどれだけ引き離してくれるというのだ。当てにならぬ心などが——無限につづく詳細な心のカタログが——どこまで責任を持ってくれるというのだ。ぼくは答えられない質問に答えようとした。しかもぼくは確実なものをつかみたくてこう考えた。愛という動機からではなく、金銭を得るという実利的な動機によるこの行為の自然な状態を、つまりまだ観念に損われていない状態をふいに取り押えるなら、自分の感情と欲望の真実を取り押えることもできるかもしれない。この問題を解決しようとして、ぼくはカーテンを掲げるとそっと奥の小部屋にはいりこんだ。光を弱めた灯油のランプが微かな音を立てて揺らめきながら、気まぐれに部屋を照らしていた。

無数の箇所で同時に動いている判然としない肉の塊がベッドの上にあった。蟻塚のようにもやもやとうごめいている。あまり若くもない男の青白い毛むくじゃらな手足と相手の女の手足を区別するにはすこし時間がかかった。大蛇みたいな頭をした女は、緑がかった白い体を弓なりに反らせている——もつれ合った強《こわ》い黒髪が汚れたマットレスの端から垂れている。いきなり現れたので警察の手入れかと思ったらしい。彼らは一度喘ぐとぴたりと身動きをとめた。まるで蟻塚からとつぜん蟻がいなくなったみたいに見えた。男は一声うめくと、こちらへおびえた目をちらりと走らせて、隠れようとするように、女の巨大な乳房のあいだに頭を埋めた。この行為そのものを調べているだけで、べつに他意はないのだと説明するわけにもいかない。ぼくは言いわけをするかのように、しかし思い切った足どりでベッドのそばへ行き、錆びついた柵をつかむと、いわば科学的な冷静さをもってのぞきこんだ。しかしぼくはほとんど彼らの存在を意識していなかった。ぼくが見おろしているのは彼らではなく、ぼくとメリッサであり、ぼくとジュスティーヌだ。女は大きくて不器用な黒い目をこちらに向けるとアラビア語で何か言った。

彼らはなにか恐ろしい事故にあった犠牲者のように横たわっていた。人類の歴史上、この変った伝達方法を考え出した最初の二人が、不様でちぐはぐな実験を試みているように見えた。何世紀も実験を重ねて、バレエの姿勢のように息を呑むほど渾然と融合した体位に改良されるのかもしれない。だがそれにもかかわらず、これは——この永遠に悲劇的で滑稽な組み打ちの姿勢は——不変のものであり、すべての時代を通じて同じであることはぼくにもわかっていた。ここから愛の諸相が発生し、それを詩人や狂人の機知がおのれの優雅な哲学を組立てるのに用いる。ここから病者や狂人が発生し、そしてまたここから、長い結婚生活を経て、つながったあとで離れられなくなった犬みたいに背中合せに結びつけられた夫婦の鬱陶しい生気のない顔が生れる。

ぼくは自分の低いひび割れた笑いの響きに自分で驚いたのだが、しかし目のまえの標本たちは安心した。男はすこし顔をあげて、警官がそんな笑い声を立てるはずはないというように熱心に耳をすました。女のほうもわかったというように笑ってみせた。「もうすこしお待ち」彼女は腫物の吹き出た白い手をカーテンのほうに振って言った。「そんなに長くはかからないからさ」男は彼女の声音に叱責されたかのように、痙攣した動作を二度三度繰り返した。中風の人間が歩こうとするような動作だ。快楽から出たものではなく、純粋に好意から出たものだ。彼の顔には発作的な鄭重さがあふれていた——混んでいる電車のなかで戦傷者《ミュチレ・ド・ラ・ゲール》に席をゆずろうとする人間に見られるのと同じだ。女はうめいて指を曲げた。

彼らが不器用にからみ合っているままにして、ぼくは笑いながら街路に出ると、もう一度あたりを歩きまわることにした。外では男と女の笑うべくも生々しい生活の音がまだ唸りをあげている。雨はもう止み、濡れた大地からは、粘土や肉体や腐りかけたジャスミンの匂いがむせるような甘さを放って立ち昇っていた。ぼくは物思いに沈みながらゆっくり歩きはじめた。そして自分のためにアレクサンドリアのこの区域を言葉で描いてみた。なぜなら、ここはまもなく忘れ去られて、訪れるのはただ熱病に病むこの都会に記憶を横取りされた者たちだけになるだろうから。まるで袖口に残る香水の匂いのように、老人たちの心にしがみつくこの都会。アレクサンドリア、「記憶」の首都。

狭い街路に灼けた赤土の匂いがしていた。雨で軟らかくなっていたが、もう濡れてはいない。道の両側にけばけばしい彩りをした売春宿が立ち並び、震える大理石のような女たちの肉体が、それぞれの人形の家のまえにひとつずつ、ちょうど祠《ほこら》のまえに据えられたようにして慎ましく待っている。色模様つきのスリッパをはいて、戸外に持ち出した三脚椅子に巫女《みこ》のように坐っている。独創的な照明の仕方がこの場の光景に不滅のロマンスにもふさわしい彩りを添えていた。というのは、電球で上から照らす代りに、地面に並べたカーバイドランプの鋭い光の列が街路を照らしていたからである。人形の家の軒下や破風《はふ》、女たちの目や鼻孔、暗闇のあの毛皮のように深い柔らかさなどに、光が乾いた菫いろの影を奔放に投げ上げている。ぼくはこんな奇妙な人間の花のあいだをゆっくりと歩きながら、都会にも人間と同じように好みや食欲や恐怖があるのだと考えていた。都会は成熟し、預言者たちを生みだし、愚鈍と老年へ、あるいはそれよりもっと悪い孤独へ沈んで行く。母なる都会が死にかけているのも知らぬげに、生きている女たちは戸外に坐り、女人像柱のように暗闇を支えている。未来の苦しみを瞼に浮べ、不死を求めて眠りもやらず、いつまでも預言的な時間を坐りつづけている。

桃いろ地の全体に紺青《こんじょう》の鳶尾《いちはつ》模様を丹念に正確に描きこんだ小屋があった。戸口には青みがかった肌をした巨大な子供のような黒人女がひとり坐っていた。十八ぐらいの年ごろだろう。どことなくミッションスクールの制服を思わせる赤いフランネルの夜着を着て、黒いちぢれ毛にまばゆい水仙の冠をかぶっている。両手を慎ましく膝の上に置いているが、それだけでエプロンがいっぱいになるような大きな無骨な手だ。穴の入口に坐っているみごとな黒兎を思わせる。次のドアには木の葉のように弱々しい女が、その隣には貧血と煙草の煙でゆすいだ化学記号みたいな女が坐っていた。これら褐色の仕切り布一面に土地独特の護符《ごふ》が貼りつけられている——指を広げた手形が町の外の暗闇に群がる恐怖を防いでくれるのだ。通り抜けるときに女たちはしきりに呼びかけるが、それは金を目当てにする人間の声ではなくてやさしい鳩の誘い声だ。そのひっそりとした声が僧房のような静けさで街路を満たした。この黄いろい光に照らされた単調な僧房生活のなかで女たちが差し出すのは性ではない。アレクサンドリアの女にふさわしく、出産の深い忘却を差し出すのだが、それは嫌悪感なしに受け入れた肉の歓びと結びついている。

海風が侵入して、ぶらさげた布切れや立てかけた仕切り壁に吹きつけて来ると、人形の家々は一瞬よろめき震える。ある家には仕切り布がなくて、戸口からのぞくと中庭のいじけた棕梠の木が見えたりした。くたびれたキモノを着た女が三人、燃える鉋屑《かんなくず》を入れたバケツのそばで、炎に照らされながら椅子にかけ、手をあぶり、低い声で話していた。話に熱中しているらしく、大草原のなかで野営の焚火を囲んでいるかのように、まわりのことは気にも留めていない。

（ぼくは心の奥で大きな氷の堤を思い浮べた——ネッシムが雪溜りのなかに埋めたシャンパンの壜の青緑いろが、見慣れた池のなかの大鯉の肌のように輝いている。ぼくは記憶を取り戻そうとするように、袖口を鼻にあてててジュスティーヌの香水の残り香を求めた）

最後にぼくはとある無人のカフェにはいって、サイディの持ってきたコーヒーを飲んだ。男の醜悪な眇《すがめ》は見るものすべてを二重にするような感じがした。向うの隅の箱の上にひとりの老婆がうずくまって水煙管《ナルギレ》を吸っていた。あまりに静かではじめは気がつかなかったが、時おり鳩の鳴き声のような柔らかな空気の泡の音が洩れた。ここでぼくは始めから終りまでの——メリッサを知る以前のころからはじめて、ついに都会のなかで他国者としてつまらぬありふれた死にざまをさらすまでの——物語をたどってみた。といっても、奇妙なことに、特定のアクセントを有する個人の物語としてではなく、むしろこの土地の歴史を織りなす物語の一部分としてたどってみたのだ。ぼくはそれがこの都会の風俗の一部をなすものと考え、過去未来の出来事すべてと調和するものと見たのである。まるで想像力が土地の環境に麻薬を嗅がされ、特定の個人的な評価に反応できなくなったかのようだった。危険のスリルを感じる能力さえ失っていた。いかにもぼくらしいことだが、もっとも気になるのは乱雑な原稿の山だ。これはあとまで残るかもしれない。いつも不完全なもの、断片的なものを憎んできたのだから、すくなくとも一歩さきに進むまえに原稿は破り捨てようと決心した。立ち上ったとたんに、とつぜんある衝動が身内を貫いた。あの売春宿で見た男はムネムジヤンではなかったろうか。あの背中の瘤をどうして見違えたのだろう。またこの地区を横切って海へ出る広い通りのほうへ歩きながら、ぼくはそのことばかり考えていた。蜃気楼《しんきろう》のように入り組んだ小路を歩いて行くと、青春時代の友人たちが骨を埋めた戦場を歩いているような気がした。だがぼくはその匂いや音のひとつひとつを楽しく味わわずにはいられなかった——生き延びた者の歓びだ。ある街角に火焔男が立っていて、顔を天に向け、口から火の柱を吹き出して空に穴をうがった。炎のために口のまわりが黒くただれている。時おり、壜からガソリンをひと飲みしてはまた頭をのけ反らせ、六フィートの火焔を走らせた。あちこちの片隅で、人間の経験という縞目模様を刻まれた菫いろの影たちが倒れ伏していた——それは粗野であると同時にやさしい抒情に満ちてもいた。ぼくはもはや絶望的な自己憐憫に捉われることもなくなったのをひとつの成熟だと感じていた。いまはただ、もしこの都会が望むならば、その些細だが悲劇的なもろもろの記憶のひとつとしてとどまりたいという欲望しかなかった。

自分の小さな部屋に戻って、覚書を書きつけておいた灰いろの練習帳を探し出したときには、もう破り捨てようという気をなくしていた。これもまた、いかにもぼくらしい。それどころか、ぼくはランプの光の下で新しく書き加えはじめていた。ポンバルが安楽椅子で人生論をぶっていた。

「部屋に帰るとぼくは黙って坐り、彼女の重い匂いに耳をかたむける。たぶんそれは肉と糞と薬草が入り混じった匂いであり、これらが集まって彼女の存在という目の詰んだ金襴《きんらん》を作りあげているのだろう。これは特別なかたちの恋愛だ。ぼくは彼女を所有しているとは思わないし、所有したいとも思わない。いわば二人は自分を所有することで結びつき、同じ成長段階にいて仲間となったにすぎない。じっさい、ぼくらは愛を侮辱している。なぜなら、友情という絆のほうがさらに強いことを証明したからだ。この覚書は、たとえどう読まれようとも、あるひとつの世界に対する細心で愛情のこもった注釈として書かれたにすぎない。つまりぼくが生れ出て、もっとも孤独な瞬間——交合の瞬間——をジュスティーヌと分ち合うことになった、そういう世界の注釈なのだ。これ以上は真実に近づくことができない。

　最近いろいろなことで彼女に会うのがむずかしくなったとき、欲望を抑えきれなくなりわざわざピエトラントニの店まで出かけて、彼女の香水を買おうとした。だがむだだった。気のいい女の売子が在庫の香水をひとつひとつぼくの手に塗ってくれ、一、二度これかなと思いかけた。しかしいつも何かが欠けているのだ——欠けているのはたぶん皮膚の匂いそのものなのだろう。香水は肉の匂いを覆っているだけだ。肉体という底流そのものが欠落の要因だ。とうとう絶望してジュスティーヌの名前を口にすると、売子はすぐ最初に試した香水を差し出した。『なぜはじめにそうおっしゃらなかったんです？』と彼女は職業的な誇りを傷つけられたように言った。誰だってジュスティーヌの使う香水は知っている。知らないのはぼくだけだ。彼女の声音はそう言っている。とんでもないことですわ。それにもかかわらず、『二度とこの世では《ジャメ・ド・ラ・ヴィ》』がそれほど高価な香水でもエキゾティックな香水でもないことを知ってぼくは驚いた」

（コーアンのチョッキのポケットにはいっていた小壜を家に持ち帰ったときは、メリッサの亡霊はまだそのなかに閉じこめられていた。まだ彼女の存在を嗅ぎつけることができた）

ポンバルは『風俗《ムール》』のなかの「替玉が語る」という長い恐ろしい一節を読みあげている。「雄の動物との偶発的な衝突のすべてにおいて、わたしはどのような体験に肉体をゆだねてもついに解放感を感じることがなかった。鏡のなかでは老いゆく復讐の女神がいつも叫んでいる。『わた《ジェ・》しはわたしの本来の愛を不発に終らせた《ラテ・モン・プロプル・アムール》——わたしのわたしへの愛を《モナムール・ア・モア》。わたしの自尊心を《モナムール・プロプル、》、わた《モン・》しの固有の愛を《プロプル・アムール》。それをだめにした《ジュ・レ・ラテ》。わたしはついに苦しみを知らない《ジュ・ネ・ジャメ・スーフェール、》、ついに単純素朴な歓びを知らない《ジャメ・ユ・ド・ジョワ・サンプル・エ・カンディド》』」

ポンバルは読むのをやめて言った。「これが本当ならきみは病気につけこんで彼女を愛しているだけだな」彼が無意識のうちに強大な斧を振るってぼくに一撃を加えたような気がした。

*

マレオティス湖畔狩猟大会の季節がめぐって来ると、ネッシムは不思議な安堵感を覚えた。決意すべきことを決意するのはもはやいまをおいてない。そのことを彼はついに悟った。長い病気と闘いつづけて、やっと切り抜けた人間のようだった。彼の判断はたとえ意識的ではなかったにせよ、それほど誤っていたろうか。結婚してからこのかた、彼は毎日「なんて幸福なんだろう」という言葉を繰り返してきた——いつ止るか知れない古い柱時計の時報のように運命的な言葉だ。

もう彼にはそうは言えない。二人の生活は、砂に埋った電線のようになぜとも知れずどこかでぷつりと切れて、いきなり二人を並はずれた底なしの闇に投げこんでしまったのだ。

狂気そのものは、もちろん、環境などに左右されることはない。それは忍耐の限界を越えるところまで虐げられた人間に現れるのではなく、純粋にある一定の状況のもとに現れる。ほんとうはぼくらはみんな狂気を分ち持っているのだ。ただネッシムだけが肉体によってそれを表現し、ひとりの人間としてそれを演じたのだが。マレオティス湖の狩猟大会まではたぶんもう一ヵ月ほどしかない。このときになっても、彼を知らない人々は何も気がつかなかった。しかし彼の記録を読むと、錯乱は顕微鏡下で見るバクテリアのようにますます増大していたのである——ちょうど癌になったように、健全な細胞が理性を失い、みずからを抑止する力を放棄して繁殖するのだ。たまたま見かけた街路の名前が一連の不可思議な暗号を伝え、超自然的な力が仕事に取りかかって、いまにも目に見えぬ罰を下そうとしているのを決定的に抗《あらが》いがたく示しているのだが——さてそれが自分に下されるのか、他人に下されるのかがわからない。本屋の店さきにバルタザールの論文が黄ばみかけたまま置いてある。そしてその同じ日にユダヤ人墓地で彼の父の墓にぶつかる——そこの墓石に彫られたもろもろの特徴的な名前は、放浪のヨーロッパ系ユダヤ人たちの憂鬱をこだまさせている。

それからまた隣の部屋の物音。激しい息遣いのような音、三台のピアノがとつぜん同時に演奏しはじめる音。それは幻聴ではない、秘儀の連鎖の輪であり、因果関係の枠を乗り越えた人間にのみ、論理的に理解し得るのを彼は知っていた。日常生活の基準にしたがって健全らしく振舞うことがますます困難になってきた。彼はスウェーデンボリの言うデヴァスタチオの試練*を受けていた。

石炭の炎が燃え上ってさまざまな異形となった。何度火をつけ直しても彼の発見――恐ろしい風景や顔――が正しいことを示すだけだった。ジュスティーヌの手首の痣《あざ》も彼を悩ませた。食事のとき、その痣に触ってみたいという欲望を懸命に抑えつけていると、顔から血の気が引いて気を失いかけた。

ある日の午後、丸めた紙屑が息づきはじめ、三十分ものあいだ、紙の下にひそんでいる何物かの形を示しつづけた。ある夜、大きな羽ばたきの音に目を覚すと、ヴァイオリンの頭をした蝙蝠《こうもり》のような動物がベッドの手摺にとまっていた。

それから良き霊たちの反攻――覚書を書いていると、ノートにとまった天道虫《てんとうむし》が託宣を伝えてくれた。毎日、三時から四時のあいだ、隣家のピアノがウエーバー*の『牧神《パーン》』を演奏した。彼の心は善悪両勢力の戦場となり、見分けるのに神経を張り詰めなければならないのだが、それは容易ではなかった。現象の世界が罠を仕掛けだしたので、感覚は現実そのものが矛盾していると言って非難しはじめた。彼の精神は破滅の危機に瀕《ひん》していた。

ある日、椅子の背にかけてある彼のチョッキが、無数の心臓を住まわせているかのようにチクタク鼓動しはじめた。セリムを部屋に呼んで調べさせたときには音はぴたりと止っていた。同じ日、聖サバ街の店のウィンドウに、雲の上で金いろに光っている彼の頭文字が映っていた。すべてはこれによって証明されたかと思われた。

その同じ週、カフェ・アル・アクタルのいつもはバルタザールが坐る席に、ひとりの見知らぬ男が坐ってアラキ酒をすすっていた――彼が注文しようとしていたアラキ酒だ。男が鏡のなかで振り向き、にやりと笑って白い歯を見せたとき、その姿は歪んではいたが自分によく似ていた。彼はそれ以上は待たずに急いでそこを出た。

フアド街を歩いて行くと、通りの舗装が足元でスポンジに変った。体が腰まで沈んだときにやっと幻覚から覚めた。その日の午後二時半、彼は熱っぽいまどろみから目覚めて服を着ると、パストルーディスもカフェ・ドルダリもきっと空《す》いているにちがいないという圧倒的な直観を確めようとわざわざ出かけた。両方とも空いていた。それは彼を安心させ得意にもさせたが長くは続かなかった。部屋に帰ったとたんに、とつぜん、空気ポンプの機械的で忙しない作動が心臓を体外に弾き出すように感じた。彼は自分の部屋を憎み怖れるようになっていた。長いあいだじっと部屋に立って耳を澄ませていると、やがてまた物音が聞えてくる――床の上で針金の束を解きほぐす音、何か小さな動物の物音。袋のなかに押しこめられたような息苦しい金切り声。それからスーツケースの掛金をカチリと締める音がはっきり聞え、誰かが隣室の壁際に立っていて、どんな小さな音も聞きのがすまいと耳を澄ましているような気配がする。ネッシムは靴をぬいで出窓に忍び寄り、隣の部屋をのぞきこもうとした。彼を狙う男は年配で痩せていて鋭い顔つきで、熊のように窪んだ赤い目をしているという気がしたけれど、確めることはできなかった。それから、狩猟大会の招待状を発送するというその当日、朝早く目覚めて、寝室の窓から外を見ると、アラブの服を着た二人の怪しげな男が屋根の上にいて、滑車らしきものに綱を結びつけている。彼はぞっとした。二人はこちらを指さしてひそひそと話しこんでいる。それから毛皮のコートに包んだ重たげな物を下の街路におろしはじめた。彼はセリムがタイプしてデスクの上に置いて行った厖大なリストから名前を選び、大きなカードの白い四角い枠を華やかな書体で埋めながら、手の震えを止めることができなかった。それでも、毎年、地方新聞がこの記念すべき催し——マレオティス湖の狩猟大会のためにどれほど大幅な紙面を割《さ》くかを思って微笑を浮べた。彼は山のような仕事を僅かでもいい加減にはすませるまいとした。セリムが気遣わしげにつきまとうのをよそに、唇をむすび、招待の仕事は自分で片づけると言い張った。ぼく自身に宛てた招待状が、不吉な予感をみなぎらせて、いま、暖炉棚の上からこちらを凝視している。ぼくはニコチンとアルコールで散漫になった注意力を振りしぼって見つめながら、ここにぼくらすべてが目指してきた解決が何か言い表しがたいやり方でひそんでいることを悟った（「科学が終るところから神経がはじまる」『風俗《ムール》』）。

「もちろん行かないわね。断るわね？」ジュスティーヌの言葉があまりに鋭いので、彼女もぼくの視線を追っていたのだと知った。霧の深い早朝の光のなかで、彼女はぼくの上に立ちはだかっていた。彼女は言葉の途切れ目で耳をそばだて、隣の部屋で大いびきをかいているハミドの亡霊のほうをうかがった。「運試しなんてしちゃいけない。いいわね。答えてちょうだい」その説得を確実にしようとするかのように、彼女は靴とスカートを脱ぐと、そっとぼくのベッドにはいりこんできた。暖かい髪と口、おぼつかない神経質な肉体の動きが、傷ついたように、まだ治りきらぬ傷の痛みに耐えられないように、ぼくの体にまといついた。そのときぼくは——この決心に強がりめいたものはすこしもなかった――もはやネッシムが要求するものを与えずにすませることはできない、この事態に決着をつけぬわけにはいかないと思ったのだ。そう思うとなにかほっとした気持ちになり、幸福な感じさえしてきた。しかしジュスティーヌはぼくの腕のなかでまじめな悲しげな顔を見せていた。あのすばらしい表情ゆたかな黒い瞳が彼女の記憶の窓のように光っていた。彼女が見つめているのはメリッサの目だ――日ごとに危険が迫るにつれて、ますますぼくたちに近づいてくるメリッサの苦しげな率直な眼ざしだ。結局、ネッシムの企みのせいでもっとも傷つくのは彼女だ――ほかに誰がいよう。ぼくの思いはジュスティーヌがつくりあげた接吻の鉄鎖をたぐりながら着実に記憶のなかに戻って行った。ちょうど水夫が錨鎖《びょうさ》を伝って、よどんだ大きな港、記憶のいちばん暗い深みに降りて行くように。

人々はさまざまな失敗のうちでも、なるべく自尊心を損う怖れのないもの、いちばん小さな威信しか傷つけないようなものだけを選び出す。ぼくの失敗は芸術と宗教と人間関係にあった。芸術においてぼくが失敗したのは（いまとつぜん心に浮んだのだが）個別の人間の人格を信じなかったからだ（「人間というものは」とパースウォーデンが書いている。「たえず自分でありつづけるのか、それとも何度も繰り返して自分に帰るだけなのに、それがあまりに早いので連続している錯覚を与えるのか――ちょうど古い無声映画の束の間の揺らめきのように？」）。ぼくは人々の真の確実さを信じないから、描写してもうまくいかなかったのだ。宗教はどうだろう。ぼくはほんのすこしでも慰めを含む宗教の価値を認めなかった――そしてこの責めを逃れうる宗教がどこにあるだろうか。バルタザールには失礼な言い方だが、どんな教会もどんな宗派も、たかだか恐怖をふせぐために自己を教育する学園にすぎない。しかし最後の、最悪の失敗は（ぼくはジュスティーヌの黒い髪のなかに唇を埋める）人間関係の失敗だ。これは徐々にひどくなってゆく精神的隔離状態から生じたもので、おかげでぼくは人に同情できるようにはなったが所有することができなくなった。なぜかぼくの愛はしだいに乏しくなったが、相手に自己を与えること――愛のいとなみの最良の部分――はますますうまくなった。これがジュスティーヌの心を捉えたのだと気がついてぼくはぞっとした。生れつき所有することを望む女のひとりとして、彼女はぼくのなかにある永遠に到達しがたい部分、ぼくが笑いと友情に求める最後の苦しい避難所を攻め落そうとする。そう運命づけられている。こういう類いの愛がある意味で彼女を絶望的にした。ぼくが彼女に頼ろうとしなかったからだ。そして所有欲がかなえられぬときは、自分のほうが完全にこの所有欲に憑かれてしまうこともある。ぼくらの行為の皮膚の下にひそんでいるこういう関係を分析するのはなんとむずかしいのだろう。なぜなら愛のいとなみは一種の皮膚の言葉にすぎないし、性とは単なる術語にすぎないからだ。

ぼくをひどく苦しめたこの悲しい関係をさらに説明するなら――ぼくは苦しみだけが記憶を養うということを知った。歓びはそれ自体で終ってしまうから――それが遺してくれるのは永遠につきぬ健康の泉だ、生命を与えてくれる無頓着だ。ぼくはまるで乾電池のようなものだった。何にも束縛されることなく、愛の真の権利を擁護する者のように男と女の世界を自由にめぐり歩いた――愛は情熱でも習慣でもない（それらは愛を限定するだけだ）、ある不死の女神――武器を手にしたアプロディテ――が死すべき人間どものなかに侵入したということである。こうして包囲されながらも、ぼくは（もちろんのことだが）もっとも自分を傷つけたあの性質、つまり無私という性質によって規定され、人に知られるようになった。ジュスティーヌの愛していたのはこれであって、けっしてぼくの人格を愛していたのではない。女は性の盗人だ。彼女が盗み取ろうとしたものはこの無関心という宝――蟇《がま》の頭に生える宝石*――だ。でたらめで、調子外れで、混乱をきわめるぼくの生活に書きつけられていたのはこの無関心という署名だった。ぼくの価値は成しとげたこと、手に入れたものにあるのではない。ジュスティーヌが愛したのは、ぼくがある破壊できぬもの――すでに形成されていて打ち壊しがたい人間――を差し出していたからだ。ぼくに抱かれているときでさえ、この人は死ぬことだけを望んでいるのではないかという疑いが彼女の頭から離れない。これが彼女には耐えがたかった。

メリッサはどうか？　もちろん彼女にはジュスティーヌと違ってぼくの症状を見抜く力はない。彼女が知っているのは、ぼくの力が彼女のもっとも弱いところ――世間とのつき合い――を支えているということだけだ。彼女はぼくの人間的な弱点――投げやりな癖、金銭上の無能さ――を大切にして守ってくれた。彼女がぼくの弱点を愛したのは、それだけぼくに尽すことができると思ったからだ。ジュスティーヌはそんなことには見向きもしない。彼女は別な種類の力を探り当てていた。彼女がぼくに関心をいだいたのは、贈物としてもらうことも盗み取ることもできないその力のためだけにすぎない。所有というものが意味するのはこれなのだ――互いの性質を手に入れようとして情熱的に闘うこと、互いの人格のなかに隠されている美点を手に入れようとして争うことだ。だが、そういう争いは破壊的で絶望的なものでしかあり得ないだろう。

しかし、人間の動機はさまざまにからみ合っている。幻覚の世界に閉じこもっていたネッシムを引っ張り出して、みんなが激しく後悔するにちがいないと知りながらもある行動——ぼくらの死——に駆り立てて行ったのは、メリッサ自身だったとも言えようか。なぜなら、ある夜、彼女は自分の不幸に耐え切れなくなって、衝動的にネッシムのテーブルに近づいたからだ。彼は空《から》のシャンパングラスをまえにして、物悲しげにキャバレのショウをながめていた。彼女は付け睫毛の下で顔をあからめ、震えながらいきなりこう言った。「奥さんはあなたを裏切っています」——そのときから、この言葉は投げつけられたナイフのように彼の脳髄に突き刺さって震えつづけた。たしかに、もうだいぶ以前から、彼の書類はこの恐ろしい事実の報告書で膨れ上っていた。しかしこれはまだ一度も訪れたことのない遠い異国で起った惨事の新聞記事みたいなものだった。ところがいま、とつぜんひとりの目撃者、犠牲者、生存者が現れた……。このひと言が反響して彼の感情の力をふたたびゆたかにした。生命のない書類のすべてがとつぜん立ち上り、彼に向って金切声をあげた。

メリッサの楽屋は悪臭の漂う仕切り部屋で、水洗便所のパイプが縦横に通っている。ぎらぎら光るひび割れた鏡が一枚と、ウェディングケーキの台に使うような白い紙を貼った小さな棚があった。彼女はいつもここに白粉《おしろい》や眉墨を乱雑に並べておいて、おそろしくなるほどでたらめな化粧をした。

その鏡のなかにセリムが現れた。ガス灯の躍る炎のなかで、その姿は地獄から出て来た亡霊のように火膨《ぶく》れに覆われて揺らめいた。彼は主人をまねて、鋭い歯切れのいい口調で話しかけた。

しかしその口調には崇拝するただひとりの人間を気遣う心が感じられた。主人の心配事には占い板《プランシエット》のように敏感な反応をみせる。

メリッサはいまは怖れていた。この都会の定めでは、偉い人を怒らせるとすぐに恐ろしいやり方で罰せられるのを知っていたから。彼女は自分がやったことを思い返してぞっとした。震える手で付け睫毛を取りながら、叫び出したくなるのを懸命にこらえた。この招待を断ることはできない。彼女はみすぼらしい服のなかからましなのを選んで着ると、疲れた体を重い荷物のように引きずってセリムについて行った。濃い暗がりのなかで大型の車が待っていて、彼女はネッシムのそばに坐らされた。車はアレクサンドリアの深い夕闇のなかへゆっくりと走りはじめたが、恐怖におびえるメリッサにはもう何もわからなくなった。彼らは青いサファイアと化した海をよそに見て内陸に向い、貧民街を折りたたみ、マレオティス湖とメクスの瀝青質の鉱滓《スラグ》の山を目指した。ヘッドライトの圧力が暗闇の層を一枚ずつ剝がしてゆき、エジプトの親密でささやかな光景をさらけ出す――歌う酔っ払い、驢馬に乗り二人の子供を連れてヘロデ王の手から逃れて行く聖書の人物、カードを切るようにすばやい手つきで袋を選び分ける門番。彼女は感動しながらこのありふれた光景をながめた。背後には海の貝のように空《うつ》ろな響きをこだまさせる砂漠が横たわっている。連れはそのあいだひと言も口をきかなかった。彼女は相手に目を向けることさえできなかった。

清らかな鋼鉄のような砂丘の稜線が遅い月の光の下に浮び上ると、ネッシムは車を停めた。そしてポケットを探って小切手帳を取り出しながら震える声で言った。目に涙があふれていた。

「いくら出したら黙っていてくれる?」彼女が振り向いて、はじめてその穏やかな悲しげな浅黒い顔を見たとき、恐怖に代って圧倒的な恥かしさが湧き上った。その表情には善に対する弱さがあった。彼女のような女を敵にすることはできないのだ。彼女は彼の腕におずおずと手をかけて言った。「わたしはとても恥かしい。許してください。自分でも何を言っているのかわからなかったの」そう言うと疲れがどっと出た。泣きだしたい気分になっていたのに欠伸が出た。彼らは新しい理解をもって見つめ合い、互いに罪のない人間だということを知った。一瞬間、まったくの安心感からほとんど恋に落ちかけたようにさえ見えた。

　車は彼らの沈黙と同じようにふたたび加速度を増した——彼らは砂漠を横切って、冷たい光を放つ星々のほうへ、大浪の音に黒く染まった地平線へと車を走らせていた。ネッシムはこの不思議な眠たげな女をそばにして、繰り返し考えていた。「有難いことにぼくは天才じゃない——天才には秘密を打ち明ける相手がいないからな」

　彼は隣にちらちら目をやって彼女を観察し、彼女のなかにいるぼくを観察した。ぼくの場合と同じように、メリッサの美しさは彼の心をほぐし、また乱したにちがいない。この美しさは破壊力の標的となるために生れてきたのではないかという恐ろしい予感をいだかせたのだ。たぶん、彼はパースウォーデンの話を思い出したろう。この作家もネッシムと同様に、あの退屈なキャバレで彼女を見つけたのだ。ただ、その夜の彼女はダンサーたちといっしょに並んで腰をかけ、ダンスのチケットを売っていた。パースウォーデンはかなり酔っていたが、彼女をフロアに引っ張り出すと、ちょっと沈黙してから、例の悲しげだが横柄な口調でたずねた。「きみはどうやって《コマン・ヴ・デファンデ》孤独から身を守っている?《ヴ・コントル・ラ・ソリチュード》」メリッサはさまざまな体験を経てきた者の率直さをたたえた眼ざしを向けてそっと答えた。「ムッシュー、わたしは孤独そのものになりました《ジュ・シュイ・ドゥヴニュ・ラ・ソリチュード・メーム》」パースウォーデンは心を打たれてこの言葉を記憶に留め、あとで友だちに聞かせてからこうつけ加えた。「この女なら愛するのも悪くはない、とふいに思ったね」しかしぼくの知るかぎり、彼はあえて二度と訪ねようとはしなかった。著述が進んでいたし、こういう同情の点火は自分の性質のもっとも気まぐれな部分が仕掛けた罠だということを知っていたからである。彼はそのころ愛について書いていた。そしてその主題について考えたことを乱されたくはなかった(「ぼくは恋愛ができない」と彼は登場人物のひとりに言わせている。「なぜならぼくはあの古い秘密結社——道化師たち——のひとりだから」またほかのところでは結婚について書いている。「ぼくは相手を不愉快にするだけでなく自分自身も不愉快にすることを知った。ひとりになったいまは自分だけを不愉快にしていればいい。喜べ!」)。

ぼくがこんなつらい光景を思い浮べているあいだ、ジュスティーヌはまだぼくの上に立ちはだかって顔をのぞきこんでいた。「何か口実をつくってくれるわね」と彼女はしゃがれ声で繰り返した。「行かないわね」だがこの苦境から脱け出す道はありそうにもない。「どうして断れる?」とぼくは言った。「どうして?」

ネッシムとメリッサは、あの暖かな起伏のない砂漠の夜を突っ切って車を走らせた。お互いへの同情がとつぜん身うちを浸したが何も口に出さなかった。ブルグ・エル・アラブに差しかかる手前の急斜面で彼は車を道の外に出してエンジンを止めた。「おいで」と彼は言った。「ジュスティーヌの夏の宮殿を見せてあげよう」

二人は手をつないで小さな家に通じる道を歩いた。番人は眠っていたが、彼が鍵を持っていた。家のなかは湿っていて黴臭《かびくさ》かったが、白い砂丘から反射してくる光がいっぱいにあふれていた。まもなく彼は大きな暖炉に火をおこし、衣裳戸棚から古いアバを出してはおると、火のまえに腰をおろして言った。「ねえメリッサ、誰に言われてぼくを脅したんだい」彼は冗談のつもりだったが微笑するのを忘れた。メリッサは恥じて真赤に顔を染め唇を噛んだ。彼らは長いあいだそこに坐って暖炉の火にぬくもりながら、何かを——お互いの絶望を——分ち合っているという感覚に浸っていた。

（ジュスティーヌは煙草の火をもみ消してゆっくりとベッドから起き上ると、絨毯の上をのろのろと行き来しはじめた。恐怖が彼女を打ちひしいだ。いつものように爆発したくなるのを必死に抑えているのがわかった。「わたしはこれまでいろんなことをやってきた」と彼女は鏡に向って言った。「たぶん悪いことばかり。でもいい加減なことや無駄なことは一度もしていない。いつも行為はメッセージだ、過去が未来へ伝える願望だと思っていたし、自分を見つけるのに役立つものだと思っていた。間違っている？」彼女が問いかけているのはぼくにではなくてネッシムにだ。夫になすべき質問を恋人にするのはそのほうがずっと容易だからだ。「死んだ人たちって」と彼女はちょっと間をおいて続けた。「いつも向うのほうがわたしたちを死人だと思っているような気がする。あの人たちはこの無意味な疑似生命の旅を終えて、本当の生活にはいったんだわ」ハミドが動きだしたので彼女はあわてて服を着はじめた。「じゃ、どうしても行くのね」と彼女は悲しげに言った。「わたしも行かなければ。あなたの言うとおり。わたしたちは行かなければ」それから鏡に向って化粧を直しながらつけ加けた。「また白髪が一本ふえた」そしてその罪深い当世風の顔を見つめた。

汚れたガラス窓から射しこむ薄い日の光に一瞬とらわれたその姿を見ながら、彼女には自己省察で膨れ上った本性がつむぎ出す直観を抑制し加減する力がない、ということをぼくはまたしても思い返さずにはいられなかった。激しい心の至上命令と闘うべき教育も知的理解力もない。その才能は無知な占師などに時おり見られる才能だ。その思索と見えるものはすべて借り物だ——死者についての言葉だって『風俗《ムール》』のなかにある。また書物のなかから意義のあるものをつかみだしたようでも、それは自分で読んで手に入れたのではなく、バルタザールやアルノーティやパースウォーデンの比類ない話を聞いて得たものだ。彼女は自分が愛し尊敬する作家や思想家の要約に二本脚をつけただけのものだ——だが、誰にしろ、賢い女がそれ以上のものであるのか？）

ネッシムは両手にメリッサの手をはさみ（その手はひっそりと、ひんやりと、ウェファースのように、なすがままになっていた）、むさぼるようにぼくについて質問しはじめた。彼の情熱はジュスティーヌにではなくぼくに向けられているのかと思われるほどだった。人はいつも自分の愛する者が愛の対象に選んだ者と恋に落ちる。率直な態度と思いがけぬ慎しみを見せてますます深くネッシムの共感に食い入りながら、彼女は語った。そのすべてを知ることができるなら、ぼくはなんでも差し出すだろう。知っているのは、彼女がしまいに愚かしくもこう言ったということだけだ。「いまだってあの人たちは幸福じゃない。恐ろしいほどやり合うの。このまえハミドに会ったときそう言ってたから」たしかに彼女はこういう人伝てに聞いた口論のうちに、ぼくらの愛の主題そのものがあると認めるだけの経験を経てきたのではなかったか。彼女はただジュスティーヌの利己主義だけを——ぼくの暴君の特質ともいうべきあの他人に対する関心が鈍重なまでに欠けているという点だけを見ていたのだと思う。ジュスティーヌには慈悲の心がまったく欠けていた。そしてメリッサは慈悲の心を持つ者にしか好意を向けようとしない。ジュスティーヌは真に人間的だとは言えなかった——すべてを自我に捧げた者は誰でもそうだ。ではいったいぼくは彼女のなかに何を見ているのだ?——ぼくはこの質問を千度も繰り返してみた。だがネッシムは、ジュスティーヌの延長線上でメリッサを探り愛しはじめることで人間的な状況にくっきりとした輪郭を定めた。メリッサは、ぼくが彼の妻に何か惹かれるものを見出したにちがいないと推測してそれを彼のなかに探し求めようとした。ぼくら四人はいっしょにからみ合ったまま、それとは知らずにお互いを補足し合った(「ぼくらは多く旅行し多く愛した。ぼくらは——悩んだとは言うまい、いつも苦悩のなかに自分たちの自己満足を認めていたのだから——そのぼくらだけが心のやさしさは複雑であることを知り、愛と友情がきわどく繋がっていることを理解しているのだ」『風俗《ムール》』)。

いま、彼らは不吉な星のもとに生れた兄妹のように語り合い、心に秘めた悩みを分ち合う相手を見出した者に訪れる安堵を新たにし合った。そうしてこの共感にひたされているとき、二人の身うちに思いがけなくも欲望の影がうごめいた。それはいわば欲望の亡霊にすぎないもの、告白と解放感の養い子ではあったが、ある意味ではそれからの二人の愛のあり方——ぼくらの、ぼくとジュスティーヌの愛よりも忌まわしさの希薄な愛――を予告していた。欲望ではなく同情によって結ばれた愛のほうがはるかに真実味をおびる。傷痕を残さないからだ。二人が話を終えて、強《こわ》ばり痺れた体で立ち上ったときはもう夜明けになっていた。火はとっくに消えていた。彼らは薄い藤いろの夜明けの光をはねのけながら湿った砂を踏んで車に戻った。メリッサは友と保護者とを見出した。ネッシムのほうはすっかり変った。新しい同情を感じたためか、不思議にも彼はふたたびもとのネッシムに返った。つまり行動できる人間に（もしその気になれば妻の恋人を殺すこともできる男に）返ったのだ。

彼らは清らかな生れたての浜辺に沿って車を走らせながら、朝日の光の最初の巻毛が暗い尊大な地中海の水平線から水平線へと解きほぐれてゆくのを見た。この海の浪はまったく同じ時に聖なる都市、滅亡したカルタゴやキプロス島の古都サラミスに打ち寄せていたのだ。

やがて道が海岸の砂丘のあいだにはいると、ネッシムはまた車の速度をゆるめて、思わず水浴しないかと言い出していた。違う男になった彼はメリッサに自分の裸体を見てもらいたい、屋根裏部屋の戸棚にしまいこんでおいた仕立てのいい服のように、長いあいだ忘れていた美しさを見てもらいたいという欲望をとつぜん心に感じたのだ。

二人は裸になり、なまぬるい陽光を背中に感じながら笑って手をつなぎ、氷のような海水のなかへはいっていった。世界の創造以来これが最初の朝ででもあるかのように。メリッサも衣服といっしょに、肉体のさまたげになる最後のものも脱ぎ捨てた。いまこそ彼女は真の踊り手に戻った。裸になると、いつも彼女は充実と均衡を取り戻す。それはキャバレのなかでは見られないのだ。

二人は長いあいだ黙って寝そべったまま感情の暗闇から脱け出す道を探っていた。彼はメリッサがすぐにも言いなりになってくれることを知った。いま、彼女はすべてにおいて彼の情婦だった。

彼らはいっしょに町へ向って出発した。幸福でもあり同時に気まずい思いもあった——なぜならこの幸福の奥底に何か空ろなものがあるのを感じたからである。しかし自分たちを待ち構えている生活に戻るのはいとわしいから、彼らはためらった。車は速度をゆるめ、愛撫し合う合間に沈黙がたゆたった。

とうとうネッシムはメクスに茹で卵とコーヒーを出してくれるみすぼらしいカフェがあるのを思い出した。朝はまだ早かったが眠そうなギリシア人の主人がもう起きていて、裏庭の痩せた無花果の木の下に椅子を出してくれた。裏庭には鶏が群れていて糞で汚れていた。まわりには波形鉄板張りのドックや工場がそびえている。ここでは海は熱い鉄と瀝青の湿りをおびて響き合う匂いでしかない。

ついに彼はメリッサの名指したとある街角で彼女をおろし、「おざなりめいたぎこちない」態度でさよならを言った——彼の事務所の連中が見ているかもしれないと思ったのだろう（これはぼくの想像だ。彼の日記の「おざなりめいたぎこちない」という言葉がなにか文学的な感じで場違いに思える）。都会の非人間的なざわめきがふたたび立ちはだかり、彼らを過去の感情と心配事に引き戻した。彼女のほうは眠そうに欠伸をして、いつものようにまったくこだわりなく別れると、小さなギリシア教会にはいって聖者に蠟燭をあげた。右から左に正しく十字を切ると、片手で髪の毛をかき上げ、聖像にひざまずき、真鍮への接吻に忘れていた子供時代の習慣の慰めのすべてを味わった。それからぐったりとして振り向くとネッシムがまえに立っていた。真青な顔をして、やさしい燃えるような好奇心をもって彼女を見つめていた。彼女はただちにすべてを理解した。二人は苦悩に似たものを味わいながら抱き合った。接吻はしないでただ体を押しつけ合った。とつぜん、彼は疲労のために震えはじめた。歯ががたがた鳴った。彼女は合唱隊席に連れて行って坐らせた。しばらくのあいだ、彼はぼんやりとしたまま、溺れた人間が正気に返りかけたかのように額に手をやり話をしようともがいた。何か言うことがあったのではない。声が出ないので卒中になったのかと怖れたのだ。彼はかすれ声で言った。「もうずいぶん遅くなったよ。六時半近い」彼女の手を取ってひげの伸びかけた頰に押し当てると、立ち上り、老人のようによろよろと大扉を抜けて日の光のなかへ出て行った。坐ったままでじっと後ろ姿を見つめている彼女をあとにして。

ネッシムにとって早朝の光がこれほどすばらしく思えたことはない。都会が宝石のように輝くかと見えた。実業家たちが真に生きている大きな石造りのビルディングには甲高い電話の声が鳴り響いていた。彼にはそれが大きくて多産な機械仕掛けの鳥たちの声のように思えた。それはファラオのような若さに光り輝いていた。公園の木々はひさびさの夜明けの雨に洗われていた。輝く雨滴に覆われた木々は満足しきって化粧する大猫のように見えた。

エレベーターで六階へ昇りながら、ネッシムはなんとか身なりを整えようとして（不精ひげでざらざらする顎にさわってみる。ネクタイを結び直す）、安鏡に姿を映しながら、この短いあいだに感情と信念が新しい広がりを見せたことに戸惑っていた。しかしそのすべての底には、虫歯か痛めた指のように、メリッサの打ち明けたあの言葉の意味が震えながら横たわっているのだ。彼は自分にとってはジュスティーヌが死んだも同然になったことをぼんやりと悟った――彼女は心のなかの映像から彫像に変った。永遠に心臓の上にかけておくロケットに変ってしまった。古い生活から新しい生活にはいるときにはいつもつらさがつきまとう――そしてあらゆる女は充実して、自足した、類のない《スイー・ゲネリース》新しい生活なのだ。人間としての彼女は急速に薄れた。彼はもはや彼女を所有したいとは思わなかった。自分を彼女から引き離したかった。彼女は女からひとつの状況になった。

　彼はベルを鳴らしてセリムを呼ぶと、二、三の退屈な商用の手紙を口述した。その態度が驚くほど冷静なので、セリムは鳥の足跡のような速記記号を用いて細心に書き取りながらも手が震えてくるのを止められなかった。いま、黒く光る受話器の砲列を並べて、磨きあげた大きなデスクに向っているときほど、ネッシムが恐ろしく見えることはなかったろう。

　その後しばらく彼はメリッサに会わなかった。長い手紙をいくつも書いたが、みんな便所で破り捨てた。奇妙なことだが、ジュスティーヌの行為を彼女に説明し正当化する必要があると思ったらしい。そういう手紙はジュスティーヌの過去と自分の過去を丹念に解明することからはじめていた。その前置きなしには、どうしてメリッサが自分を感動させ、自分の心を捉えたのか説明できないような気がした。妻を弁護しているのは、もちろんメリッサに対してではなく（彼女はあのひと言のほかにはなんの批判めいたことも言わなかった)、ジュスティーヌをめぐる新しい疑惑、まさしくメリッサとの経験から生じた新しい疑惑に対してだ。ジュスティーヌとの体験からぼくがメリッサを見直し評価し直したのと同じように、彼はメリッサの灰いろの目のなかに思いがけなくも新しいジュスティーヌが生れるのを見た。自分がどれほど彼女を憎むことができるかに思い当たって愕然とした。憎しみとは単に成就しなかった恋にすぎない。そのことを彼は知った。パースウォーデンの粗野な率直さが羨ましくさえなった。彼がバルタザールに贈った最後の本の見返しにはこんな嘲りの言葉が書きなぐってあったのだ。

　パースウォーデンが人生について申す
　注意せよ《エヌ・ビー》　食物は食うため
　　芸術は芸術のため
　女は――――のため
　　おしまい
　　　安ラカニ眠レ

彼らがつぎに会うのはずいぶん違う環境のなかでだが……。しかしぼくにはもう続ける勇気がない。ぼくは自分の心の奥深くまでメリッサを充分に探りつくしたから、ネッシムが彼女のなかに見出したものをいま思い出すのには耐えられない。ぼくの日記から裂き取って捨てたページは削除や訂正で真黒になっていた。性の嫉妬とはじつに奇妙な動物だ。どこにでもはいりこむ。記憶のなかにさえ。ネッシムの内気な接吻、メリッサの接吻からぼくは顔をそむける。彼女の接吻はぼくにいちばん近い唇をネッシムに見ただけだ……。
ぼくは新しい紙束のなかから一枚を選び、恥をしのんで小さな印刷屋に頼みこみ名前と住所を刷ってもらうと、ペンを取って書いた。
――――氏は喜んで――――氏の
マレオティス湖鴨猟大会への
御招待をお受けします。
いまこそ人間の行為についてある重要な真理を知ることができる。そんな気がした。

＊

ついに秋は去って澄みきった冬が座を占めた。岸壁通りの白い石の壁に大浪が激しくぶつかった。マレオティス湖の浅瀬に渡り鳥の群が増えてゆき、水は黄金から灰いろに変った。冬の色どりだ。

招待客たちは夕暮れ近くにネッシムの家に集まった――車や狩猟用馬車の巨大な集積。枝編み籠や猟銃袋に詰めこんだり、ふたたび取り出したりの長い騒ぎが、カクテルとサンドウィッチを伴奏にして演じられる。衣服がはみ出る。銃や弾薬包の比べ合いや、狩猟者の生活につきものの話がながながと、とりとめもなく、賢《さか》しげにはじまる。黄いろっぽい、月のない夕闇が降りてくる。日射しの角度がゆっくりと上を向き、透明な薄紫の夕空に溶けこむ。空気はさわやかだ。水ガラスのように澄んでいる。

ジュスティーヌとぼくは、もう別れた人間のように、思い思いに蜘蛛の巣のような不安の網のなかを歩きまわる。彼女はいつもの綿ビロードの服——深いポケットが斜めについている——を着ている。柔らかなビロードの帽子を目深くかぶり——女学生の帽子だ——膝上まである革の長靴をはいている。ぼくらはもうまともに視線を交わすこともなく、空ろによそよそしく話し合う。頭が割れるように痛む。彼女は余分の銃をぼくに貸してくれた——パーディ*の十二、美しいがっしりとした銃だ。ぼくのように不馴れな射手には理想的だ。

さまざまな組分けをつくるために籤《くじ》を引くことになる。哄笑と拍手。ぼくらは湖を囲んで広く散らねばならない。西に位置をとる者はメクスと砂漠の端を通る道を抜けて大きく迂回しなければならない。各組のリーダーが順々に帽子のなかから細長い紙切れを取り出す。そのおのおのにひとりの客の名前が書いてある。ネッシムはすでにカポディストリアを引き当てた。この男は小ざっぱりとした革の胴衣にビロードの袖口のついたのを着て、カーキいろのギャバジンのゴルフズボンに碁盤縞の靴下をはいている。孔雀の羽根を挿した古いツイードの帽子をかぶり、薬莢《やっきょう》をいっぱい差しこんだ弾薬帯を花綵《はなづな》のようにかけている。それからギリシア人の老将軍ラリがはいる。目の下が灰いろにたるみ、継ぎを当てた乗馬ズボンをはいている。それからフランスの代理公使《シャルジェ・ダフェール》パリス。羊皮の上衣を着ている。最後にぼくがはいる。

ジュスティーヌとポンバルはエロル卿の組に加わることになる。ぼくらが別々になるのははっきりした。ネッシムの無表情な目の光を見ると、ぼくはふいにはじめて心の底から恐怖が湧いてくるのを感じる。ぼくらは思い思いに車に座を占める。セリムは重い豚皮の猟銃ケースに取りつける革帯の具合を直している。彼の手が震える。すべての準備が終り、車はエンジンの唸りをあげはじめる。その音を聞いて召使たちが屋敷から駆け出してくる。出発の景気づけにシャンパンのグラスをぼくらに差し出す。この騒ぎにまぎれてジュスティーヌがぼくらの車にやって来る。無煙薬包を渡すのにかこつけて一度ぼくの腕をそっと押え、あの表情ゆたかな黒い目で一瞬ぼくを見つめる。その目の輝きはほとんど安堵の色にあふれているような錯覚さえ与えかねない。ぼくは口さきだけで微笑して見せようとする。

ネッシムがハンドルを握ってぼくらの車はゆっくりと出発する。町を出て低い砂丘地帯沿いにアブキールに向って走りだすとき、夕日の最後の光をとらえる。みんな意気高らかだ。ラリはのべつ幕なしに喋りつづけ、カポディストリアはあの途方もない狂気の父親の話をしてぼくらを楽しませる(「父がおかしくなってから最初にやったのは、二人の息子どもは故意に庶出の身分にしがみついているといって告訴したことだよ」)。時おり彼は指をあげて左の目にかけた黒い眼帯の湿布に触れる。パリスが大きな耳覆いのついた鳥打帽をかぶると、考え深いゴール地方の野兎みたいに見える。時おりバックミラーを通してネッシムの目と出会う。彼は微笑する。

湖の岸辺に着いたときはもう日が暮れている。古い水上艇がエンジンの唸りをあげながらぼくたちを待っている。船の上にはデコイが積み上げられている。ネッシムは二挺の長い鴨《かも》撃ち銃と三脚を手にしてぼくらといっしょに平底船に乗りこむ。船は葦に縁取られた湖の荒野を横切って淋しい小屋に向う。ぼくらはそこでこの晩を過すことになっている。ぼくらの艇が暗い水路にはいったとたんにすべての視界が切り取られる。騒がしいエンジンの音が湖の鳥たちを慌てさせる。

葦がぼくたちの上にそびえ、いたるところに菅《すげ》の茂った小島が水から浮び上る。いい隠れ場になりそうだ。一、二度水面が大きく開け、慌てて舞い上る鳥の群が目にはいる——真鴨が静かな水面に水搔きの跡を引いて飛び立つ。もっと近くでは鵜《う》が右往左往しながら貪食《どんしょく》の奴隷と化した長いくちばしに菅を詰めこんで骨董屋をひらく。ぼくらのまわりでは、目に見えないところで、たくさんの鳥たちが今夜の宿に落ち着きかけている。水上艇のエンジンがとまると、あたりの沈黙はとつぜん鴨の唸り声や鳴き声に満ちあふれる。

緑の微風が吹き起って、木造の小屋のまわりにさざ波を立てる。小屋のバルコニーには装塡係の連中が坐って待っている。あたりはふいに暗闇につつまれ、水夫の声が硬く、きらめくように、楽しげに聞えてくる。装塡係は荒っぽい連中だ。甲高い叫びをあげ、ガラビーア*を腰まわりにたくし上げて島から島を駆けめぐる。冷たさなどものともしない。黒くて大きくて、暗黒から彫り出したかのようだ。彼らはぼくたちをひとりひとりバルコニーに引っぱり上げ、それから腕いっぱいにデコイをかかえると、平底船に乗って仕掛けに出かける。ぼくらが部屋にはいって行くとすでに石油ランプが灯されている。小さな台所からうまそうな匂いが流れてくる。ぼくらは鼻をひくつかせながら銃を置き、弾薬帯を外し、長靴を蹴り脱ぐ。それからぼくら狩人たちはバックギャモンや狩猟の自慢話に熱中しはじめる。それはこの世でもっとも楽しく、もっとも男性的な会話だ。ラリは古ぼけた継ぎだらけの革長靴に豚の脂をなすりつけている。シチューの味はすばらしい。赤葡萄酒がみんなを上機嫌にする。

しかし九時までにぼくらのほとんどは寝る用意をする。ネッシムは外の暗闇のなかで忙しげに装塡係たちに最後の指令を与えている。彼は錆びついた目覚し時計を三時にかける。カポディストリアだけがまだ眠る気配を見せない。坐って物思いにふけりながら、葡萄酒をすすり両切りの葉巻をふかしている。ぼくらはしばらくつまらぬことを話し合う。それからとつぜん、彼は本屋に現れたばかりのパースウォーデンの第三作を批評しはじめる。「驚くのは」と彼は言う。「あの男が精神の問題をごく普通の常識であるかのように提出したうえ、登場人物を通して具体的に示すところだよ。私は官能主義者パーの性格を考えてみた。じつに私によく似ている。彼の肉欲生活の弁明はまったくすばらしい……。たとえばある一節でやつはこう言うんだ。人々は私らの行為に卑しむべき女ぐるいを見るだけで、その下に美の追求者がひそんでいるのをすっかり見落している、とね。時おり、ある顔に心を打たれるとその目鼻をひとつひとつ食いつくしたくなる。その顔の下の肉体を抱いてみたところですこしも気が休まらない。私らのような人間はどうしたらいいのかな?」彼は溜息をつくと、ふいに昔のアレクサンドリアのことを話しはじめる。穏やかなあきらめきった口ぶりで遠い日々のことを語る。青年時代の自分がまったく平静に自由に歩きまわっている姿をはるかな彼方にながめている。「私は父の心の奥底に触れたことが一度もなかった。父の物の見方は辛辣だったが、その皮肉のかげには傷ついた心が隠れていたかもしれないのだよ。他人の記憶に残るほど鋭いことを言う男は並の人間じゃない。たとえば結婚について『結婚によって人は絶望を合法化したのだ』と言った。それから『接吻のひとつひとつが嫌悪の克服だ』とも。父は一貫した人生観を持っていたように思うが、やがて気が狂ってしまう。私が覚えているのはいくつかの出来事や言葉だけだ。自分も同じくらいのものをあとに遺せるならいいと思うがね」

　ぼくは狭い木の寝棚に横になって目覚めたまましばらく彼の言葉を思い返す。いまは暗闇と静寂があたりを支配している。ただ外のバルコニーで装塡係と話しているネッシムの低い早口の声だけが聞えてくる。言葉は聞きとれない。カポディストリアはしばらく暗闇に坐って葉巻をふかし終えると重たげに窓の下の寝棚によじのぼる。ラリの大いびきから察するに、ほかの者たちはもう眠っているらしい。ぼくの恐怖はふたたびあきらめに変った。いま眠りのまぎわに一瞬ジュスティーヌのことを考える。それから彼女の思い出は地獄の辺土《リンボー》に滑り落ちてゆく。そこでは遠い眠たげな声と広い湖がざわめきささやく音しか聞えない。

　真暗闇のなかで目を覚すと、ネッシムの手が静かにぼくの肩をゆすっている。目覚し時計は鳴らなかった。だが部屋のなかは背伸びをし、欠伸をしながら寝棚から這い出す人々でいっぱいだ。装塡係たちは外のバルコニーで羊の番犬のように丸くなって眠った。彼らは忙しげに石油ランプを灯してまわり、その陰鬱な光がコーヒーとサンドウィッチを並べた間に合せの朝食を照らし出す。ぼくは桟橋を降り、氷のような湖水で顔を洗う。あたりは真暗闇だ。暗さの重みに気おされたかのように誰もが低い声で話す。突風が小さな小屋を震わせる。小屋は細い木の柱を支えにして水の上に建っている。

　ぼくらひとりひとりが平底船と装塡係を割り当てられる。「きみはファラジを連れて行け」とネッシムが言う。「いちばん老練で信頼できる男だ」ぼくは礼を言う。汚れた白いターバンの下の黒い粗野な顔。のっそりとして笑いもしない。彼はぼくの装備を取ると黙って暗い舟に降りて行く。ぼくは別れの言葉をつぶやくと舟に乗りこんで腰を据える。ファラジはしなやかに棒をあやつって舟を水路に押し出す。と、とつぜんぼくらは黒いダイヤモンドの中心に水泡《みなわ》を刻みつけている。湖水は星でいっぱいだ。オリオン星座は沈み、カペラ*はちかちかと輝いている。ぼくらは長い時間をかけて、ダイヤモンドの尖頭《せんとう》のようなこの星々の絨毯の上を這うように進んで行く。泥に突き刺さる棒の粘っこい吸いつくような音のほかには何も聞えない。それからぼくらはふいにもっと広い水路に出る。さざ波のつらなりが舟縁《ふなべり》を叩く音が聞え、見えない海岸から吹きつける風が塩の味を運んでくる。

ぼくらがこの失われた世界の闇を横切るとき、夜明けの予感はすでに空中にある。いま、行く手の空ろな湖面に通じる水路は、うっすらと現れる銅版刷りの島々や不精ひげのように伸びた葦と菅《すげ》によって破砕される。そしてまわりからは複数の鴨の深いふくみ笑いが聞え、海岸のほうでは鷗の甲高い引きつった声がする。ファラジは何かつぶやくと近くの島に舟を向ける。ぼくは暗闇に手を伸ばすと手近の榑の冷たい縁をつかんでなかにはいりこむ。待ち伏せの場所は乾いた木の榑を二つつなぎ、まわりを高い葦で囲んで見えなくしただけだ。装填係が舟をしっかりと結びつけているあいだに、ぼくは彼の体から装備を外してやる。もう坐って夜明けを待つ以外にすることはない。夜明けはどこかでゆっくりと目を覚し、この黒い無表情な闇のなかから現れるだろう。

いまはひどく寒い。ぼくの厚い外套でさえも充分な保護にはなってくれない。ぼくはファラジに、装填は自分でやるから隣の榑で予備の銃や薬包を扱うのはやめてくれと言った。そう言うのは恥かしかったが神経は休まる。彼は無表情にうなずいて舟を離し、隣の葦の茂みのなかに案山子のように隠れる。ぼくらはいま、遠い湖の広がりに目を向けて待つ——何世紀も過ぎ去って行くような気がする。

とつぜん、大きな水路のかなたに青白いおののきが現れてぼくの視線を刺戟する。黄いろい金《きん》鳳花《ぼうげ》いろの光の縞が徐々に強まり、東の黒い雲を突き抜けてゆっくりと降りて来る。ぼくたちのまわりで目に見えぬ鳥どものざわめきが高まる。ゆっくりと、辛抱づよく、なかば開かれた扉のように、夜明けは暗闇を押しのけてぼくたちの上にのしかかる。もう一分もすれば柔らかな金鳳花いろの階段が天上から水平線まで降りて来て、ぼくたちの目と心に方位感覚を与えてくれるだろう。ファラジが重苦しげに欠伸をして体を掻く。いまは茜《あかね》いろと暖かく燃える金いろ。雲が緑から黄に変ってゆく。湖は眠りを払いのけはじめた。真鴨の黒い影がぼくの視界を横切って東へ飛んで行く。「時間ですよ」とファラジがつぶやく。しかしぼくの腕時計の針はあと五分待てと教えてくれる。暗闇がぼくの骨の髄まで染み透ったような気がする。眠たい頭のなかで緊張感と惰性が相争う。四時半までは射撃をはじめない約束だ。ぼくはゆっくりと弾をこめ、弾薬帯を外して隣の樽の縁にかける。「時間ですよ」とファラジは強く言う。近くに隠れている鳥の水音が聞える。湖の真ん中では二羽の大鷭《おおばん》がうずくまって考えこんでいる。ぼくが何か言おうとしたとき、南のほうで最初の一斉射撃が開始される——遠くでクリケットの球がぶつかるような乾いた響きだ。

離れ鳥が飛び立ちはじめる。一羽、二羽、三羽。光は強まり、赤から緑に変ってゆく。垂れこめていた雲が動きだし、空に大きな穴をぽっかりとあける。雲は果物の皮を剝くように朝の皮を剝く。二百ヤード離れたところから四羽の鴨が矢のように飛び立ち、ぼくのまえを斜めに横切って行く。ぼくは距離を測るため右の銃を発射してみる。やはり思ったよりも速くて高い。心臓の鼓動とともに時間が刻々と過ぎてゆく。近くでも射撃がはじまり、いまは湖一帯が警戒の空気につつまれる。鴨は三羽、五羽、九羽と群れてさかんに飛び立ってくる。水面すれすれにすばやく飛び去って行く。空気を打つ羽の音、長く伸ばした首。また空中高くでは、爆撃機のようにみごとな編隊を組んだ鶫の群が光を背にして柔らかく羽ばたきながらゆっくりと飛んで行く。銃弾が空中に炸裂し、大きく曲線を描いて外海に向う鶫の群に襲いかかる。もっと高く、まったく射程距離外のところを野鴨がつらなって飛んで行く。その悲しげな声が、いま陽光に照らしだされたマレオティス湖の水をわたってはっきりと聞えてくる。

もうほとんど考えている暇はない。大鷭と緋鳥鴨《ひどりがも》が矢のように鋭い唸りをあげて頭上をかすめ過ぎ、ぼくはゆっくりと手順どおりに撃ちはじめる。目標があまり多すぎて一瞬のうちにどれを狙うか決めるのが困難なくらいだ。一、二度、編隊のなかに続けざまに撃ちこんでみる。命中すると、鳥はよろめいてぐるぐるまわり、いったん静止してから、貴婦人の手を離れたハンカチーフのように優雅に落ちてくる。葦がその茶いろい体を覆い隠す。しかしつぎには疲れを知らぬファラジが狂気のように舟をあやつり、獲物を見つけ出してくる。時には腹までガラビーアをたくし上げて水のなかに飛びこむ。その顔は昂奮で活気づいている。ときどき甲高い歓声をあげる。

鳥はもうあらゆる方角から、あらゆる速度でやって来る。銃が吠え、耳が鳴るたびに、鳥の群は湖上をあちらこちらとさまよい渡る。群のいくつかは、すばやく飛びまわるけれど、大きな痛手をこうむって疲れ果てているのが見てとれる。ほかの離れ鳥はすっかり慌てている。一羽の愚かな若鴨が舟の縁にとまる。ファラジが手を伸ばせば届くくらいだ。それからとつぜん身の危険に気がつき、水泡を立てて飛び去って行く。この昂奮のなかで自分を制御し、慎重に射撃するのはむずかしいが、しかしぼくの腕もまんざらではない。もう太陽はかなり昇って湖の湿気を追い散らしてしまった。一時間もたてばこんなに着こんでいると汗をかいてしまうだろう。太陽はマレオティス湖のさざ波の上に輝き、鳥はまだ飛んでいる。平底船はもう汚れた獲物でいっぱいになるころだ。砕けたくちばしから赤い血が舟底に滴り、すばらしい羽根は死のために光沢を失っている。

ぼくは残りの弾薬をできるだけ慎重に使ってみるが、しかし八時十五分までに最後の薬包を撃ちつくしてしまう。ファラジはまだ猟犬のような一徹さで葦のなかで見失った獲物を探しまわっている。ぼくは煙草に火をつけ、はじめて不吉な予感の影から自由になったのを感じる——自由に呼吸し、ふたたび心を落ち着ける。死の予感は心の自由な動きを押し殺し、鉄の鎧戸のように、希望や欲望がはぐくむ未来を断ち切ってしまう。ぼくは不精ひげに触れてみて、熱い風呂と暖かい朝食が恋しくなる。ファラジはまだ菅の茂みを探しまわっている。銃声は間遠になり、ある地域ではもう沈黙してしまった。ぼくは鈍い痛みとともにジュスティーヌのことを考える。日のあたる湖の向う側にいるはずだ。彼女の身の安全のことはあまり心配していない。ぼくの忠実なハミドを装填係に連れて行ったからだ。

ぼくはとつぜん陽気な快活な気分になり、ファラジにもう探すのをやめて舟を着けろと呼びかける。彼は不承不承に戻って来る。とうとうぼくたちは湖を横切り、水路や葦のあいだを抜けて小屋に向う。

「八つがいじゃ駄目です」とファラジは言う。ラリやカポディストリアが玄人らしく大きな袋を持って帰って来るのを思い浮べているのだろう。「これでも立派なものさ」とぼくは言う。「ぼくは射撃がへたでね。こんなに出来のよかったことはこれまでにないんだ」ぼくたちは複雑に入り組んだ水路のなかにはいって行く。湖に接していて小さな運河のようだ。

やっと、光を背にして、一艘の平底船が近づいてくるのを目にする。近づくにつれて見馴れたネッシムの姿が浮び上る。古いコール天の帽子をかぶっている。耳覆いを上げて頭の上で結んでいる。ぼくが手を振っても答えない。両手で膝をかかえこんでぼんやりと舳先に坐っている。「ネッシム」とぼくは呼びかける。「どうだった？　ぼくのほうは八つがいでひとつ見失った」舟はほとんど肩を並べる。小屋へ通じる最後の水路に差しかかったのだ。ネッシムはぼくらが二、三ヤードの距離に近づくまで待ち、それから妙に落ち着いて言う。「聞いたかい？　事故があった。カポディストリアが……」とつぜんぼくの心が締めつけられる。「カポディストリアが？」とぼくは口ごもる。ネッシムはたいへんな精力を使い果したあとのような、妙にいたずらっぽい落ち着きを見せる。「死んだよ」と彼は言う。とつぜん水上艇のエンジンの轟音が葦の茂みの後ろから聞えてくる。彼は音のほうにうなずいてみせ、同じ静かな声で言う。「アレクサンドリアに運んで行くところだ」

ありきたりの質問が数かぎりなく頭に湧き上る。しかし長いあいだぼくは何も言うことができない。

バルコニーの上に、ほかの連中が不安そうに、ほとんど恥かしげに集まっている。いたずらをしてるうちに仲間のひとりを死なせてしまった無分別な小学生の群というところか。水上艇の柔らかな円錐型の爆音がまだ空中をつつんでいる。あまり遠くないところで車のエンジンをかける音や叫び声が聞える。積み上げられた獲物はふつうなら自慢話の種になるところだが、いまは時代錯誤めいた馬鹿ばかしさを見せて小屋のまえに放り出してある。死というものは相対的な問題であるらしい。銃をたずさえて暗い湖にはいって行ったとき、ぼくらはその一定部分を受け入れるつもりでしかなかった。カポディストリアの死は、悪臭のように、へたな冗談のように、静かな大気に漂っている。

ラリが迎えに行ったとき、死体は浅い水に顔をつけてうつ伏せに横たわっていた。黒い眼帯がそばに浮いていた。明らかに事故だった。カポディストリアの装塡係は鵜のように痩せた老人だ。いまバルコニーにしゃがんで豆を食べている。彼は筋道を立てて話すことができない。上エジプトから来た男で、砂漠の教父のようにやつれた狂気じみた顔をしている。

ラリは極度に神経質になっていてブランデーをがぶ飲みしながら、同じ話を七回も繰り返す。話していないと神経が鎮まらないのだ。死体はそう長く水につかっていたわけではないが、その皮膚は洗濯女の手の皮膚のようだった。水上艇に引き揚げたとき、入歯が口から外れて甲板に滑り落ちた。その音がみんなをぞっとさせた。この出来事が彼をひどく動揺させたらしい。ぼくはとつぜん疲労感に襲われ、膝ががくがくしてくる。熱いコーヒーのマグをかかえて長靴を蹴り脱ぎ、手近な寝台にもぐりこむ。ラリはまだしつっこく話しつづけている。自由な片手で大きな身振りをする。ほかの連中はぼんやりと彼を見つめながら、それぞれの物思いにふけっている。カポディストリアの装塡係はまだ食べている。飢えた動物のようにがつがつと音を立て、日の光日の光に顔をしかめながら食べている。やがて一艘の平底船が三人の警官を危なっかしげに乗せて、に現れる。ネッシムは平然と、ほんのすこしばかり満足そうに、彼らの滑稽な挙動をながめている。ひとりほくそ笑んでいるかのようだ。木の階段に長靴や銃床の音がする。彼らははいって来るとぼくたちの配置をノートにとる。彼らの重々しい疑惑の空気がぼくたちの上にたゆたう。ひとりはカポディストリアの装塡係を舟に乗せるまえに注意深く手錠をはめる。彼は漠然とした表情で両手を差し出す。訳もわからずに人間の真似をする老猿のようだ。

警官が仕事を終ったのはほとんど一時近くだ。それぞれの組はもう湖から町へ帰って行ったろう。カポディストリアの死の知らせが町で彼らを待ち構えているだろう。しかしこれだけではすむまい。

それぞれに道具をかかえて岸へ上ると、車がぼくたちを待っている。それから装塡係や水夫たちに金を払うことになり、長い掛け合いがはじまる。銃は解体され袋が配られる。この騒ぎのなかで、ハミドが日光に目を細めながら群衆を縫ってそっと近づいてくるのが見える。ぼくを探しているのかと思ったが違う。彼はネッシムのそばへ行き、小さな青い封筒を手渡す。ぼくはこの場面を正確に記録しておきたい。ネッシムはぼんやりと左手でそれを受け取り、右手を車のなかに差し入れ、薬包箱を手袋箱のなかに収めようとしている。彼は宛名をちらりとながめ、それからもう一度注意して見つめる。それからハミドの顔を見つめながら深く息を吸うと、封を切って一枚の便箋に書かれた文面を読みだす。ちょっとそれを調べてからまた封に戻す。彼はあたりを見まわすが顔いろが変っている。とつぜん気持ちが悪くなって吐く場所を探しているみたいだ。彼は人ごみを抜け、泥の壁に頭を押しつけて短く喘ぐようにすすり泣く。息を切らした競走者のように。それから車に戻ってまた荷造りをはじめる。完全に落ち着いていて涙も見せない。ほかの客の誰ひとり、この短い出来事に気がつかない。

　車の列が町に向って走りはじめ、埃がもうもうと舞い上る。荒っぽい水夫たちがぼくらに叫びかけ、手を振り、金や象牙をちりばめた西瓜のような笑顔を見せる。ハミドが車のドアを開いて猿のようにもぐりこんで来る。「どうしたんだ」とぼくは言う。彼は哀願するように小さな手をぼくに向けて組んで見せる。「凶報をもたらす者をとがめるな」というしるしだ。彼はなだめるように小さな声で言う。「旦那、あの女のひとはいなくなりましたよ。家に手紙があります」

　ぼくのまわりで町のすべてが崩れ落ちたような気がする。ぼくはのろのろとフラットへ歩いて行く。大地震のあとで自分の町を歩きまわる生存者のように、見馴れたものがすっかり変っているのに驚く。ピルア街、フランス街、テルバナ・モスク（林檎《りんご》の匂いのする戸棚）、シディ・アブ・エル・アバス街（氷水とコーヒー）、アンフーシ、ラス・エル・ティン（無花果岬）、イキンギ・マリュート（野花を集めながら、彼女はぼくを愛することができないと思いこんでいた）、広場にはムハンマド・アリ*の馬上の銅像……アール将軍*の滑稽な小さな胸像、一八八五年スーダンにて戦死……燕の群がる夕暮れ……コム・エル・シュガファ*の墓地、暗闇と湿った土、二人とも闇におびえて……ファド街はむかしのカノープス通り、かつてはラ・ポルト・ロゼット街*……ハッチンソン*は堤防を切ってこの町の水の配分を乱した……彼女について書いた原稿を読み聞かせている『風俗《ムール》』の場面。「彼女は肖像画のポーズをとるかのように両手を膝にのせ、枝編みの椅子に坐っている。しかしその顔の恐怖の表情がますますつのってゆく。とうとうぼくは我慢できなくなり、原稿を暖炉の火のなかに投げこんで叫ぶ。『こんなものがなんの役に立つ、刺し貫かれた心で書いたこの原稿が？　だってきみは何ひとつわかっちゃいないんだからな』」ぼくはネッシムが大きな階段を駆け昇って彼女の部屋へ飛びこむ姿を思い浮べる。部屋のなかでは困惑したセリムが空の戸棚や化粧台を凝然と見つめている。化粧台の上は豹の手で払い落したようにきれいに片づいている。

アレクサンドリアの港で汽笛が咳こみ泣きわめく。船のスクリューが内港の油の膜に覆われた緑いろの水を押しつぶし噛み砕く。ヨットの群がのんびりと船体を傾け、たわめ、大地の心臓そのものの収縮と弛緩のリズムにのっているように楽々と息づき、帆柱を空に向ける。どこか経験の核心に秩序と統一があるはずだ。ぼくたちが充分に注意深く、充分に愛し、充分に耐えぬけば、それを引っとらえることもできるだろう。しかし時間があるだろうか？

第4部

ジュスティーヌの失踪という新しい試練にぼくたちは耐えねばならなかった。ぼくらの関係の絵模様が一変した。彼女がアーチの楔石《くさびいし》を引き抜いたようなものだ。廃墟のなかに取り残されたネッシムとぼくは、いわば、これから関係を修繕する仕事に取りかからねばならないのだが、彼女が創りあげたその関係は、当人がいなくなったいまとなっては、空ろな罪悪感をこだまさせているだけだ。これからはいつもこれが友情に影を落とすことになるだろう、とぼくは思った。

彼の苦悩は誰が見ても明らかだった。あの表情ゆたかな顔が青ざめた病的な色——教会の殉教者の蒼白な顔——に変った。こんな彼を見ていると、ぼくはエルサレムの療養所へ行くメリッサと別れたときの感情をまざまざと思い出す。率直に穏やかに彼女は言った。「もうすっかり終ったのね……もう元に戻らないのかもしれない……すくなくともこのお別れは……」彼女の声は柔らかく湿って言葉の端々をおぼろにした。このころ彼女の病気はかなり重くなっていた。病巣がまた開いたのだ。「わたしたちのことを考え直すときなのね……わたしがジュスティーヌでありさえしたら……わたしを抱きながらあの人のことを考えているのは知っていた……いいの、何も言わなくても……知っていたのよ、あなた……あなたの想像にまで嫉妬した……山ほど惨めな思いをしているのに、それでも自分を責めつけるなんてぞっとする……気にしないでね」彼女は弱々しく鼻をかんで笑って見せようとした。「いまはとても休みたい……それにネッシムがわたしを好きになるし」ぼくは彼女の悲しげな口を手でふさいだ。タクシーは苛立っている男のように容赦なく震動した。まわりには、しゃれた身なりのアレクサンドリア女たちが、たっぷり油を差した幻のように楽しげに歩いている。運転手がバックミラーからぼくたちをのぞいていた。白人の感情ってやつは妙に人の欲情を刺激するな、と彼は思っていたのかもしれない。猫のつがうのを見るような目つきでながめている。

「あなたのことはけっして忘れない」

「ぼくもだ。手紙をくれ」

「あなたが望むならいつでも戻ってくるわ」

「わかってるさ。よくなってくれよ、メリッサ。なんとかしてよくならなけりゃ。きみを待っている。また新しくはじめればいい。ぼくのなかではもうはじまっているんだよ。感じでわかる」

こんなときに恋人たちの使う言葉はゆがんだ感情に満ちている。ただ沈黙だけが残酷な正確さをもって真実を思い知らせてくれるのだ。ぼくたちは黙って手を握っていた。彼女はぼくを抱き締めて運転手に出発の合図をした。

「彼女が去ってしまうと、町は妙によそよそしい場所になった」とアルノーティは書いている。「彼女のことを思いながらいつもの街角を曲ると、すぐにあの颯爽とした姿が浮び上り、通りや広場に忘れがたい目や手を灼きつけるのだ。磨き上げたカフェのテーブルに坐って酔い痴れたように互いの目を見つめながらあれこれと語り合ったものだが、そばを通り過ぎるときにはそのときの会話が心に浮んで来る。時おり、暗い通りの二、三歩まえを彼女が歩いて行く。彼女はサンダルの紐を結び直すために立ち止り、彼は胸を躍らせて近づいて行く——だがもちろん人違いだ。間もなく彼女がドアからはいって来るような気がする。彼はいつまでもそこに坐りこんで見張る。またあるときには彼女がある汽車で帰って来るという抗《あらが》いがたい思いにとらわれる。彼は停車場に駆けつけて、川を渡る男のように群衆を掻き分ける。あるいは真夜中過ぎに、空港の蒸し暑い待合室のなかで、飛行機の出発や到着をながめている。とつぜん彼女が帰って来て彼を驚かせるといけないから。こうして彼女は彼の想像力をほしいままにもてあそび、理性はなんと弱いものであるかを叩きこんでくれた。彼はいつも重苦しく彼女を意識していた——死んだ赤ん坊から離れられずに抱いて歩いているようなものだ」

ジュスティーヌが去った夜は激しい雷雨になった。ぼくは何時間も雨のなかを歩きまわった。自分の感情を抑えられなかっただけでなく、ネッシムがどう思っているのかを考えると強い自責にかられたのだ。はっきり言って、ぼくは人のいないフラットに帰るのが怖かった。パースウォーデンがあんなにも簡単にあっさりとやってのけたことをぼくもやりかねなかった。降りしぶく雨のなかを帽子も外套もなしに歩きまわり、何度目かにフアド街に差しかかったとき、クレアの屋根裏部屋に灯火を見てぼくは衝動的にベルを押した。入口のドアが軋りながら開き、ぼくは溝やマンホールにあふれた雨水が音を立てて流れる暗い街路から静かな家のなかにはいりこんだ。

彼女はドアを開けると、ひと目でぼくの状態を見てとった。ぼくをなかに入れてくれ、びしょ濡れの服を脱がせ、青い部屋着を着せてくれた。幸いにも小さな電気ストーヴがあり、彼女は熱いコーヒーを作りにとりかかった。

彼女はもうパジャマを着て、寝るために金髪をとかしつけていた。『さかしま《ア・ルブール》』*が読みさしのまま床に伏せてあり、そばの灰皿の上で煙草が煙をくゆらせていた。稲妻が窓に光り、マグネシウム光のように彼女のまじめな顔を照らし出した。窓の外の暗闇で雷鳴が鳴りはためいた。この静かな部屋のなかでジュスティーヌのことを話しているとぼくの恐怖もいくぶん薄らいでくる。彼女はすべてを知っているらしい――アレクサンドリア人の好奇心にかかると何ひとつ隠すことができない。つまり、彼女はジュスティーヌのことをすべて知っていたのだ。

「あなたにもわかっていたでしょう」と彼女はこの話の最中に言った。「昔わたしがとても愛した女のひとっていうのはジュスティーヌなの」

それを言うにはたいへんな決心を要したろう。彼女は片手にコーヒーカップを持ち、青い縞のパジャマを着てドアのそばに立っていた。彼女はそう言いながら目を閉じた。頭上に打撃が振りおろされるのを待つかのように。閉じた目から二筋の涙が鼻の両わきを伝ってゆっくりと流れた。まるで足首を折った若い鹿のように見えた。「ああ、もうあのひとのことを話すのはやめましょう」と彼女はささやいた。「もう帰って来ないひとだもの」

あとになってぼくは帰ろうとしたが、嵐はまだ激しく哮《たけ》り狂い、服はまだぐしょ濡れだった。「泊っていいのよ」とクレアは言った。「わたしといっしょにね」それからやさしくつけ加えた。

胸にこたえるやさしさだった。「でもお願いだから――どう言えばいいかな――お願いだからわたしを抱かないでね」

ぼくらは狭いベッドに並んで横になり、ジュスティーヌのことを話し合った。嵐は吹きすさび、波止場から運んできた雨をガラス窓に叩きつけた。彼女はもうあきらめに似た落ち着きを取り戻していた。感動的な雄弁をもって語り、自分だけが知っているジュスティーヌの過去をいろいろと話した。その話し方は、愛すべき女性ではあるが残酷な女王でもあるひとの話をするように賛嘆とやさしさに満ちていた。アルノーティが試みた精神分析については微笑しながらこう言った。「彼女は頭はそれほどよくないけれど、追いつめられた野生動物のような知恵はあるの。ああいう研究の目的をほんとうに理解していたかどうか。でも医者には言いのがれをしても、友だちには率直に話してくれた。たとえばあの『ワシントンD・C』という言葉をめぐってやり取りした手紙のこと……覚えている？　ある夜二人でここで寝ていたとき、この言葉から何を連想するか聞いてみたの。もちろんわたしの分別を絶対に信用していたのよ。彼女は的確に答えたわ（アルノーティには言わなかったけれど、もう自分で解いていたのね）。『ワシントンの近くにアレクサンドリアという町があって、わたしの父はそこに住んでいる遠い親戚に会いたいってしょっちゅう言ってた。その親戚にジュスティーヌという娘がいて、わたしとちょうど同じ年*。それが気が狂って病院に入れられたのよ。ある男に犯されたんだって』それからD・Cのことを聞いたらこう言った。『ダ・カーポ。カポディストリア』」

こうした話がどれほど長く続き、いつ眠りに融けこんでいったのかぼくにはわからない。翌朝目覚めたときは互いに抱き合っていた。嵐はすっかりやんで街は拭ったようにきれいになっている。二人であわただしい朝食をとり、ぼくはひげを剃りにムネムジヤンの店に行こうとして街に出た。街は雨にきれいに洗われて本来の色彩を取り戻し、柔らかな空気のなかで暖かく美しく輝いていた。ジュスティーヌの手紙はまだポケットにはいっていたが、二度と読む勇気はなかった。クレアのおかげで手にした心の平安を壊すのがいやだったからだ。しかし書き出しの言葉だけはいつまでも頭に疼きながらこだましていた。「もしあなたが湖から生きて帰ることができたら、この手紙を読むことになるでしょう」

フラットの居間の暖炉棚の上にはもう一通の手紙が載っていた。上エジプトのカトリック系学校が二年契約で教師を勧めないかと申し出ているのだ。ぼくは何も考えずにすぐ机に向って承諾の返事を書いた。これはもう一度すべてを変えてくれる。この都会の街々からぼくを解放してくれる。ぼくはこの街々に取り憑かれはじめていた。最近は、メリッサを探してアラブ地区の薄暗い小路を行き来する夢まで見るようになっていた。

承諾の返事をポストに入れたときから新しい時期がはじまるだろう。この都会と別れることを意味するから。しかも、それは多くのこと、多くの重要なこと、ぼくを老いさせた多くのことが起った町からの別れだ。ここしばらくのあいだは、何時間も何日間も、生活は惰性に乗っかって続くだろう。ぼくの想像のなかでは同じ街々や同じ広場が燃えつづけるだろう。歴史のなかでファロスの灯台*が燃えつづけるように。ぼくが恋をした部屋、手首を押える指の感触がぼくを茫然とさせたカフェのテーブル。そしてぼくは灼けた歩道を歩きながらアレクサンドリアのリズムを感じ取る。それは飢えた接吻と、驚きにかすれた声で語られる愛の言葉によってしか表現できない肉体のリズムだ。愛の探求者にとってこうした別離は苦しいけれど、成長に必要なひとつの教訓となってくれる。それは精神をあらゆるものから切り離してくれる。もっと生きたいという欲望だけを別として。

いままた、現実の事物の構成に微妙な変化が生じかけている。というのは、ほかの別離もはじまりかけているからだ。ネッシムは休暇をとってケニアへ行く。ポンバルは十字勲章をもらってローマの大使館に地位を得る。そのほうがきっとうまくいくだろう。それを口実にぼくたちはのんびりとしたお別れパーティを何度も開く。しかし、誰も口にはしないが、ひとりの人の欠席がみんなの心に重苦しくのしかかっている――ジュスティーヌ。歴史の水路を横切って、世界大戦がゆっくりとぼくらのほうに近づいているのは明らかになった――それがぼくらの互いの親密さと、生きようとする欲望をますます強める。暗くなってゆく空に甘い汚れた血の臭いが立ちこめ、昂奮と愛情と軽佻《けいちょう》の雰囲気を押し進める。それはこれまで見られなかった調子だ。

大邸宅のシャンデリアが――ぼくはその醜さが嫌いになっていたが――わが友ポンバルに別れを告げるために集まった人々の上に輝いている。みんながここに集まっている。ぼくはその顔もその経歴も知りぬいている。黒い服のスヴェヴァ、金髪のクレア、ガストン、クレール、ギャビー。ネッシムの髪はここ二、三週間のうちにすこし白いものを混じえたようだ。プトレメオとファドが昔の恋人同士の気のおけなさでさかんに議論している。まわりではシャンパングラスのようにもろいはかない会話がとり交され、典型的にアレクサンドリア風な生気が膨れ上っては凋《しぼ》んでゆく。優雅で意地の悪いアレクサンドリアの女たちがさよならを言うためにここに集まっている。この男があまりに世話を焼かせるので好きになってしまったのだ。ポンバルのほうは昇進がきまって以来、すこし太って落ち着いてきた。横顔がちょっとネロに似てきた。彼は低い声《ソット・ヴォーチェ》でぼくの身を案じてくれる。ここ何週間かまともに会うひまがなくて、今夜ぼくの教師の仕事のことを知ったばかりだ。「ここから出ろよ」と彼は繰り返す。「ヨーロッパへ帰れ。この町にいると駄目になるぞ。それに上エジプトへ行ったって何がある？　灼けつく熱気と埃と蠅と卑しい仕事だ……結局きみはランボー*じゃないんだからな」

　まわりに群がって乾杯する人々のせいでぼくは答えることができない。ぼくにはそれがありがたい。何も言うことがないからだ。ぼくはぼんやりと彼を見つめながらうなずいて見せる。クレアがぼくの手をつかんで隅へ連れて行きささやく。「ジュスティーヌから葉書が来たの。パレスチナにあるユダヤ人の集団農場《キブツ》で働いてるって。ネッシムに言ったほうがいいかしら」

「うん。いや。ぼくにはわからない」

「彼女は言わないでくれって言うの」

「じゃあ言わないほうがいい」

　ぼくにも何か伝言があるかと聞くには、こっちの自尊心が強すぎる。みんなは古い歌「やつはほんとにいい男」をさまざまな拍子と音調で歌いはじめる。ポンバルは嬉しさのあまり桃いろになる。ぼくはクレアの手をそっと離して歌に加わる。小柄な総領事が大げさな身振りでポンバルに話しかける。彼が立ち去るというので安堵のあまり、発作的に友情と後悔の念とに駆られたのだ。イギリス領事館の連中は羽根変りしかけた七面鳥一家のようにのっそりとしている。マダム・ド・ヴェヌータは優雅な手袋をはめた手で拍子をとっている。黒人の召使たちは白い長い手袋をはめて、月食の月のように客の群から群へと動きまわる。もしイタリアかフランスへ行くとしたら、とぼくは考えはじめる。もう都会では暮さずに、たとえばナポリ湾の島あたりで暮したら……。しかしぼくの生活で解決していないのはジュスティーヌの問題ではなく、メリッサの問題だということに気がつく。奇妙にも未来は——もし未来があるとすれば——いつも彼女のものになってしまうのだ。そのあいだぼくは決定することも、望むことさえもできないと感じる。二人の浅い歴史の流れがふたたび出会うまで、ぼくらの調子がふたたびそろうまで、じっと待たねばならないと感じる。それには何年もかかるかもしれない——とつぜん潮の目が変るときは、たぶん二人とも白髪になっているかもしれない。あるいはこの希望は死産してしまうか、人生の波に揉まれて難破してしまうかもしれない。パースウォーデンが遺してくれた金はまだ銀行に預けたままだ——一ペニーも使っていない。それだけの金があれば陽のあたる隅っこで数年間は暮せるかもしれない。

メリッサはまだ元気のいい楽しげな手紙をよこす。ぼくは身のまわりが不便で困っていると不平を書いてやるよりほかに返事のしようがない。この町を離れてしまえば、もっと容易になるだろう。新しい道が開けるだろう。自分の感じていることを率直に書いてやれるだろう——彼女は永遠にぼくを正しく理解できないということも書いてやれるだろう。「春には戻って来ます」とネッシムがチボー男爵に話しかけている。「そしてアブシールの夏の家に住むことにします。二年ばかり休養しますよ。つまらぬ仕事にすこし精を出しすぎましたからね」青白い顔いろではあるが、新しい落ち着きと安らぎの表情を見ないわけにはいかない。心は悩んでいるかもしれないが神経はとうとうまともに戻った。その弱々しさは回復に向った者の弱々しさだ。もう病気ではない。しばらくのあいだぼくらは静かに話し合い冗談を言う。遅かれ早かれ二人の友情が元に戻るのは明らかだ——ぼくらは不幸の資金を共有し合っているのだから。「ジュスティーヌが」とぼくは言う。彼は指に小さな棘を刺したようにちょっと息をとめる。「パレスチナから手紙をよこしている」彼はすばやくうなずくと、小さな身振りでぼくに合図する。「知ってる。探させたんだ。もう何も……ぼくは手紙を書いている。好きなだけいて気が向いたら帰って来ればいい」彼から希望と慰めを奪うのは愚かしいことだが、彼女はもうこのままでは戻って来ないだろう。彼女の手紙の一言一言がそれを明らかにしている。彼女が見捨てたのはぼくたちではなく、むしろ自分の理性をおびやかすような生活のあり方だ——この都会、恋、ぼくらが分ち合ったすべてだ。彼女はネッシムにはなんと書いたのだろう。彼が白漆喰の壁に頭を押しつけて洩らしたあの短い喘ぐようなすすり泣きを思い出しながら、ぼくは考えた。

＊

この春の朝、島が夜明けの太陽の光を浴びて目を覚まし、海のなかから伸び上るとき、ぼくは淋しい海辺を歩きながら、上エジプトで過した時間の記憶を取り戻そうとする。アレクサンドリアのことはなんでもはっきりと覚えているのに、この失われた時期のことがほとんど思い出せないのは不思議なくらいだ。あるいはとりわけ不思議でもないのかもしれない。町の生活に比べるとこの新しい生活は退屈で平凡だったから。思い出すのはきつい骨の折れる学校の仕事、死者を滋養にして育った豊かな平野での散歩、沈泥を蓄えながら三角洲から海へ流れ出る黒いナイル、吸血虫《ビルハルジア》にさいなまれ、ぼろをまといながらも、おちぶれた王族のように気品高く忍耐強い農夫たち、村の長老の単調な詠唱、ゆっくりと水車をまわす目隠しされた牛たち——なんと世界は小さくなれるのだろう。そのあいだぼくは何も読まず、何も考えず、何者でもなかった。学校の神父たちは暇なときにはぼくをそっとしておいてくれた。聖服や聖庁の道具に対するぼくの嫌悪を感じとったのだろう。子供たちはもちろん苦痛の種だった——しかし感受性のある教師なら誰でもトルストイの恐ろしい言葉を思い出さずにはいられまい。「私が学校に行って、あのぼろを着た痩せて汚ない、しかし澄んだ目をして時には天使のような表情を見せる子供たちの群を見ると、いつも不安と恐怖に襲われる——まるで溺れかけた人たちを見ているような」

すべての手紙は非現実的なものに思われたが、メリッサには気まぐれな手紙を送っていた。彼女の手紙はいつもきちんと届いた。クレアが一、二度手紙をくれた。それから驚いたことにスコービーも手紙をくれた。ぼくがいなくなってこれほど淋しい思いをするとは考えていなかったらしい。彼の手紙はユダヤ人（いつも嘲笑的に「皮っ切り」と書いてある）や、また驚いたことに、受身の男色者（それにはハームズというレッテルを貼っていた。つまり両性具有者《ハーマフロダイト》のことだ）などに対する途方もない排斥の言葉にあふれていた。秘密情報部の仕事を取り上げられたのにはそれほど驚かなかった。いまは彼のいわゆる「ビール壜」を手元に置いて、一日のほとんどをベッドで過している。しかし彼は淋しい。それで手紙をくれるのだ。

これらの手紙は役に立った。ぼくの非現実感は募《つの》りに募って、時には自分の記憶さえ信じられなくなっていた。アレクサンドリアという都会があったことも信じられなくなってくるのだ。手紙はぼくにはほとんど縁がなくなりかけていた存在に自分を引き寄せてくれる命綱だった。

ぼくは仕事が終るとすぐ部屋に鍵をかけてベッドにもぐりこんだ。そばにはハシーシュの煙草を入れた翡翠《ひすい》の箱があった。ぼくの生活態度を批判することはできても、すくなくとも仕事で後ろ指をさされるようなまねはしなかった。孤独癖がはなはだしいといって文句をつけるわけにもいくまい。ラシーヌ神父は一、二度ぼくを誘い出そうとしてくれた。彼は神父たちのうちでもっとも鋭敏で知的なひとだった。たぶんぼくとつき合えば自分の知的生活のわびしさを和らげてくれると思ったのかもしれない。気の毒だと思ったし、こうした誘いかけに応じることができなかったのをある意味では残念に思ってもいる。しかしぼくの麻痺感はしだいに強まるばかりで、それが他人との接触からしりごみさせたのだ。一、二度いっしょに川べりを歩き（彼は植物学者だった）、自分の研究について気軽に明快に話すのを聞いた。しかし、季節になんの反応も示そうとしないこの平板な風景は、もうぼくの感興を呼び覚してくれなかった。太陽のせいでぼくの欲望のすべてが干涸らびてしまったらしい――食物や、友だちづき合いや、そして言葉に対する欲望でさえも。ベッドに寝そべって天井をながめながら、教師の宿舎の雑音を聞いてるほうが好みに合った。ゴーディエ神父は引出しを開けたり閉めたりしながらくしゃみをしている。ラシーヌ神父はフルートで何度も同じメロディを繰り返している。オルガンの反復が暗い礼拝堂の和音のなかで消えて行く。強い煙草が頭を鎮め、あらゆる雑念を取りのぞいてくれた。

ある日、中庭を歩いているとゴーディエ神父が呼びとめて電話がかかってきたと知らせてくれた。ぼくには訳がわからなかった。自分の耳を疑った。こんなに長いあいだ音沙汰なしでいるのに誰が電話をくれるのだろう。ネッシムか。

電話は校長の書斎にあった。大きな家具や美しい装幀の書物を詰めこんだ近づきがたい部屋だ。受話器は机の吸取紙の上でかすかにぶつぶつ音を立てていた。彼はちょっと横目で見やりながら不機嫌そうに言った。「アレクサンドリアの女のひとからです」ぼくはメリッサに違いないと思ったが、驚いたことには、ぼくの混乱した記憶のなかからクレアの声が湧き上ってきた。「いまギリシア病院からかけているの。メリッサが重態よ。もう危いかもしれない」

ぼくの驚愕と混乱とが怒りのかたちをとって現れたにちがいない。「あなたに知らせないでくれって言うんだもの。病気のところを見せたくないのよ――痩せ細ってしまって。でも、もうそうしてはいられない。すぐ来てくれる？　いまならあなたに会うと思うわ」

ぼくは混み合った夜行列車に揺られて行くところを思い浮べた。埃をかぶった村や町に着くたびに停車するのでまる一晩かかる――それに汚れと熱気。週末いっぱい留守にしてもいいかとゴーディエにたずねると、「特別の場合には許可することがあります」と彼は重々しげに答えた。「たとえば結婚する場合とか、誰かが重態だとか」彼がそう言うまで、メリッサと結婚するという考えは頭になかった。

それから、安物のスーツケースに物を詰めこんでいるとき別な記憶がよみがえった。コーアンにもらった指輪が茶いろの紙にくるんだままカフスボタンの箱に入れてある。ぼくはそれをながめながら無生物にも人間と同じような運命があるのかと考えた。この指輪のやつめ、とぼくは思った。人間みたいに心配しながらずっとここで待っていたのか。財産目当ての結婚《マリアージュ・ド・コンヴナンス》に引っかかった人間の指におさまるために待っていたのか。ぼくはこの哀れな指輪をポケットに入れた。

遠い過去の出来事は記憶のなかで変化して、磨き上げたように輝きだす。前後の脈絡や、時間の繊維組織から切り離されて孤立するからだろう。人物たちもまた変貌する。彼らは重しをつけた死体のように記憶の大洋のなかへゆっくりと沈んで行くが、その途中のあらゆる段階で、人間の心のなかに新しい価値と新しい評価がかたちづくられるのを見出す。

メリッサの衰弱に対してぼくが感じたのは不安ではなくて憤りだった。その空しい怒りはおそらく悔恨の念から出たものだろう。ぼくの将来の広大な眺望のなかに、漠然とではあれ、いつもメリッサの姿を住まわせていたのに、それが自分の怠慢のせいで消えてしまった。どんなにこれを頼りにして生きていたか、いまになってやっとわかった。それは巨額の資金のようなもので、いつかは利子を引き出すこともできたはずだ。ところがいま、ぼくはとつぜん破産した。

バルタザールが小さな車で駅まで迎えに来た。彼はぼくの腕を荒っぽく押えるとそっけない声で言った。「かわいそうに昨夜死んだよ。楽にいけるように私がモルヒネを打ってやった」彼は溜息をついてぼくを流し目に見た。「あんたが涙を流さない人間らしいのは残念だね。涙もひとつの慰めになるのだがな《サ・オレ・テテ・アン・スーラージュマン》」

「グロテスクな慰めだよ《スーラージュマン・グロテスク》」

「感情を深めてくれる《アプロフォンディール・レ・ゼモシヨン》……清めてくれる《レ・ピュルジェ》」

「黙って《テ・トワ》、バルタザール、黙ってくれよ」

「あの女はあんたが好きだったんだな」

「知ってる《ジュ・ル・セ》」

「あんたのことばかり話してたよ《エル・パルレ・ド・ヴ・サン・セッス》。クレアはこの一週間つききりだった《クレア・ア・エテ・アヴェク・エル・トゥト・ラ・スメーヌ》」

「たくさんだ《アッセ》」

柔らかな朝の空気のなかで、この都会がこれほど魅惑的に見えたことはなかった。港から吹きつける微風がぼくのやつれた頰に旧友のように接吻して行った。マレオティス湖が棕梠の木や泥の小屋や工場のあいだからきらりと光っていた。ファド街の店々はパリの店のように新しく輝かしかった。上エジプトにいるあいだにぼくはすっかり田舎者になっていた。アレクサンドリアが大都会のように思えた。小ぎれいな庭園で乳母たちが乳母車を押し、子供たちが輪回しをして遊んでいる。電車が騒がしく走り過ぎた。「ほかのこともある」と車を走らせながらバルタザールが言った。「メリッサの子供だ。ネッシムの子供だ。しかしあんたはみんな知ってるんだろうな。いま夏の別荘にいる。女の子だ」

ぼくはほとんど忘れかけていたこの都会の美しさに酔い痴れていたので、すぐには理解できなかった。市役所の外では代書屋たちが椅子にかけていた。インク壺やペンや印紙を貼った書類などがそろえてあり、体を搔いたり親しげに喋り合ったりしている。ぼくらはカノープス通りの長い骨張った脊柱をたどり、病院の建っている低い断崖をのぼった。エレベーターを降りて三階の長い白い廊下を歩きながら、バルタザールはまだ話しつづけていた。

「ネッシムと私の仲が気まずくなった。メリッサが戻って来ても彼はいやがって会おうとしない。こんな非人間的なことは私にはとても理解できないよ。どうなのか……。子供は養子にやると言っている。ほとんど憎んでいるんじゃないのかな。メリッサの子供がいるかぎりジュスティーヌは戻って来ないと思ってるのだろう。私としては」彼はもっとゆっくりとつけ加えた。「こう見ている。愛の恐ろしい置き換えだ。ジュスティーヌが失った子供をネッシムが取り戻してやった。ただし彼女にではなく、メリッサにな。わかるかね？」

ぼくがなにか薄ぼんやりとした親近感を覚えだしたのは、これから行くのがコーアンの死んだあの小さな部屋だという事実による。もちろんメリッサは壁際の同じ狭い鉄のベッドに横たわっているにちがいない。ここまで芸術を模倣するとはまったく実人生らしいやり方だ。

部屋には何人かの看護婦がいて忙しげにささやきながら、ベッドのまわりに衝立をまわしていたが、バルタザールの一言でみんな姿を消した。一瞬、ぼくらは腕を組んで戸口に立ち、なかをのぞきこんだ。メリッサは青白くて、すこし凋んだように見えた。顎をテープで押え、目は閉じてあったから、まるで美容術を受けている最中に眠りこんだように見えた。目を閉じてあったのでぼくは助かった。目を見るのが怖かった。

しばらくのあいだ、白い病室の沈黙のなかで彼女と二人取り残されたままでいた。すると、とつぜん、ぼくは鋭い当惑を感じだした。死者に対してどう振舞ったらいいかを知るのはかなりむずかしい。彼らはいつも頑なに聞えないふりをしている。それで王族のまえに出たときのようにぎこちなくなってしまうのだ。ぼくは口に手を当てて咳払いをすると、病室のなかを歩きまわりながら、ちらちら彼女を盗み見た。彼女が花束を持ってフラットを訪ねて来たときのぼくの狼狽《ろうばい》ぶりを思い出していた。コーアンの指輪をはめてやりたかったが、もう彼女の体には包帯が巻いてあり、両腕もしっかりと脇に結びつけられていた。この気候では死体はどんどん崩れてゆくから、不作法なほど急いで墓に送りこまねばならない。ぼくは彼女の耳に口をつけて、「メリッサ」と二度ほど頼りなくささやいてみた。それから煙草に火をつけてそばの椅子に腰をおろし、長いあいだその顔を見つめながら記憶のなかに群がり合っているメリッサのさまざまな顔と比べてみた。彼女はそのどれとも似ていなかった——だが彼女はそれらの顔を要約して結論を与えていた。

こんなとき、人は死者の顔に見られる冷たい恐ろしい落ち着きに釣り合う態度を探し求める。しかし人間の感情という屑袋にそんなものははいっていない。「愛の四つの顔は恐ろしい」とアルノーティは別な場所で書いている。動かないメリッサに、もしネッシムが手放すなら子供を引き取るよとぼくは心に誓った。そのひそかな誓いを立てたしるしに青白い広い額に接吻して部屋を出ると、あとは彼女を墓地に運ぶ人々に任せた。ああいう気づまりな沈黙から逃れるのが嬉しかった。ぼくら作家は残酷な人種なのだろう。死者を気にかけはしない。ぼくらが人間の経験の核心に埋めこまれている神託を掘り起すとき、恩恵に与かるのは生きている人間だ。

(「昔、帆船がバラストを必要とするときは、陸から亀を集め、生きたまま大樽に入れて使った。その恐ろしい旅行に生き残ったのは子供の玩具として売られた。腐った死体は東インドの港に捨てられた。亀はまだたくさん棲息地にいた」)*
ぼくは脱獄囚のように軽やかにのびのびと町なかを歩きまわった。ムネムジヤンは菫いろの目に菫いろの涙を浮べて暖かくぼくを抱擁すると、自分でひげを剃ってくれた。その身振りのひとつひとつに柔らかな同情とやさしさがこめられていた。アレクサンドリアの市民たちが日射しを浴びながら表の歩道を歩いていた。それぞれが個人の人間関係と恐怖のなかに閉じこもっているけれど、ぼく自身が考えたり感じたりしていることからははるかにかけ隔っているように見えた。都会は痛烈な冷たい微笑を浮べていた。夜の闇のなかで生気をよみがえらせた娼婦だ。

あと残っているのはただひとつ、ネッシムに会うことだけだ。その日の夕方に町に来るはずだと聞いてぼくはほっとした。ここでも時は意外な贈物をしてくれた。ぼくの記憶のなかに生きているネッシムはすっかり変っていた。

彼は女のように年をとっていた——腰まわりや顔が広くなった。何度もお産をした女のように、体の重みを足の裏に平均にかけて歩く癖がついた。あのしなやかな足どりは消えた。それだけでなく、たるんだ愛想のよさや気配りを発散させているので最初は見分けがつかないほどだった。愚かしい勿体らしさがかつての気持ちよいはにかみに取って代った。

彼はこういう新しい印象を吟味する暇も与えず、さっそくエトワールへ行こうと言いだした——メリッサが踊っていたナイトクラブだ。経営者が代替りしたと彼は言った。これが彼女の葬式が行なわれるその夕方にそこへ行く言いわけになるらしい。ぼくは驚いたがすぐに賛成した。彼の感情を突き止めたいという気持ちと、子供を——この神話的な子供を——どうするのか話し合いたいと思ったからだ。

狭い息苦しい階段を降りて白色光に照らし出された部屋にはいると、わっと喚声があがって女たちが四方八方から油虫のように駆け寄って来た。いまでは常連客として名を売っているらしい。彼は大声で笑いながら女たちに腕を広げて、どうだいと言わんばかりにぼくのほうを振り向いた。それから女たちひとりひとりの手を取り、いかがわしげに服の胸ポケットに押しつける。札束のぎっしりつまった厚い財布に触らせてやろうというのだ。この動作で思い出したのは、ある夜、この都会の暗い通りで妊娠した女に呼びとめられたときのことだ。逃げだそうとすると、彼女は手をとってその膨れた下腹に押しつけた。自分が与える快楽を教えようとするのか、どんなに金に困っているのかを強調するのかぼくにはわからなかった。いまネッシムを見て、とつぜん八ヵ月の胎児の震える鼓動を思い出した。

かつてのネッシムの卑俗な分身のそばに坐るのは、どんなに奇妙な感じがしたかを書くのはむずかしい。ぼくはじっとこの男を観察したが、彼のほうはこちらの視線を避けて、いかにもとり繕ったような世間話ばかりを取り上げ、ときには指輪をはめた手のかげで欠伸をして見せるのだ。折りにふれて、この新しい表層のかげからかつてのはにかみが閃くこともあったが、ちょうど昔の美しい顔立ちが脂肪の塊のなかに埋れたのと同じで外見には現れなかった。洗面所で給仕のゾルタンがぼくに言った。「あのひとは奥さんがいなくなってから本当の自分になったんですよ。アレクサンドリアじゅうの人がそう言ってます」事実は、彼がアレクサンドリアじゅうの人と同じになったのだ。

その夜、どうした気まぐれからか、月の光のなかをモンタザまでドライヴに連れて行ってくれた。ぼくらは無言のまま、長いこと車のなかに坐って煙草を吹かしながら、月光を浴びて打ち寄せる浪を見つめていた。その沈黙のなかでぼくは真実を理解した。ほんとうに彼の心が変ったのではない。新しい仮面をかぶっただけだ。

＊

夏の初めに、ぼくはクレアから長い手紙を受け取った。それをもってこのアレクサンドリアの短い回想の記録を終えるのもいいだろう。

「二、三週間前にジュスティーヌとちょっと会ったことを話しておきましょう。御承知のように、わたしたちはそれぞれの国から葉書のやり取りをしていましたが、わたしがパレスチナを通ってシリアへ旅行すると聞いて会いたいと言ってきたのです。ハイファ行きの列車が三十分停車する国境の駅まで来ると言うの。彼女の働いている集団農場《キブツ》が近くにあるし暇もとれる。プラットフォームでしばらく話し合えるって。わたしは承知しました。

はじめはちょっと彼女がわからなかった。顔はかなり太り、髪は無造作に後ろで切りそろえているので、鼠の尻尾みたいに突き出ている。普段は布で包んでいるのでしょう。かつての優雅でシックな面影はまったくありません。目鼻立ちは以前よりも広がっていかにもユダヤ人くさくなりました。鼻と唇とがすこしくっついてきたよう。ぎらぎら光る目とせわしない息遣いや話しぶりにもびっくりした――まるで熱病にかかったみたい。御想像できるでしょうが、二人ともなかなか打ち解けなかった。

　わたしたちは停車場から出て道を歩き、涸れ谷《ワジ》の縁に腰をおろしました。足元にはおびえているような花がまばらに咲いているだけ。彼女は前もってここを選んでおいたようです。たぶんその素朴な風景が二人にふさわしいと思ったのか。はじめはネッシムのこともあなたのことも口に出さず、新しい生活のことばかり話していました。『共同生活』を通して新しい完全な幸福を見出したそうです。そんな話をする彼女の態度には一種の改宗者めいたところがありました。笑ってはいけない。弱い者に我慢するのがむずかしいのはわたしも知っています。彼女は共産主義施設のきびしい労働から『新しい謙遜』をかち得たんだって（謙遜！　絶対的な真理を求める者がいかかる罠。わたしはぞっとしたけど何も言わなかった）。施設の仕事のことを、百姓女のように大まかに雑駁《ざつばく》に説明してくれました。手入れのゆき届いていた手は荒れて、たこができて。人には自分の体を好きなように処理する権利がある。そうわたしはつぶやきました。わたしの体は清潔と閑暇とよい食物と風呂のおかげで輝きわたっているような気がして恥かしかった。ところで、彼女はまだマルクス主義者ではありません――アブシールのパナヨティスのような労働する神秘主義者にすぎない。いまの彼女をながめ、かつての感動的で激しい彼女を思い返すと、どうしてこんな固い手のずんぐりした百姓女に変ってしまったのか合点がゆかない。

　事件って単にわたしたちの感情の注釈みたいなものなのか――一は他から導き出されるのかもしれない。時がわたしたちを運んで行くのは（わたしたちは自分自身の未来を作り上げてゆく別個の自我だ、とあえて考えるとすれば）――時がわたしたちを運んで行くのは、自分ではほとんど意識していない内部の感情の勢いがそうさせるからなの。あなたには抽象的すぎるかしら？それではわたしの話し方がへたなのね。言いたいのは、ジュスティーヌの場合、夢や恐怖によって生じた精神的な倒錯が治ったとたんに袋みたいに凋んでしまったのだということ。妄想があまりにも長いこと彼女の生活の前景に居坐っていたので、もう在庫品が空っぽになってしまったわけ。カポディストリアが死んだせいで、この影絵芝居の主役を務める牢番がいなくなったというだけではない。病気そのものが彼女を動かしつづけていたのに、それが消滅してしまうと、代りに残ったのはまったくの疲労感。彼女はいわば性衝動を失っただけでなく、同時に、生きようという欲望そのものも、ほとんど理性さえも失ってしまった。こんなふうに自由意志の限界に追いやられた人は、どこかに助けを求めずにはいられない。もし彼女がアレクサンドリア人（つまり懐疑主義者）でなかったら、改宗という形を取ったでしょう。こういうことをどんなふうに言ったらいいのかな？　幸福になるとか不幸になるとかの問題ではなくて、人生の一区画がとつぜん海に落っこちてしまうのを。メリッサが死んだときに、あなたもそれを経験したのではないでしょうか。しかし（悪に対して善をもたらし善に対して悪をもたらす応報の定めは、人生のなかでこんなふうに働くのね）、彼女自身の解放は、また、ネッシムをその情熱生活を支配していた抑圧から解放した。ジュスティーヌが生きているかぎり、ほかの人と関係するなんてとても耐えられないことだと彼はいつも感じていたのだろうと思うわ。メリッサは彼が間違っていることを証明した、ともかくも彼はそう思った。しかしジュスティーヌが去ってみると昔の心の病いが頭をもたげ、彼は彼女——メリッサに対する行為にたいへんな嫌悪感を覚えた。

恋人たちはけっして平等な立場にいることはない——そう思いませんか？　ひとりがいつも相手にのしかかり、その発育を妨げる。のしかかられるほうはいつも、逃げたい、自由に成長したいという欲望にさいなまれる。たしかにこれが愛の本質的な悲劇ではないのかしら？

だから、ほかの見方からして、もしネッシムがカポディストリアの死を企んだのなら（一般にそういう噂が流れ、そう信じられているけれど）、これほど不幸な道を選ぶことはできないくらいだと言っていい。むしろあなたを殺すほうがもっと賢明だった。たぶんジュスティーヌをあの悪霊から解放すれば（アルノーティもかつてそう考えたのですが）彼女は自由になって自分のもとに戻って来ると思ったのでしょう（彼はまえにそう言った——あなたがそう教えてくれました）。しかしまったく逆のことが起ったのです。彼は彼女に一種の免罪を与えた——というより哀れなカポディストリアが無意識のうちに与えた——のだけれど、おかげで彼女のほうはネッシムが恋人ではなく、いわば主席司祭のようなものだと考えるようになった。彼女はいま、彼が聞いたらぞっとするような尊敬をこめて彼のことを語ります。もう戻ることはないと思う。どうして戻れる？　もし戻ったとしても、彼はすぐに彼女を永遠に失ったのを知ることになる——なぜなら、告解の相手を愛するなんて、ほんとうに愛することなんて絶対にできないから。（あなたについて、ジュスティーヌはちょっと肩をすくめてこう言っただけ。「あのひとのことは忘れなけりゃ」）

汽車がオリーヴの茂みを抜けて海岸へ向うあいだ、わたしの頭に浮んだのはこんなことです。ちょうど旅行中に読んだ連作『神は諧謔家』の最終巻のまえの一冊が、こういう考えをくっきりと浮彫りにしてくれた。パースウォーデンは死んでからなんと偉大な位置を占めるようになったのか。かつては作品とわたしたちの理解のあいだに彼が立ちはだかっていると感じていたのに。いまのわたしには、あの人が謎めいて見えたのはこちらの過ちのせいだということがわかる。芸術家はわたしたちのように生活を生きるのではなくて生活を隠してしまう。そうして彼の感情の源に触れたければ作品に赴くほかはないように仕向けるのです。性や社会や宗教などについての偏見の一切（前脳を用いて喋ることのできる主要な抽象概念のすべて）の下には、ただ、世間の思いやりが欠落しているせいで耐えがたいほど苦しんだひとりの男がいるだけ。

　そうしてこのすべては自分自身に戻って行く。わたしもまた奇妙に変りかけている。かつての自足した生活はなにか空ろなものになってしまいました。もう心の奥底の必要には応じてくれない。わたしの性質のどこか深いところで潮の流れが変ったらしい。なぜかわからないけれど、最近のわたしが考えるのはあなたのこと。はっきり言っていいかしら。愛の頂点のこちら側でも友情を見出すのは可能でしょうか。愛のことはもう語りたくない——その言葉の陳腐さがたまらない。でも、もっとはるかに深い、それでいて名前も観念もないような友情に達することは可能なのか。肉体をもってではなく（それは僧侶たちにまかせます）、犯罪者の心をもって、忠実につき合えるような人を見つける必要があると思うの。でも、これはいまのあなたには興味のない問題かもしれません。一度か二度、あなたのところへ行って子供の世話をしようかしらという馬鹿げた望みを抱いたこともあります。でもいまはもうあなたは誰も必要としていないし、自分の孤独を何よりも重んじているのは明らかなようです……」

もう数行つづいてから愛情をこめた締め括りが来る。

＊

大きな鈴掛の木々に蟬が鳴き、夏の地中海は吸いこむような青さで目のまえに広がっている。藤いろに震える水平線のかなたにアフリカが、そしてアレクサンドリアが横たわり、記憶にすがってぼくたちの愛情を繋ぎとめようとはかない努力をしているのだろう。だが記憶そのものがすでにゆっくりと忘却に変化しかけている。友人や遠い昔の出来事の記憶。時間のゆるやかな非現実性がこれらの記憶をつかんで輪郭をぼやけさせてゆく――だから、これらのページが現実の人間の行動を記録したのか、それともドラマを誘い出すためのいくつかの小道具の物語――たとえば、黒い眼帯、懐中時計の鍵、持主のない二つの結婚指輪などのことを言うのだが――にすぎないのか、ぼくにはわからなくなってくる……。

　やがて夕暮れになり、澄んだ夜空一面に夏の星がちりばめられるだろう。ぼくはいつものようにこの水際で煙草をふかすだろう。クレアの手紙には返事を出さないことにした。ぼくはもう誰も抑制したくない、誰にも約束したくない。人生を契約とか決意とかいうもので考えたくない。ぼくの沈黙をどう解するかはクレアにまかせよう。彼女自身の必要と望みに応じて解釈してもらっていい。もし必要があれば来るだろうし、なければ来ないまでだ。（原注10）すべてはまわりの沈黙をどう解釈するかによるのではないだろうか。だから……。

作品の要点

風景の色調。けわしい地平線、垂れこめる雲、真珠の地に牡蠣《かき》と菫の影。懈怠《アクシディ》。湖の上は鈍い青銅とレモンの色。夏、砂とライラックの空。秋、腫れ上った打身の灰いろ。冬、凍てつく白い砂、澄んだ空、壮大な星の風景。

＊

性格の摘要

スヴェヴァ・マニャーニ　厚顔、不満。
ガストン・ポンバル　洗い熊、肉欲の麻酔剤。
テレサ・ディ・ペトロモンティ　化粧したベレニケ。
プトロメオ・ダンドロ　天文学者、占星術師、禅。
ファド・エル・サイード　黒い月の真珠。

ジョッシュ・スコービー　海賊行為。
ジュスティーヌ・ホスナニ　暗黒のなかの矢。
クレア・モンティス　苦しみの静かな水。
ガストン・フィップス　靴下型の鼻、黒い帽子。
アハメド・ザナニリ　北極星の犯罪者。
ネッシム・ホスナニ　滑らかな手袋、つや消しガラス。
メリッサ・アルテミス　悲しみの守護者。
S・バルタザール　寓話、仕事、無知。

＊

燕尾服を着たままで眠るポンバル。ベッドの上に置いた寝室用便器には、カジノで儲《もう》けた札束がぎっしり詰っている。

＊

ダ・カーポ。「林檎みたいに皮ごと肉欲に包まれて焼ける」

＊

ガストン・フィップスの即興詩。

「恋人は魚をくわえた猫のよう、こっそり離れてひとりじめ」

＊

事故か殺人の企てか？　ジュスティーヌがロールスロイスを運転して、カイロに向う砂漠の道を走っているとき、とつぜんライトが消えた。視界を失った大型車は道路をそれて、矢のように唸りを上げながら砂丘に突っこんだ。電気回線に鑢《やすり》をかけて糸のように細くしてあったらしい。三十分ほどしてネッシムが追いついた。彼らは涙ながらに抱き合った。

＊

バルタザールがジュスティーヌについて言う。「きみにもいずれはわかるだろう。あの手に負えない振舞いは、子供っぽい内気さというもろい家の上に建てられたのだよ」

＊

クレアは何かを決めるまえにいつも星占いをしてもらう。

＊

クレアに聞いた恐ろしいパーティの話。ジュスティーヌといっしょに車を走らせていると、道端に茶いろの段ボール箱が置いてあった。時間に遅れていたので、そのまま後部座席に積みこみ、ガレージに着いてから開けてみた。中身は新聞紙にくるんだ赤児の死体。この干涸らびた小人をどう始末したらいいのか？　手足も完全にそろっている。招待客たちが到着するので急がねばならない。ジュスティーヌはホールのデスクの引出しにそっとしまいこんだ。パーティは大成功だった。

＊

「n次元小説」三部作についてパースウォーデンが言う。「物語の進行運動量は過去に言及するたびに押し戻される。つまりaからbへ進行するのではなく、時間の上に立って、おのれの軸のまわりをゆっくりと旋回しながら、模様の全体を包みこんでゆく、という印象を与えるのがこの本だ。事件のすべてが前へ進行して別な事件に繫がってゆくのではなく、そのあるものは過去の事件に逆戻りする。過去と現在が結婚して、多種多様な未来がぼくらに向って飛んでくる。とにかく、それがぼくの考えだったんだがね」……。

＊

「じゃ、いつまで続くんだろう、この恋愛は？」（冗談めかして）
「わからないわ」
「三週間、三年、それとも三十年……？」
「あなたもほかの人と同じね……数で永遠をちぢめようとしている」　静かな話しぶり。しかし激しい感情がこもっている。

＊

なぞなぞ。孔雀の目。ひどく素人っぽい接吻。まるで初期の印刷術みたいな。

＊

詩について。「ぼくはアレクサンドラン＊の柔らかで重い響きが好きだ」（ネッシム）。

＊

クレアと、彼女が崇拝する老いた父親。白髪、まっすぐな背たけ、自分の娘であるこの若い未婚の女神をいとおしみ気遣う眼ざし。年に一度、大晦日《おおみそか》に、二人はセシル・ホテルで踊る。優雅に、気品高く。彼は仕掛け人形のようにワルツを踊る。

＊

ポンバルがスヴェヴァを愛したわけ。ある陽気な置手紙が好みに合った。目が覚めると彼女はもういなかったが、彼のペニス《ジョン・トマス》に蝶ネクタイがきれいに結んであった。彼はこの伝言にすっかりまいって、すぐに服を着ると、そのユーモアの感覚のゆえに結婚を申込みに行った。

＊

ポンバルがもっともいじらしい姿をみせるのは、彼が心から愛している小型乗用車に相対しているときだ。月の光の下で辛抱づよく車を洗っていたのを思い出す。

＊

ジュスティーヌ「いつも自分の感情の激しさに驚くの――この指で書物の心臓を裂き取ってしまう。ひときれの新しいパンをむしり取るみたいに」

＊

場所。アーケードのある街路、日覆い、銀器と鳩の売物。パースウォーデンが籠につまずき、通りは林檎でいっぱいになった。

＊

新聞の片隅の伝言、そのあとで閉めきった車、暖かい肉体、夜、たくさんのジャスミン。

＊

市場で鶉《うずら》の籠がこわれた。鶉どもは逃げようとせずに、こぼれた蜂蜜のようにゆっくり広がっていった。簡単に捕まってしまう。

*

バルタザールの葉書。「スコービーの葬式はじつに面白い見ものだった。あの男だって大いに楽しんだにちがいあるまい。ポケットには副官のハッサンに宛てた恋文を詰めこんでいた。そして売春賭博取締班の全員が彼の墓に出動して泣きじゃくった。あの黒いゴリラどもが赤ん坊のように泣いた。じつにアレクサンドリア的な愛情表出だよ。もちろん、棺桶を入れるには墓がすこしばかり小さすぎた。墓掘人足たちは昼飯に出かけていたから、居合せた警官たちが行動を開始した。おきまりの騒ぎ。棺が横ざまに落っこちて、老人の体が転がり出そうになった。叫び声。神父は猛烈に怒るし、英国領事は恥かしさのあまり消え入らんばかり。アレクサンドリアじゅうの人間が出席して、みんなが楽しんだ」

*

朝の十時、ぐでんぐでんに酔っ払ったポンバルがファド街を堂々と歩いて行く。燕尾服の正装、マントにオペラハット。——しかしシャツのまえには口紅でこんな言葉が書いてある。「共和国《トルシュ・》民の尻拭い《キュ・デ・レピュブリカン》」

*

（博物館*）

太陽神アモンの角《つの》をつけたアレクサンドロス（ネッシムの狂気）。彼が自分をAになぞらえたのは角のゆえか*？

＊

僧侶たちが神に祀りあげた幼い娘の死を嘆くベレニケの像*――ジュスティーヌが悲しげに見つめる。「これは彼女の嘆きを和らげたのかしら、それとももっと永続的なものにしたのかしら？」

＊

子供に玩具を与えるアポロドロスの墓石。「涙が出るよ」（パースウォーデン）「みんな死んでしまった。跡かたも残っていやしない」

＊

巫女《みこ》アウレリアが鰐神ペテスーコスに嘆願する……。ナルーズ。

＊

黄金の花をもつ雌獅子*……。

ウシャブチ……地下の世界でミイラに仕える小さな召使たち。

*

なぜかスコービーの死でさえも、ぼくたちが思い描くあの男の肖像を変えることはなかった。ぼくはもうかなりまえから天国にいる彼を見ていたのだ——料理し立ての赤ん坊の尻みたいに柔らかなコンクリン*いろの山の芋。深く息づく青いスラーをかけて、鸚鵡《おうむ》の羽毛よりもなお柔らかにトバゴ*に暮れてゆく夜。打身のように黒ずんだ水棲竹林が泣き騒ぐのにつれて、金箔をあしらった紙のフラミンゴたちが空に舞い昇り舞い降りる。籐《とう》のベッドを置いた葦の小屋。傍らには彼がこの世で珍重していた菓子台がまだ置いてある。あるときクレアがたずねた。「スコービー、海が懐しくならない?」老人は簡単になんのためらいもなく答えた。「毎晩、わしは夢のなかで海へ行くんだよ」

*

ぼくはカヴァフィスの詩二篇の翻訳を写して彼女に与えた。けっして字義通りの訳ではないけれど、彼女は喜んでくれた。いまではマヴロゴルダートのみごとな思慮深い翻訳によってカヴァフィスの正典が確立した。ある意味でこの詩人はほかの詩人たちの実験のために解放されたのだ。

ぼくは翻訳するというより移植するつもりでやってみた——成功したかどうかは知るところではない。

都市

きみは言う、出かけよう、
どこかほかの国へ、ほかの海へ、
ここよりもずっと美しい都会へ行こう、ここがかつて
どんなに美しかったにしろ、これから美しくなるにしろ、
もっとずっと美しい都会へ行こう——
ここにいればひと足歩くたびに首縄の輪が締る。
心は肉体に埋もれたままで息をつくこともできない。
どこを見てもぼくの生涯の黒い廃墟が目にはいる。
この通俗な心のうらぶれた街々に閉じこめられたまま、
いつまでここに留らねばならないのか?
ぼくはあまりにも長いあいだここに留っていた。
むなしく時と金を使い果して何ひとつ手に入れなかった。
友よ、新しい土地も新しい海もありはしない。

都会はきみにつきまとう。いつまでも
きみは同じ街々をさまよい歩き、同じ
精神の郊外で青春から老年へ移り行き、
同じ家のなかでついに白髪となる――
都会は檻だ。
ほかに場所はない。きみはいつも
このきみの陸地を確認するだけだ。どんな船も
きみをきみ自身から連れ出しはしない。
ああ、わからないのか、このひとつの土地で
一生を費したときに、きみはあらゆる土地で、
全地球の上で、その価値を破滅させたのが?

神はアントニウスを見捨てる

とつぜん、暗い真夜中に聞えてくる、目に見えぬ
人々の通り過ぎて行くのが、澄んだ声が、
目に見えぬ合唱隊の蠱惑の調べが――

おまえの運命はいまここにきわまった。
希望は崩れ落ち、一生の夢は空しくついえた。
ああ！　もはや疑いを入れぬこの事実をまえにして
悩み苦しむな。
すでに覚悟をきめていた男にふさわしく、
勇気をもって、去り行くアレクサンドリアに
最後の別れを告げるがいい。
みずからを欺いて、これは夢だ、
おれの耳の聞き違いだ、などとは言うな。
嘆願し不平をこぼすのは臆病者のやることだ。
無益な望みはすべて捨て去り、
すでに覚悟をきめていた男にふさわしく、
おまえ自身にふさわしく、またこの都会にふさわしく、
臆することなく、誇りをもって、思いを断ち切って、
開かれた窓から見おろすがいい。
すべての疑いを捨て、この神秘の群から
最後の暗い陶酔を飲み干すがいい。そして別れを、
去り行くアレクサンドリアに別れを告げるがいい。

原注

（1）**この都市の老詩人**　C・P・カヴァフィス。［訳注。コンスタンティノス・ペトルー・カヴァフィス（一八六三〜一九三三）は二十世紀ギリシアの重要な詩人。アレクサンドリアに生まれ、九歳から十六歳までの七年間をイギリスで過したが、その後は生地に戻り、生涯の大部分をアレクサンドリアで暮した］

（2）**あの老詩人**　カヴァフィス。

（3）**カバリ**　早死にした人々の霊体。「彼らは肉体を失い心のなかで行動しているだけなのに、自分は肉体で行動しているのだと空想する」パラケルスス。

（4）**「ルーシファーのように……」**　「［ヴァレンティヌスは］……創造が過ちであったというグノーシス派の教義を信じていた。……彼は神聖な調和の中心としての自己を顕示するために何組かの男女を送り出す主神を想像した。おのおのの組はその前に送り出された組よりも劣っていた。ソフィア（知恵）は第十三組の女で、もっとも不完全なものとされた。彼女はルーシファーのように神に対する反逆によってではなく、あまりにも熱烈に神との結合を望むことによってみずからの不完全性を暴露した。彼女は愛のために堕落した」E・M・フォースター『アレクサンドリア』

（5）**「悪とは変質した善である」**　パラケルススからの引用。

（6）**糖酒《タフィア》**　エジプトの「メチル入り赤ワイン《レッド・ビディ》」。

（7）ギリシア語。*῾Οταν θά βγῶ, ἄν δέν ἔχης φιλενάδα, φώναξέ με.*

(8) アレクサンドリアの征服者アムルは詩人であり戦士でもあった。アラブの侵入について、E・M・フォースターはこう書いている。「彼らはこの都会を破壊するつもりはなかったのだが、しかし彼らは破壊した。子供が時計を壊すように。それから千年のあいだ、この都会がまともに機能することはなかった」[訳注。ダレルの引用はフォースター『アレクサンドリア 歴史と案内』(一九二二)より。アムル・イブン・アル=アース(?~六六三)は初代のエジプト総督(六四二~六六三)で、イスラムによるエジプト支配の基礎を築いた]

(9) 「都市」の翻訳は「作品の要点」にある。

(10) 一九六ページを見よ。[訳注。原著の本文最後のページが一九五ページ。次の一九六ページは空白でページナンバーさえもない]

訳注

ページ

三　**この四巻の小説群は……読んでもらうことを意図している**　『ジュスティーヌ』（一九五七）、『バルタザール』（一九五八）、『マウントオリーヴ』（一九五八）、『クレア』（一九六〇）の四冊が順を追って出版されたのち、一九六二年にこれらをまとめた一巻本が『アレクサンドリア四重奏』という総題のもとに出版された。序文はその一巻本に付されたもの。

第1部

二　**大角星**《アルクトゥールス》　牛飼座のアルファ星。北半球第一の輝星。

三　**アントニウス**　ローマの将軍・政治家マルクス・アントニウス。英語読みではマーク・アントニー（前八二頃～前三〇）。クレオパトラの愛人。カエサルの養子オクタウィアヌスと戦って敗れた。「あの調べ」については、巻末のカヴァフィスの詩「神はアントニウスを見捨てる」を参照。

一四　**バックギャモン**　二人用すごろく勝負の一種。

一八　**ベルベル人**　アラブ族の侵入以前から北アフリカに居住する種族。おもに農耕、放牧に従事する。

二〇　**ダマスカス**　シリアの首都。世界最古の都市の一つと見られている。

三三　**アルシノエ**　エジプトの女王（前三一六頃～前二七〇）。弟のプトレマイオス二世と結婚して強大な勢力を振るった。

ヴァレンティヌス　エジプトに生れ、アレクサンドリアで哲学を学び、一三六年頃ローマに出て、直感的認識を重視するグノーシスの教義を説いた。ソフィアは彼の教義において人格化された霊（アイオーン）の一つで女性。

二二 **税関吏《ドゥワニエ》ルソー**　フランスの素朴画家アンリ・ルソー（一八四四〜一九一〇）をいう。「税関吏」は彼の職業。

クレビヨン・フィス　フランスの小説家（一七〇七〜七七）。劇作家クレビヨンの息子。上流社会の恋の駆け引きを題材にした。

二八 **アラキ酒**　近東地方の酒。椰子の実、糖蜜などから作る。ラム酒に似た強い蒸留酒。

「エベド」　Ebed 神を称える祈りの通称か。「エベド」は「永遠に」の意という。エドワード・レイン『近代エジプト人の風俗と慣習』エヴリマンズ・ライブラリ版（Edward Lane, *The Manners and Customs of the Modern Egyptians*）による。

三一 **「私は悲しい心で……僅かな動きを見るだけのことであろうとも！」**　C・P・カヴァフィスの詩「夕暮れに」より。

カノープス通り　当時のファド［一世］街を指す。さらに東に延びて古代の海港カノープス［現アブキール］に通じていたから。

コプト人　古代エジプト人の直系とされる土着の少数民族でキリスト教徒。初期キリスト教以来独自の教会と信仰を保持する。

三二 **ヴァザーリ**　イタリアの美術史家・画家（一五一一〜七四）。著書に『画家・彫刻家・建築家列伝』がある。

三四 **ベラドンナ**　ナス科の有毒植物だが、痙攣緩和剤や散瞳《さんどう》薬としても用いられた。

この都会に生れた詩人　C・P・カヴァフィス。

三五 **オルヴィエート**　イタリア中部の古都。白ワインとオリーヴオイルの産地としても知られる。

三八 **ブルグ・エル・アラブ**　西の郊外にある集落の名。一九一七年に砂漠行政の拠点として人工的に造成されたが、一九三〇年代後半には保養地として用いられていた。

三九 **ダ・カーポ**　イタリア語で「頭から」。音楽用語では「繰り返し」の意で用いる。

四二 **ピケット**　二人でやるカード勝負。

四五 **わが妹わがはなよめよ、なんじは閉じたる園**《ホルトゥス・コンクルースス、ソロル・メア・スポーンサ》　旧約「雅歌」四・一二。ラテン語訳聖書より。

四六 **銀に包まれた若い肉体**　アレクサンドロス大王（前三五六～前三二三）の亡骸。川はナイル。

プロティノス　三世紀の哲学者（二〇五？～二七〇？）。アレクサンドリアで学び、ローマでネオプラトニズム哲学を創始した。

大図書館《ムーセイオン》　大学、図書館、博物館を合せた学芸研究所。ヘレニズム時代にプトレマイオス一世（前三六七？～前二八三？）によってアレクサンドリアに建てられ、ここに雇われた芸術家や学者はもっぱら王家を賛美するのに力を尽した。何度か火災にあったが、西暦三世紀後半の内戦で焼失。

ベレニケの髪　髪の毛座を指す。プトレマイオス三世（在位前二四六～前二二一）の妻ベレニケが王の戦勝を祝って神殿に捧げた髪は天に昇って星座になった、と当時の詩人が歌った。

四七 **ソーマ**　アレクサンドロス大王の墓所。遺跡は残っていないが、現在のネビ・ダニエル・モスクにあったという説がある。「ソーマ」とはギリシア語で肉体または遺体の意味。

四八 **グノーシス**　神秘主義的宗教思想。霊が肉より解放され、神の内に没入し、自己意識を失って天啓を得ることを説く。

四九 **ポンペイウスの円柱**　古代の神殿の残骸の一つ。市内南西部の高台に立つ。名称は中世に推測によってつけられたもの。実際にはローマ共和制末期の将軍ポンペイウス（前一〇六～前四八）を記念するものではない。

五四 **メクス**　アレクサンドリア西の郊外。海水浴場があった。

五八 **ベーメ**　ヤーコプ・ベーメ。ドイツの神秘思想家・靴職人（一五七五～一六二四）。聖書と錬金術に精通していたという。著書『曙光』がある。

六三 **シャム・エル・ネッシム**　エジプトの祭日。キリスト教復活祭翌日の月曜日にあたる。この日、人々は田舎に遠出をして一日を楽しむ慣習がある。「微風の匂い」の意という（レイン）。

六七 **スパニッシュ・フライ**　甲虫の一種の斑猫《はんみょう》を指すが、催淫剤の俗称でもある。

六八 **シェラトン造り**　十八世紀末の繊細優雅な家具。製造者の名前から。

涙壺　葬送者の涙を入れる小壜。古代の墓所で見出される。

ウシャブチ　エジプト古墳の小人形。

ブハラ製の敷物　黄褐色や赤の地に八角形の模様がある。ブハラはウズベキスタン南東の町。

クレオパトラのように　クレオパトラが敷物にくるまって敵方の囲みを脱出したという話にかけて。

六九 **スミルナ**　トルコ西部の古い港町。エーゲ海に臨む。

七三 **サロニカ**　マケドニアの港町テッサロニキの旧称。

八〇 **オデッサ**　ウクライナ南部の海港。黒海に臨む。

八二 **アドロン**　ホテル・アドロンか。ベルリンにある。

ブダ　ハンガリーの首都ブダペスト。市中を貫流するドナウ川の東岸がブダ、西岸がペスト。

八五 **ポール・ジョーンズ**　男女それぞれのグループが向い合って大きな二重の輪を作り、互いに逆方向に回りながら、音楽が止んだときに向い合せた相手をパートナーに選ぶ踊り。スコットランド生れの海軍士官ジョン・ポール・ジョーンズが考案した。

九四 **ライスとかカリスとか**　ライスは古代ギリシアの著名な娼妓。カリスは美と優雅の女神だが同名の娼妓が存在したのか。

一〇三 **ブリュートナー**　ドイツのピアノ製造会社の名前から、その製品。

一〇六 **カバリ**　前出。原注(3)参照。

一〇八 **「天が大地の上に落ちかかり……息をしているような感じがする」**　この言葉はフォースター『アレクサンドリア　歴史と案内』にあるが(原注8の補注を参照)、彼がアラブ学者A・J・バトラーの著書(A.J. Butler, *The Arab Conquest fo Egypt and the Last Thirty Years of the Rpman Dominion*, 1902; revised ed., 1978)からそのまま引用していることはミリアム・アロットの注記によって確認できる。

第2部

一一六 **スポラデス諸島**　エーゲ海のギリシア領諸島。ギリシア本土東側沖の北スポラデス諸島とトルコ西南海岸沖の南スポラデス諸島(別名ドデカネス諸島)がある。

一一七 **ザグレブ**　クロアチアの首都。

カルパチア山脈　スロヴァキア北部からルーマニアの中央にかけて走る。

アンク　T字型十字。

一一八 **カバラ**　十二世紀に派生したユダヤ教の神秘思想。口承による教義の伝授を旨とした。

ヘルメス文書　一世紀末から三世紀までに書かれたギリシア語の古文書の集成。錬金術、占星術、魔術、および宗教、哲学に関する著述で、ヘレニズム期のエジプトで崇拝されたヘルメス・トリスメギストス神(エジプト名トート)の書とされる。

二一　**彼は小アントニウスで……シェイクスピアを読めばみんな出ていることさ**　アントニウスはクレオパトラを熱愛するあまりに決戦を放棄してアレクサンドリアに逃げ帰った。シェイクスピアの劇『アントニーとクレオパトラ』を参照。

セラピス　エジプトの神オシリスとギリシアの聖牛アピスの合成神。オシリスの妻は妹のイシス。

ラフォルグ　ジュール・ラフォルグ（一八六〇～八七）。フランス象徴派に属する近代詩人。諧謔に富む口語的な語法によって、エリオットなどイギリスのモダニズム詩人にも影響を与えた。引用は散文詩「ハムレット」より。

二二　**カルポクラテス**　二世紀のキリスト教グノーシス派の創始者と伝えられる。物質を悪、精神を善、キリストは救世主であり人間であると考えた。彼の宗派は女性の共有を主張したという。

アントニオス　エジプトの聖者（二五一頃～三五六）。砂漠で隠遁生活を送った。修道院制度の創始者とされる。

二三　**スーフィ教徒**　イスラムの神秘的、禁欲的な宗派。神との直接的な合一を求める。

二六　**ブーストロペードン**　日本語訳では「犂耕体《れいこうたい》」。古代ギリシアの碑文などに用いられた。

二七　***Omnis ardentior amator propriae uxoris adulter est.***　ラテン語。初期のローマ教皇シクストゥス二世の言葉と伝えられる。意味は次の「自分自身の……」に同じ。

ヘラクレイトス　古代ギリシアの哲学者（前五三五頃～前四七五頃）。万物は対立し変転するが、その背後に秩序と理解の原理ロゴスが隠れていると説いた。

二九　**「夢遊病者、魔術師……そして秘儀に与ったもの……」**　ヘラクレイトス「断片一四」より。ダレルの引用による（田中美知太郎編訳『ギリシャ思想家集』の「夜まいりをしたり、呪いをしたり、バッコスを祭ったり、狂乱したりする、密教の徒に対して……〔後略〕」を参照した）。

一三五　**ラコティス**　古代エジプトの村。アレクサンドロス大王はこの村を拠点にしてアレクサンドリアを建設したと伝えられている。

一四一　**キクラデス群島**　エーゲ海のギリシア領群島。本土の南東に連なり、デロス島、ナクソス島を含む。

一四二　**アンタレス**　さそり座のアルファ星で赤色超巨星。

一四五　**「わたしは弟の番人なの？」**　旧約「創世記」四・九「我あに我《わが》弟の守者《まもりて》ならんや」から。アダムの子カインが弟アベルを殺害したのち主エホバに問われて答える。私にかかわりはない、の意。

一四六　**永遠《とわ》なるばあさん救いの力もてりだ**　ウィリアム・ワイティング作の賛美歌から「永遠なる父は救いの力もてり」をもじって。

一四七　**交合は大衆の抒情詩だとボードレールは言った**　「赤裸の心」のなかで。

ペトラ　ヨルダン南西部にある。古代の都の遺跡。

一五〇　**レツィナート**　ギリシアの松脂入り葡萄酒。レツィーナに同じ。

一五三　**海変り**　シェイクスピア『あらし』の句。

一五四　**チェシャ猫のにやにや笑い**　ルイス・キャロル『不思議の国のアリス』から。

「斥候《ものみ》よ夜《よ》はなにの時ぞ」　旧約「イザヤ書」二一・一一による賛美歌。

一五五　**ドーソン市**　カナダ北西部の町。一九世紀末ゴールドラッシュの折に繁栄した。

ウガンダ　アフリカ東部の共和国。一九六二年以前はイギリス保護領。ヴィクトリア湖のかなりの部分を含む。

スティーヴンソン　ジョージ・スティーヴンソン（一七八四～一八四八）。鉄道技師。初期の蒸気機関車ロケット号を製作した。

一五六　**ハックニー**　ロンドン東部の地区。

『ニューズ・オヴ・ザ・ワールド』　イギリスの週刊大衆新聞。

一五七　**成熟こそすべてだ**　シェイクスピア『リヤ王』から。

一五八　**ユーストン・ロード**　ロンドンの通り。ブルームズベリーの北側を東西に走る。

一五九　**「接吻してくれ、ハーディ」**　トラファルガー沖の海戦で戦死したネルソン提督の最後の言葉と伝えられるが、時に滑稽な文脈で使うことがある。ハーディは艦長の名。

方舟《はこぶね》のなかで……むかつく軋り声のせいで早産した　ノアの洪水への言及。「創世記」六、七、八章を参照。

ガリラヤ湖を行く聖者の……重苦しい歩みだ　新約「マタイ伝」一四。湖水の上を歩くイエスへの言及。

海の老人　『千一夜物語』の人物。船乗りシンドバッドの肩にしがみついて離れようとしない。

一六〇　**ザンジバル……そして蕪湖《ウーフー》に**　ザンジバルはアフリカ東海岸沖の島。コロンボはセイロン（現スリランカ）の首都。トーゴランドはアフリカ西部の地域で、現在のトーゴ共和国はその一部。蕪湖《ウーフー》は中国東部の都市で揚子江に臨む。

一六九　**プトレマイオス**　クラウディオス・プトレマイオス（一〇〇頃〜一七〇頃）。アレクサンドリアの天文学者・地理学者。地球中心の宇宙体系を唱えた。

雷神ジュピター《ユーピテル・トナーンス》　イギリスの新聞『ザ・タイムズ』の綽名として使われたが、ここではカントを指すのか。

一七一　**カルシミン**　水性塗料の一種。

一七三　**『詩篇』第二十三篇の静かな緑の野**　「エホバは我をみどりの野にふさせいこいの水浜《みぎわ》にともないたまう」を指す。

一七七　**トリスメギストス**　ヘルメス・トリスメギストスを指す。学問、知恵、魔術を司るエジプトの神トートのギリシア名。「三層倍に偉大なヘルメス」の意。

一七八　**死んだ人々の……思いが彼らを甦らせる……**　カヴァフィス「声たち」より。

第3部

一八五 **ハムシン**　三月から五月にかけてサハラ砂漠から吹きつける乾いた熱風。

一九四 **ドルアリー・レイン**　ロンドンの通りと劇場の名前でもあるが、ここはエラリー・クイーンの推理小説で活躍する俳優探偵のことか。

第二帝政　ナポレオン三世の時代（一八五二～七〇）。

一九七 **ランドー**　折り畳み幌つきの自動車。

二〇一 **ベンガジ**　アレクサンドリアの西方、地中海にのぞむリビア領の海港。

二〇三 **砂漠の神父たち**　聖アントニオスなど、四世紀にエジプトの砂漠に住んだ僧や隠者で修道院の創始者たち。

投槍《アセガイ》　南アフリカの原住民が用いる細身の投槍。

二〇四 **アバ**　アラブ人の袖なし着。

ベテルギウス　オリオン星座のアルファ星。

ダマンフール　アレクサンドリアの南東にある三角洲地帯の町。

二〇五 **聖メナス**　リビア砂漠の守護聖人（?～三〇三頃?）。アレクサンドリアの南西に聖堂がある。

二〇六 **聖アルセニオス**　砂漠の神父たちのひとり（三五四頃～四四五頃）。

ムスキ　カイロの大通りの一つ。市場街。

二〇八 **ブロンテ姉妹**　イギリス十九世紀の小説家シャーロット、エミリー、アンの三人。それぞれに『ジェイン・エア』、『嵐が丘』、『アグネス・グレイ』などの作品がある。

二一三 **アモン**　古代エジプトの太陽神。

二一四 **カクテルパーティとは……示すようにだな**　カクテルの意味を分解すれば「（雄鶏のよう

に）ピンとあげた尻尾」となる。

二一五 **「あの古めかしいのろまの家具どもは……うろつき歩いているにちがいない」** カヴァフィスの詩「午後の日射し」より。

二一九 **オスカー・ワイルド** 十九世紀末イギリスの劇作家・批評家・作家（一八五四〜一九〇〇）。劇作にサロン喜劇『まじめが大切』ほか。

二二一 **パッラディオ** ルネサンス期イタリアの代表的な建築家（一五〇八〜八〇）。当時の素材を用いて古代建築の理念を表現しようとした。

二二二 **ドニゼッティ** イタリアのオペラ作曲家（一七九七〜一八四八）。代表作に『愛の妙薬』など。

二二三 **マケドニア** アレクサンドロス大王の生地。

二二六 **プロティノス** エジプト生れの哲学者（二〇五〜二七〇）。アレクサンドリアで学び、のちローマに定住して新プラトン主義を創始した。

二三〇 **ポル・ロジェ** フランスのシャンパンの銘柄。

二四〇 **スウェーデンボリの言うデヴァスタチオの試練** スウェーデンボリはスウェーデンの自然科学者・神秘主義的哲学者（一六八八〜一七七二）。著書に『神の愛と知恵』『天界の秘義』など。「デヴァスタチオ」は「ヴァスタチオ」と同義。通常は共に「荒廃（状態）」の意で用いるが、スウェーデンボリは vastatio（vastation）を「浄化作用」の意味で用いたらしい。通常の健康な人間にとつぜん訪れる錯乱と幻覚症状。人はこの激しい精神的動揺を経て啓示に達する。

ウェーバー ドイツの作曲家（一七八六〜一八二六）。作品にピアノ曲『舞踏への招待』、オペラ『魔弾の射手』ほか。『牧神《パーン》』は不詳。

二四五 **蟇《がま》の頭に生える宝石** 古来、この石には解毒や魔除けの力があると信じられていた。シェイクスピア『お気に召すまま』などにその用例が見られる。

二五九　**パーディ**　イギリスの銃器製造会社の名前からその製品をいう。

二六四　**カペラ**　馭者《ぎょしゃ》座のアルファ星。

二六六　**ガラビーア**　エジプトの農民が着るゆったりとした長衣。

二七三　**ムハンマド・アリ**　エジプト総督（在位一八〇五〜四九）。一八〇一年、アルバニア人部隊の隊長としてオスマン・トルコ帝国から派遣され、エジプトに上陸した。ムハンマド・アリ王朝の創始者。

アール将軍　ウィリアム・アール（一八三三〜八五）。一八八二年にアレクサンドリア駐屯軍司令官。

コム・エル・シュガファ　二世紀の地下墓地の遺跡。市内の南西の隅にある。

かつてはラ・ポルト・ロゼット街　ファド一世街に改名する以前の名称。

ハッチンソン　一八〇一年、ナポレオン軍からアレクサンドリアを奪取する際にアブキール湖の堤防を切った。

第4部

二七八　**『さかしま《ア・ルブール》』**　世紀末フランスの作家ジョリス＝カルル・ユイスマンス（一八四八〜一九〇七）の小説。

二七九　**D・C**　District of Columbia（コロンビア特別区）の略。

二八〇　**ファロスの灯台**　紀元前三世紀にアレクサンドリア港に建てられた。高さ約百十メートル。一三〇〇年頃地震のために崩壊した。

二八二　**ランボー**　フランスの詩人アルチュール・ランボー（一八五四〜九一）。詩作をやめてからアフリカで植民地商人になった。

二九二　**「昔、帆船がバラストを必要とするときは……たくさん棲息地にいた」**　出典不詳。

三〇五 **アレクサンドラン** 一行十二音節の詩格。中世の武勲詩『アレクサンドロス大王物語』から現代にいたるまでフランスでよく用いられる。

三〇八 **(博物館)** 十九世紀末に設立されたアレクサンドリアのギリシア・ローマ博物館を指す。以下の六項目はその展示品の印象。E・M・フォースター『アレクサンドリア』に簡単な解説がある。

角のゆえか? 寝取られ男に角が生えるという言い伝えを意識してか。

ベレニケ 前出(四六ページ注)。プトレマイオス三世の妻。

黄金の花をもつ雌獅子 太陽熱の女神セケトの像。

三〇九 **コンクリン** アメリカ製万年筆の銘柄。軸の色に茶と黒がある。

トバゴ カリブ海西インド諸島の島の一つ。現在はトリニダード・トバゴ共和国の一部。

解説

I

幼い女の子をかかえた男がエーゲ海の島に来る。幼児をそばにおき、孤独な暮しのなかで、地中海対岸のアレクサンドリアで過した日々を思い返し書き留めてゆく。それが「ジュスティーヌ」となる。だからこの小説の基本は一人称の回想形式だ。語り手の名前はここではまだ明されない。彼はまだ自分を第三者として見ることができない。客体化して人に伝える余裕がない。だから彼は「ぼく」でしかない。女に恋をして捨てられて「自分を癒しに」ここまで来た男である。主観をたよりに過去の世界を織りあげながら自問自答をつづける。分別を失ったわけでもなく、冷静に分析的に解釈する能力もある。ただ全体の脈絡がつかみきれていない。それはもちろん自分自身のせいでもあるはずだが、男はすべてがあの都会の責任だと考えている。

たしかに彼が表出するアレクサンドリアは普通の都会ではない。特殊な国際都市であり、白人植民者共同体を内包する都市である。登場するのは、イギリス人、フランス人、ギリシア人、ユダヤ人、イタリア人、それにエジプト土着のコプト人一族。多数を占めるはずのアラブ人はただ群衆として、祭の賑いをもたらす者たちとして、影として、登場人物の周辺に存在しているにすぎない。平穏無事な社会でもない。愛欲と嫉妬、友情と策略、誘拐、売春、陰謀、殺人、自殺などが絡み合って渦を巻き、箍《たが》の外れかけた植民者の共同体を掻きまわす。島に逃れてきたぼくは、混乱し、戸惑い、途方に暮れながら、「記憶の迷路」をたどり直すだけである。

回想の内容から見て、物語の背景は一九三〇年代の後半、エジプトはイギリスの保護のもとにある。王制はまだつづいているが（主要な通りの名がファアド一世街だ）衰退の道をたどっている。植民者の運命にも先が見えはじめている。第二次大戦は近づいているがまだはじまってはいない（第三巻「マウントオリーヴ」で時代がより明らかになる）。この都会には両大戦間の一時期の倦怠と頽廃がたゆたっている。

2

「ジュスティーヌ」の主役は四人、貧しいイギリス人教師の「ぼく」、しがないキャバレの踊り子でギリシア人のメリッサ、「ぼく」を誘惑し引き回すユダヤ人女性のジュスティーヌ、その夫ネッシム・ホスナニ。彼はコプト人で、巨大な財産を所有する銀行家。アレクサンドリア近郊の旧家の出で、オクスフォードに学び西欧の教養を身につけた知識人でもある。「ぼく」はメリッサといっしょに貧しいながら幸福な生活をいとなみかけているのだが、そこに人妻のジュスティーヌがいきなり割りこんでくる。大邸宅に住まう夫ネッシムに引き合せ、裕福な生活のなかに引きこみ、親しくなるにつれて「ぼく」を支配しはじめる。「ぼく」は戸惑いながらも、その強烈でヒステリックな魅力に抵抗することができない。彼女の男性遍歴や少女時代の性的トラウマを知っても、むしろ引き寄せられるばかりだ。貧しい教師と裕福な人妻はそれぞれの愛する者を裏切って痙攣的な愛におぼれてゆく。メリッサは悲しげに彼を見守り、ネッシムは冷静な態度を保っているようだが、内心では嫉妬のあまり狂気の発作に見舞われることもあるらしい。ジュスティーヌの話では、ひそかに見張りをつけて二人を亡きものにしようと企んでいるという。彼女はとうとう緊張に耐えられなくなり、ネッシムの主催する鴨猟大会の当日に「ぼく」に告げることもなくいずれかへ失踪する。残された「ぼく」は茫然自失してなすすべを知らない。二人が情事に狂っているあいだに、ネッシムは衝動的にメリッサと愛し合う。彼女は妊娠し、女の子を産み、やがて肺病で死ぬ。

こうして物語の核を抜き出してみると、ジュスティーヌは「ぼく」にとっては「運命の女《ファム・ファタール》」であり、メリッサは恋人に純愛を捧げる肺病やみの娼婦である(実際に貧しい生活を支えるためにキャバレがはねたあとで客を取ることがある)。これではまるで世紀末のメロドラマではないか。それともこの核には男女の関係の原型がひそんでいると考えるべきなのか。いずれにしろ、多様で、細密で、奇異でもあり、日常的でもある都会の描写がこの核を塗りこめてゆく。それが物語の核を遠景に押しやり、包み隠して、小説の総体を形成している。

3

『アレクサンドリア四重奏』全体の構成にかかわるのは、「ジュスティーヌ」では、語り手「ぼく」の体験を、「ぼく」が回想し、「ぼく」が解釈しているということだ。彼はジュスティーヌに引き廻されて記憶の迷路をさまよっている。麻布袋のなかから金襴の布を、「模様の意味」を探り出そうとしているが、その絶対的なものをつかみ取ったかどうかはまだ自分にも定かではない。「ぼく」は作家を志す人間でもあるから、愛欲におぼれながらも、同時に、なんとかこれを文学に昇華させようとする芸術至上主義者の姿勢がある。彼の考えでは、実人生よりも芸術のほうが上位に位置していて、「ここまで芸術を模倣するとはまったく実人生らしいやり方だ」というオスカー・ワイルド流の台詞も吐く。愛のもつれは「人間の記憶というしなやかな織物」のなかに織りこみ、ペンによって紙の上に閉じこめたときにのみ意味をもつべきだという決意もある。イギリスのどこからどうやって流れてきたのかも判然としないこの若者には、自分の想像力のほかに頼りにするものがない。だから「ジュスティーヌ」には芸術家小説の側面がある。だが、いずれにしろ、そのためにはまず麻布袋そのものを仔細に調べなければならないのだ。

4

だから「ぼく」は、まず、傍役で登場する人物たちを一人ずつ取り上げて仔細に検証し描写してゆく。彼らも都会の情景のなかを動きまわり、物語の核を支え、物語の進行を促す役割を果すことになるからだ。

たとえば、フラットを分ち合っているフランス領事館勤務のポンバル。太っちょで、女好きで、明けっぴろげで、話好きで、出世欲も人並にあって、気のいい友人。陰謀などにはかかわりそうにない。

イギリスの海員上りでエジプト警察勤務のスコービー。もういい年だが（この小説で年齢がはっきりしているのはたぶん彼だけ。手持ちのぼろ聖書に一八七〇年という生年が父親か誰かの手で書き入れてある）、売春賭博取締班の隊長を勤め、秘密情報部の重要任務につき、警察音楽隊の指揮をする。かつての海の仲間たちを忘れることができなくて、思い出話にふけるのが好き。同性愛の傾向があり、夜、女装をして港へ出て行く癖がついた。

ギリシア人ないしギリシア系ユダヤ人のカポディストリア。引退した仲買人か。大金持ちで好色本の蒐集家でこれも女好き。ポンバルは女出入りで悶着に巻きこまれることもあるが、こちらはすべて金で解決する。漁色家という言葉が似合うタイプだ。精力絶倫らしくて名前と音楽用語を掛け合せたダ・カーポ（繰り返し）という異名がある。ジュスティーヌの遠い親戚。鴨猟大会で事故死したと見られている。

ユダヤ人のバルタザール。ユダヤ神秘思想カバラの研究家。性病医が本職で政府の性病診療所に所属している。思慮深くて冷静でジュスティーヌが頼りにしている相談相手。同性愛者だが恥じることもなく隠す気もない。かつてアレクサンドリア生れのギリシア詩人カヴァフィス（実在）の友人だった。

画家クレア。金髪美人。ギリシア人か。ひとり住いで控え目で喧噪のなかにはいるのを好まない。部屋に引き籠って絵を描きつづける。温和な性質だが、芸術や芸術家についての判断は明確で容易に譲ろうとしない。かつてジュスティーヌと同性愛の関係にあった。

ムネムジヤン。アレクサンドリアの床屋。この都会の生き字引。名前から見てギリシア人かイタリア人のように思えるが（ムネメ＝ギリシア語で「記憶」）、ギリシア語は下手だとあるから、これは彼の記憶力の確かさを称える通り名かもしれない。裕福な老婦人たちの慰め役。病院へ出向いて死体の化粧もする。床屋に来た客たちに女の世話もする。使い役もする。彼もまた原型的なタイプに属するのかもしれない（たとえばボーマルシェのフィガロのように）。

パースウォーデン。イギリス大使館の広報官で著名な作家。皮肉屋で警句をとばし謎めいた言い回しで人を煙に巻く。なかなか内面をさらけ出そうとしない。語り手の「ぼく」などは小説家としてはまともに相手をしてもらえないが、好意を抱いてくれてはいるらしい。彼の文学論は辛辣で過激で、著者ダレルの主張の投影がある。物語の途中でとつぜん謎の自殺をとげる。「ぼく」とメリッサに五百ポンドを遺してくれた。盲目の妹ライザが本国にいる。

5

文体の問題がある。これも物語の核を支える大きな要素のひとつだ。ある意味ではこちらも同様に小説の主役だと言いたくなるほど「ぼく」＝ダレルの文体は全編に浸透し全体を支配している。その情景描写は印象派ふうで忘れがたい個性を持っているけれど写実的であるとは言えない。たとえばジョイスの言う「細心卑小の文体」（a style of scrupulous meanness）とは違う。ダレルの文体は華麗で、比喩が多くて、時に形容過多に陥りもするが、かならずしも写実に馴染まない。むしろ想像力が喚起した幻想を表出するのにふさわしい文体である。冒頭の「風景の色調についての覚書」などはその典型と言っていいだろう。「テンペラ画の長い連続。レモン油に濾《こ》されてきた光。赤煉瓦の粉をいっぱいに含んだ大気——あまく香る赤煉瓦の粉と、水で渇きを癒した熱い舗道の匂い。大地に縛られたまま、ほとんど雨を降らせることもない湿った軽い雲。この上に埃の赤、埃の緑、白濁した藤いろ、水に溶いた深紅色をほとばしらせるがいい。夏になると、海の湿気が大気に軽くワニスをかける。すべてのものがゴムの膜の下に横たわる。」（Long sequences of tempera. Light filtered through the essence of lemons. An air full of brick-dust—sweet-smelling brick-dust and the odour of hot pavements slaked with water. Light damp clouds, earth-bound yet seldom bringing rain. Upon this squirt dust-red, dust-green, chalk-mauve and watered crimson-lake. In summer the sea-damp lightly varnished the air. Everything lay under a coat of gum.）貧困の実態を叙述するときでもそれは変らない。たとえば「街路が波止場から走り戻って来る、ぼろを着た不潔な荷物上乗人《うわのりにん》のような家々、互いの口のなかに息を吐きかける転覆しかけた家々を引き連れて」（Streets that run back from the docks with their tattered rotten supercargo of houses, breathing into each others’ mouths, keeling over.）という一節。

これを読むと私たちは比喩の突飛さに目を惹かれ、その文体が醸しだす世界に取りこまれるが、貧民街の実態はどこかに置きざりにされたままになる。賑かで異国的で豊かな情景の場合には、描写はさらに増幅され文体はさらに膨脹する。イスラムの祭の行列の描写などがそうだろう。ダレルの意図はどうあったにせよ、これは迷妄と錯誤のなかをさまよう「ぼく」の心的状態を反映するのにふさわしい文体だ。

ダレルにとってのアレクサンドリアは、たとえばジョイスのダブリンとはすこし違う。ジョイスは二十二歳までダブリン（とその周辺）に居住していたが、ダレルは第二次大戦中にコルフ島からギリシア本土へ、ギリシアからエジプトへと避難して来て、イギリス大使館で働き、戦争が終るとすぐに出て行く。戦前のアレクサンドリアがどんなであったかを彼は実際には知らない。『四重奏』の最初の三作では自分がまだ知らない頃のこの都会の劇を描ききったわけだから、このアレクサンドリアはなかば観念が作りだした世界である。そういう外的な事情だけではない。彼はアレクサンドリアを見るまえに、漠然とではあるけれど小説の構想を立てていた。そうしてこれに「死者の書」という仮題をつけておいた。アレクサンドリアを見てはじめてこの構想に具体的な場を与えることができた。主題がさきで設定はあと。つまり『アレクサンドリア四重奏』は基本的には観念小説として生れるはずのものだった。こういう作品には写実と幻想が分ちがたく融合した文体こそがふさわしい。

インド植民の子に生れたダレルにとっては、もともとすべてが他人の土地である。ジョイスと違ってダレルには捨てるほどの故郷もなかった。二人が共有するのはおそらく喪失の感覚である

（ジョイスが植民地アイルランド生れのケルト人であることを忘れてはならない）。二十世紀の中期ともなれば、多くの植民者は自分たちの共同体がやがて分解し消滅してゆかねばならないことを予感していたはずだし、それはダレル自身の実感でもあったろう。彼のアレクサンドリアに、とりわけその植民者共同体に実体を与えるものがあるとすれば、おそらくこの感覚である。

6

ダレルは冒頭の「序」で『四重奏』の全体が「時間漬けの現代小説に対する挑戦」であると述べているが、この野心的な提言について述べるまえに、まず「ジュスティーヌ」自体の構造を考えておくほうがいい。ここに全体の基盤があると思われるからだ。第一巻の出だしは断片的な情景描写を並べることではじまる。そうしてこの断片の寄せ集めには取りたてて明確な順序がない。あるのは語り手の主観的な順序だけだ（「経験が自分にとって意味を持ちはじめた順に記録していく」と彼は言う）。島の孤独な生活や、アレクサンドリアの風景や習俗を切れ切れに思い浮べるあたりは、ほとんど散文詩と見まがうばかりである。本筋にはいると、メリッサとの楽しい慎ましい逢引きや、気のおけない友人ポンバルと部屋を分ち合って暮した生活の内情や、メリッサを失った（「ぼく」に奪われた）毛皮商コーアンの不器用な悲しみや、ジュスティーヌと知り合い、彼女に誘われて豪壮な邸宅に行き、夫ネッシムと友人になり、これまで縁のなかった裕福な社交界に引きこまれ、しだいに深みにはまりこんでゆく経緯などが順不同で語られてゆく。最初にメリッサと会ったときの挿話はあとまわしにされる。つまり挿話の配列は時間の経過とは関係がない。そのうえ途中からは、ジュスティーヌの日記と称する記録や、彼女の前夫アルノーティの小説『風俗《ムール》』の長い一節などが割りこんできて話の進行の邪魔をする。こういう構成は時間の経過を攪乱し切り混ぜる。話は行きつ戻りつして進行するのをためらう。この乱雑さは語り手「ぼく」の心の混迷を反映しているのだが、同時に作者の意図的な企みでもある。彼はこれによって物語的方法から離脱しようとしているらしい。

しかしこれは目新しい手法ではない。一九二〇年代のモダニズム文学から発生してひとつの様式となり、きわめつくされた手法である。たとえばジョイスの『ユリシーズ』ではしばしば話の脈絡が途切れ、飛躍し、逆戻りする。この小説の十八の挿話それぞれが巨大な断片のようなものだ。エリオットの詩『荒地』は文やフレーズやイメージの切れ端の積み重ねで作られている。「こういう断片の数々で自分の残骸を支えてきた」と彼は詩のなかで告白しているが、この手法はもちろん時代の背景（たとえば体制の崩壊）や個人の危機（たとえば強度の神経症状）を反映している。必然性があって生まれた文体であり方法である。ダレルの場合も、キプロス島で「ジュスティーヌ」を執筆している最中に、ギリシア系島民の本土復帰運動（エノシス）とイギリス植民地政策の終末に直面した。そういう体験が作品の構成に何ほどかの影響を与えたとは言えるかもしれない。

しかし、彼はすでに批評『現代詩の鍵』（一九五二）で、断片の集積によるモダニズムの表現手法をアインシュタインの相対性理論と結びつけて論じていた。どちらも精神的風土を同じくしているから比喩としてはわかるし、時間の現在性、因果関係の止揚、不確定性の原則、言語構造の分解など、彼が挙げるいくつかの概念も、モダニズムの特質として肯定できる。彼のなかにはこの手法を理念化し一般化しようとする意欲がすでにあった。つまり現実の体験（実人生）のなかから自然に発生した手法ではかならずしもない。だが文学と物理学の比較は厳密な検証に耐える種類のものではない。それにこれらの観念はあえて相対性理論を持ち出すまでもなく理解できる特徴である。この比較はむしろ作家ダレルの個人的な必要から生れた着想だと言うべきではないか。彼は相対性理論による言語連続体というロマンティックな理念を自分の創作の刺激剤として用いたのではないか（ちょうど詩人イェイツが心霊学やオカルティズムを必要としたように）。私はそう考えている。

『アレクサンドリア四重奏』の場合は「ジュスティーヌ」の内部分裂と断片化を基盤にして、これをさらに全体に及ぼそうとする。最初の三作はほぼ同じ歳月のあいだにこの都会で生じたほぼ同じ出来事をそれぞれ別な視点から叙述し、最後の第四作で年月を経たあとの変貌した都会の人々を描くというのが大まかな構図で、だからおのおのの作品は（第四作をのぞいて）時間の経過とは無縁だというのが作者の主張だろう。つまり『四重奏』はそれぞれに分断され相対化した作品の集合体だということになる。

それではこの集合体を繋ぐものはあるのか。ジョイスやエリオットの場合には神話があった。ダレルの場合はこれを物語性に求めたと言えるだろう。だが私のこの言い方は大きな矛盾を含んでいる。本来物語的時間から離脱するためのものである手法を用いて物語性を構築するのだから、これはたいへんな離れ業を要する困難な作業なのだ。破綻を来しやすい。そうしてダレルは自分の図式に縛られるにはあまりにも卓越した物語作家でありすぎた。だが図式の破綻が小説に生気をもたらすという事態も実際に起り得る。断片は積み重ねられるにつれてしだいに絡み合い、嚙み合い、運動量を増し、流動する総体のなかに呑みこまれてゆく。「ジュスティーヌ」の内部ですでにこの現象は生じかけている。作品を構築しようとする意志は、物語を語ろうとする衝動に場を譲ろうとする。この両方の兼合いから生じる一種の緊張関係が『四重奏』全体の基本をなしている。端的に言えば、その起動力となるのが「謎」だ。嫉妬、策略、陰謀、自殺、殺人、失踪、何よりも愛または愛欲が生みだす不可思議な心の動き——これらがからみ合えば、そこに「謎」が生じ、謎解きを求める欲求が生じ、物語が動きだすのはほとんど必然的な帰結である。そうしてこの謎のあるもの（たとえばパースウォーデンの自殺。カポディストリアの死など）は、第二作、第三作、第四作へと持ち越されてゆく。時間は停止していても謎は解きほぐされてゆく。

この第一作では語り手「ぼく」は基本的に自分の見聞の範囲内で知り得たことを述べているだけだから手記としての整合性は保たれているが、第二作「バルタザール」になると、自分が知るはずのない場面、想像力によって作りあげた場面（たとえば砂漠に馬を駆るネッシムと弟のナルーズ、遊牧民との出会い、祭の雑踏のなかで霊能者を探し求めるナルーズ）も手記のなかにはいりこんでくる。こうなると語り手と作家ダレルの見分けがつけにくい。物語作者ダレルが顔を出して「ぼく」の手助けをせずにはいられなくなるのだ。第三作「マウントオリーヴ」が通常の三人称小説となり、語り手「ぼく」は舞台裏に引っこみ、作者自身が代ってイギリス大使マウントオリーヴの物語を語り進めることになるのは、こういう経緯を考えれば、ごく自然な成り行きである。第四作「クレア」で「ぼく」はふたたび語り手の役を引き受けるが、時間は経過してアレクサンドリアは戦時下の空襲にさらされている。過去のいきさつはすでに一応の決着がつき、新しい人間関係の脈絡が紡ぎ出されようとしている。
断片の集積としての『四重奏』は物語を解体しながら物語性を指向しつづけている。それがこの四部作の本質的な構造だと言っていい。

*

この翻訳はかつて河出書房新社から刊行されたものだが、今回の出版にあたり一九六二年版の一冊本 *The Alexandria Quartet* を底本として全面的に改訳した。

二〇〇七年一月

高松雄一

著者紹介

ロレンス・ダレル　Lawrence Durrell

(1912〜1990)

1912年、イギリス系植民者の息子としてインドに生まれる。11歳のとき、父の意向でイギリス本国に渡り、カンタベリーの寄宿学校に入学するが、学校の教育が性に合わず退学。個人教授を受けながらケンブリッジ大学の入学試験を試みて失敗する。その後、不動産屋で働いたりナイトクラブでピアノを弾いたりするが定職にはつかない。

1935年23歳で、家族とともにギリシア領コルフ島に移住。数年間この島で暮らしてから外交官生活に入り、アテネ、カイロ、アレクサンドリア、ロードス島、コルドバ（アルゼンチン)、ベオグラードなどに滞在する。

1938年、小説『黒い本』をパリにて発表。T·S·エリオットやヘンリー・ミラーに絶讃されて作家としての地位を確立する。1953年、キプロス島に住まいを移し、『ジュスティーヌ』の執筆を開始、1957年にはこの島のルポルタージュ『にがいレモン』でダフ・クーパー賞を受賞する。同年、南フランスに移住。ここを永住の地として創作活動に専念し、傑作『アレクサンドリア四重奏』全４巻をまとめる。

1974年、最後の大長編『アヴィニョン五重奏』全５巻の刊行を開始し、1985年に最終巻を発表。ほかに詩集、紀行など多数。

訳者紹介

高松雄一（たかまつ　ゆういち）

1929年、北海道室蘭市に生まれる。東京大学文学部卒業。イギリス文学。著書に『イギリス近代詩法』(研究社)、訳書に、ジョイス『ダブリンの市民』(集英社)、『ユリシーズ』(共訳、集英社)、シェイクスピア『ソネット集』(岩波書店）など。

Lawrence Durrell
THE ALEXANDRIA QUARTET : JUSTINE

アレクサンドリア四重奏Ｉ　ジュスティーヌ

2007年３月30日　初版発行
2007年４月20日　２刷発行

著　者　ロレンス・ダレル
訳　者　高松雄一
装　画　根本有華
装　幀　清水栞
発行者　若森繁男
発行所　河出書房新社
東京都渋谷区千駄ヶ谷2-32-2
電話　(03)3404-8611〔編集〕(03)3404-1201〔営業〕
http://www.kawade.co.jp/
組版　KAWADE DTP WORKS
印刷　株式会社暁印刷
製本　大口製本印刷株式会社

Printed in Japan
ISBN978-4-309-62301-6

Modern & Classic

ロサリオの鋏　ホルヘ・フランコ　田村さと子訳
マフィア暗躍するコロンビアのスラム地区を舞台にした痛ましくも美しいラブストーリー

すべての小さきもののために　ウォーカー・ハミルトン　北代美和子訳
知的障害をもつ青年と、車に轢かれた動物の埋葬という風変わりな仕事をする男との交流

年老いた子どもの話　ジェニー・エルペンベック　松永美穂訳
ある日路上で発見された女の子。14歳という年齢以外何も語らず施設に入れられたが——

月ノ石　トンマーゾ・ランドルフィ　中山エツコ訳
都会の学生が休み中に訪れた村で山羊の足をした美しい娘に出会い、不思議な体験をする

ベル・ジャー　シルヴィア・プラス　青柳祐美子訳
少女版『キャッチャー・イン・ザ・ライ』といわれる名作を、30年ぶりに瑞々しい新訳で

天使はポケットに何も持っていない　ダン・ファンテ　中川五郎訳
酒浸りで自殺未遂を繰り返し、仕事にも結婚生活にも破綻を来しているダメ男と老犬の旅

９歳の人生　ウィ・ギチョル　清水由希子訳
人生は独りぼっちで歩まねばならない淋しい道ではないことを、ぼくは９歳にして学んだ

ブラック・ヴィーナス　アンジェラ・カーター　植松みどり訳
ボードレールのクレオールの愛人、父親を斧で殺した娘など、実話を基に女の大罪を描く

ヤング・アダム　アレグザンダー・トロッキ　浜野アキオ訳
伝説のビートニクにしてシチュアシォニストの、幻のノワール・サスペンス

待ち合わせ　クリスチャン・オステール　宮林寛訳
パリの街角や動物園、セーヌの川舟などを舞台に展開する男女２組のすれちがいの物語

トラウマ・プレート　アダム・ジョンソン　金原瑞人・大谷真弓訳
人間の孤独や喪失感を、きついアイロニーとおおらかなユーモアに包んで描く異色短編集

カレーソーセージをめぐるレーナの物語　ウーヴェ・ティム　浅井晶子訳
味覚が人生を変える！　敗色濃いナチス・ドイツで脱走兵をかくまう一女性の数奇な運命

夏の家、その後　ユーディット・ヘルマン　松永美穂訳
都会の若者たちの浮遊感覚を繊細で軽やかな筆致で描いた、ドイツ新進作家デビュー作

大西洋の海草のように　ファトゥ・ディオム　飛幡祐規訳
セネガル出身作家のデビュー作。ふたつの国、ふたつの言葉を生きるものの孤独と決意

なつかしく謎めいて　アーシュラ・K・ル＝グウィン　谷垣暁美訳
翼人間、不死の人、眠らない子ども…不思議な場所の不思議な人々を描く新ガリバー旅行記

小鳥はいつ歌をうたう　ドミニク・メナール　北代美和子訳
話すことができない少女と、読み書きのできない母親。失われた言葉を二人は取り戻せるだろうか

口ひげを剃る男　エマニュエル・カレール　田中千春訳
ある日、ちょっとした遊び心から口ひげを剃り落とした男が追いこまれる、壮絶なる悪夢の世界

エルサレムの秋　アブラハム・B・イェホシュア　母袋夏生訳
イスラエル・ヘブライ文学を代表とする作家の、このうえなく哀しく美しい傑作二篇。